找红军

马识途 著

四川文艺出版社

图书在版编目（CIP）数据

找红军 / 马识途著. —2 版. —成都：四川文艺出版社，2019.4
ISBN 978-7-5411-5404-1

Ⅰ.①找… Ⅱ.①马… Ⅲ.①中篇小说—中国—当代 ②短篇小说—中国—当代 Ⅳ.①I247.5

中国版本图书馆 CIP 数据核字（2019）第 070193 号

ZHAO HONGJUN
找红军

马识途　著

责任编辑	罗月婷
内文设计	史小燕
封面设计	赵海月
责任校对	王　冉
责任印制	唐　茵

出版发行	四川文艺出版社（成都市槐树街2号）
网　　址	www.scwys.com
电　　话	028-86259287（发行部）　028-86259303（编辑部）
传　　真	028-86259306
邮购地址	成都市槐树街2号四川文艺出版社邮购部　610031
排　　版	四川胜翔数码印务设计有限公司
印　　刷	成都勤德印务有限公司
成品尺寸	165mm×235mm　　开　本　16 开
印　　张	14.5　　　　　　　　字　数　215 千
版　　次	2019 年 4 月第二版　印　次　2019 年 4 月第一次印刷
书　　号	ISBN 978-7-5411-5404-1
定　　价	32.00 元

版权所有·侵权必究。如有质量问题，请与出版社联系更换。028-86259301

编者按

  本书是百岁高龄的革命老作家马识途在 20 世纪 50 年代末到 60 年代中叶陆续创作的作品。作品反映了中华人民共和国成立前夕地下党领导的革命斗争，曾在《四川文学》等刊物和报纸上发表过，1978 年曾由四川人民出版社汇集出版，现再版重印，仍有其意义。

  那些在白色恐怖中坚持斗争、英勇牺牲的共产主义战士们；那些在没有路的地方披荆斩棘，开辟道路前进的人们；那些在黎明在望的时刻怀着希望和信心，面向东方初升的太阳，在敌人屠刀下倒下的先烈们……在马老的笔下浮现出来。这个集子在对现在的青少年进行革命传统教育方面有积极作用。

— 目录 —

老三姐 ………………… 001

找红军 ………………… 019

小交通员 ……………… 043

接关系 ………………… 061

回来了 ………………… 093

西昌行 ………………… 125

三战华园 ……………… 175

老三姐

那是在一九三九年，党派我到吉红岭一带山区农村去工作。那一带是红军长征经过的地区，留下了革命的种子。过去曾经发生过暴动，虽然失败了，但是群众的觉悟是比较高的；党的组织虽然打散了，还埋得有许多根子。我的任务就是去清理党的组织，发动和组织群众。

我为了行动方便，扮成一个收山货的行商，在凉风顶的小村头找了一间房子住了下来。为了要把自己装得体面一些，不仅在穿着上要费一点功夫，还要请一个老太婆来替我做饭洗衣服。我和一个外号叫一阵风的农民同志说了，并且告诉他，没有什么特别条件，只要政治上靠得住，千万不能暴露我的身份，只说是给一个山货客做饭就是了。他说，过两天就找一个老太婆来。

过了两天，果然有一个五十多岁的老太婆到凉风顶来找我，一见面就笑嘻嘻地说："一阵风叫我来给你做饭，你就是陈先生吧？"

"是呀，请坐吧，老婆婆，你贵姓呀？"

她脸上的笑容忽然不见了，把嘴噘起，很不高兴。我非常奇怪，为什么我才说一句话，她就这样子。我问她："老婆婆，你怎么了？"

"什么老婆婆不老婆婆的，这一带哪个不晓得我叫老三姐，一阵风没有给你说吗？快不要叫我老婆婆咒我吧，我还想多活几年呢。"

我听了这话，差点笑出声来，明明头发都白了，还不承认是老婆婆，硬要说是老三姐，岂不可笑。但是我一转念，也许她根本没有出过嫁，所以叫三姐吧。当时我并不想去挖根究底，叫老婆婆也好，叫老三姐也好，对我说来都没有什么。

看她那样严肃地期待着我的回答，我只得说："好吧，以后就叫你老三姐吧。"

我仔细地看了看这位老三姐。看来她有五十几岁的年纪，大概由于忧虑过多，头发全白了，牙齿却出奇的白净整齐。衣服虽然很破，补丁压补丁，却是洗得干干净净的。大概由于劳动的需要，没有缠过脚，甚至那双脚大得有些和身体不相称。眼睛转动起来十分精神，老带着笑脸，好似在她面前永远展现着无限美好的前程，只待她走向前去。但是脸上的皱纹和压弯了的背，说明她和其他受着苦难的老太婆一样，几十年辛酸的生活挨过来，是很不容易的。

她是一个充满活力而又十分热心的老婆婆。她一到我住的地方，便不停地打扫和收拾我原来的烂摊子，甚至让我觉得她过于热心了。我带来的几本书籍和文件是不宜于她动手收拾的，她也坚持要替我整理放好，想不叫她办，简直不行，好似她一到这屋子里来，就成为这屋子的主人了。

我说："老三姐，你就歇一下吧，我的床铺和桌子，你就不用管了，我自己来收拾。"

"你忙你的，我收拾我的，我不碍你的事，闲着我才不惯哩。"

她坚持她的做法，我也无可奈何，只好把文件和重要的书放进箱子里去。

老三姐是一个出色的好管家，我把钱交给她去办伙食，她计划得很好。虽然在山里买不到什么好吃的，可是她做的菜花样多，又有味道，并且特别替我节省钱。她既然给我做饭，本来应该和我一样吃，她却不，给我吃好的，吃大米白饭，她自己却在饭里和上菜或者豆子。

我看不过意，就对她说："你和我吃一样吧，不要分了。"

"你们的钱也来得不易呀！"她说。

"我的钱好办，只要运气好，收到好山货，拿出去就是对本利。"我很不习惯冲壳子①，脸上发起烧来。

她笑了一下，没有说话。

这一带农民中的党组织，虽然清理得很顺当，但是还很不巩固。因此我们决定办秘密的轮训班。我为了要赶写出一个通俗党课教材，不得不留在家里，白天晚上伏案工作，相当紧张。

老三姐收拾了厨房后，就提一个瓦壶给我送开水来，然后她就靠在门口，微笑地望着我，也不说一句话，好似怕打扰了我。我很不愿意她来看我写东西，怕她泄密。

我掩饰地说："老三姐，你没有事就出去转悠去吧。我正在记我收买山货的账，不喜欢人家来打扰我，怕弄错了。"

"你就好好地记你的账吧。"她笑了一下，离开了房门，可是并不走得很远。她拿个小竹凳子坐在那儿，一会望望房里的我，一会望着外面。隔一阵又来摸一摸瓦壶，看开水还热不热，同时好似在注意我到底写些什么。

我简直有些怀疑起来了，为什么她老是这样看我写东西呢？有一次，她一面给我倒开水，一面就看着我在纸上飞快写着的手，简直有些出神了，连开水都倒得满出杯子来了，她还不知道。

我耐着性子问她："老三姐，你认得字吗？"

"扁担大的一字我也不认得。"她笑了。

"那么你为什么总看我写呢？"

"喜欢看你写。一看你写，我就想起一个人。"

"什么人？"我有点吃惊。

"也是像你这样一个人，天天在这大山里东跑西跑，回来就在桌子上写呀写个不停。"

---

① 冲壳子：方言，吹牛。

"和我一样，也是一个收山货的生意人吗？"我故意岔开话题。

"不是，是一个大大的好人。可惜过不多久，赛阎王要捉他，他就跑了。赛阎王，你知道是谁吗？"

赛阎王，我早就知道了，那是我们的死对头。但是我故意装作不知道，问她："这名字好凶，到底是谁？"

"嘿，你在这一方跑，不知道赛阎王可不行哪。那是个吃人不吐骨头的恶霸，我们这一方有了他，就像给黑锅盖住了。"

"你说的那个人跑掉了吗？"我问她。其实我完全知道她说的是谁。在两三年前，我们党曾经派过一位姓齐的同志到这一带来清理过党的组织，后来因为形势不好，他又被赛阎王注意了，因此就撤退了。

"当然跑掉了，还是我送他走的哩。他走的时候说，他不久还要回来，可是一去两三年，也不见他的影子。"老三姐有些感慨。

我想，老齐撤退是她送走的，想必她是最可靠的人了。她究竟是什么人？她莫非已经知道我的身份了吗？

有一天，吃罢晚饭，在屋前闲坐乘凉，我就问她："老三姐，一阵风请你来给我帮忙，他说过是帮的什么人吗？"

"当然说过，他说是帮一个大好人。"她笑一笑，继续说，"大好人，我就明白了。上次帮老齐，不就是帮的大好人吗？我想你是和他一样的大好人。这个世界，除开你们和我们这些人，哪里还有好人？"

"你怎么知道我是和他一样的大好人呢？"

"怎么不知道？我一看就认得出来。老齐上次来，晚上出去，深更半夜才回来，白天却在屋里写呀写的。你来了，在晚上也是东奔西跑，白天关在屋里写呀写的。我一看就知道你写的是什么。"

"你知道我写的是什么？我不是在记账吗？"

"哪里是记账？你是在哄我这个睁眼瞎子呢。我不认得字，但是我知道你写的是我们这些人翻身的事情。上次老齐写的也是这些事情。他写了一段，就念给我听，问我懂不懂，我不懂的他都改了。硬是写得好，听起来叫我们心里舒气，脑筋开窍呀。"

"他要能再回来给我们念念就好了。"我打趣地说。

"他不回来，你这不是来了吗？"她想了一下，情不自禁地笑了起来，然后她就直截了当地揭开了我的身份，"你不要装，我什么都知道。前不久，我的孙子和一阵风，还有别的人，晚上到我家里，嘀嘀咕咕说了好一阵悄悄话，我的孙子晚上就东跑西跑起来。我就明白，一定是有人来了。一阵风叫我来帮一个大好人，我更猜中了八九分。看你那个样子，一点不像山货客，你还在那里装模作样，以为把我蒙在鼓里。其实我站在明处，你却站在黑处呢。"

看来老三姐是完全猜对我的身份了，对她掩饰再也不可能，也再没有必要了，但是必须嘱咐她保守秘密。

我说："好吧，你明白了也好，但是不要说出去，免得坏了大事。"

"这个你就放心吧，你去问问他们，哪一回我漏过风声？我倒是看你老在屋里写东西，却没有一个人给你放哨，不放心得很。哪有一个收山货的客商一天坐在屋里写的？我就只好给你放哨。我看你还是在屋里住两天，又出去转悠两天，收点山货，才像个样子。"

真是好三姐，她的批评完全对。我也真照她说的办，写了两天又出去转悠两天，不要被人看出破绽来。

自从我在老三姐面前公开承认我的身份后，她愈发对我好了。她十分关心我的生活，尽量叫我少花钱，吃得好。那时组织上的经费是非常困难的。在这一带山中，党员不少，可是除了象征性地交点党费外，谁也不可能多出几个钱。他们实在穷得揭不开锅了。一个赛一个凶恶的阎王把他们挤得精干，还不放手，还要把骨头都榨出油水来。他们能够胡乱塞满肚子，已经实在不容易，能吃上红苕、洋芋、苞谷粑粑就很不坏，吃上白米简直是稀罕的事。这里有一首民歌唱道：

山高水险石旮旯，
红苕洋芋苞谷粑，

要想吃碗大米饭，

除非坐月生娃娃，

等到大米找回来，

娃娃已能满地爬。

在这一带吃盐也是很困难的。由于那些奸商垄断，盐巴像金子，很多人家一年也难吃一回。条件比较好的人家，买一块盐巴用绳子吊起来，吃的时候放在锅里荡一下，就赶忙提起来挂上。

可是在这一带收山货的客商，用低价买高价卖的手法，一本万利，着实赚钱不少，他们就有条件在场上馆子里大吃大喝，气派得很。我既然扮成一个山货客，也就不能不装门面。所以，在凉风顶住的时候，总是勉强吃大米白饭，油盐炒菜，并且表示慷慨，要老三姐和我一样吃。其实我哪里有许多钱吃好东西？我吃着油盐好饭，看着许多农民同志吃白水南瓜加苕叶，有一顿无一顿的，真是心痛死了。

现在既然老三姐知道我的底细了，我就不能不和她商量，如何省吃俭用。老三姐实在是一个十分有心计的管家，她买些苞谷来磨得细细的，筛得干干净净，蒸来吃比白米饭还香些；她得空就在屋前屋后空地上种上小菜，还时常到野地去扯野葱之类的野菜来补充。最好吃的是她泡的咸菜，酸酸的实在有味。假如她能找到一点黄豆，就做成连浆带渣煮青菜的菜豆腐，拌上辣子，真叫作"肉不换"，实在吃得过瘾。我长期在外奔波，从来没有像在这里吃得这样舒服，但是这花了老三姐不少的心血，我简直有些过意不去。

我对老三姐说："老三姐，只要吃得就算了，不要为我太操心。"

"嗯，我才不是光为你一个人操心咧，我这也是为大家的事操心。"

这一句话说得我的眼睛起眼泪花花儿了。

"这样大了，还鼻涕眼泪的，不害羞吗？"她笑着用衣襟来替我拭眼泪。

我不好意思，转过头去，自己拭了。我拉着她的衣襟叫了一声："老妈妈。"

"别人叫我老妈妈，我是要生气的，你愿意叫我老妈妈，我就收了你这个干儿子吧。我的儿子也是为这些人办事的。"她把我拉到她的面前坐下来，仔细看我，微笑着，但是眼里却闪动着晶莹的泪花。

"唉，我的亲生儿子还在的话，怕也有你这么高呢。"她长叹一声，马上又振作起精神来，强露笑容。

她儿子的情况，前些日子我问一阵风才知道的。原来就是这一带有名的一个农民领袖，我们的党员，在上一次暴动中英勇牺牲了。我虽然对这位烈士的母亲怀有极大的敬意，但是我从来不敢在她面前提起她的儿子，总怕触动她，使她伤心。她今天自己偶然提起来了，很悲痛，但是马上又使自己镇定下来，不愿表露。我从来没有见过这样的女人，对于痛苦能够负担得这么重，对于未来美好生活，是这样的殷切盼望，对于我，这样一个普通革命者，倾注着全部的爱，而一提到敌人却是那样的切齿痛恨。

我不是为了安慰她，我打从心底愿意做她的儿子，我想再也没有比做这样一个革命母亲的儿子更光荣的了。

我说："现在你不是又有了一个儿子了吗？"

"有你这样一个儿子，我很高兴。"她笑起来，用手摸了摸我的头。

自从我和老三姐的关系更亲密了一层后，我才发现她是一个十分健谈的人。她讲到这一带的奇风异俗，使我笑痛了肚子；她讲到各色各样的老财，以及他们做的各种伤天害理的事情，使人痛恨。但是她不大愿意讲述这一带农民，在党的领导下进行的各种斗争，特别是上一次失败的暴动。我完全理解她的这种隐衷，但是让我了解这一带农民斗争的历史，对我是非常重要的。我曾经向一阵风和其他同志打听过，都说得过于简单，因为他们那时候还年轻，只是普通的参加者，不可能知道很多东西。老三姐就不同了，因为她的儿子是暴动的领导人，在她家里进行准备活动；她也参加了暴动，她亲眼看到她的儿子和其他几个农民领袖从她的家里被捉去，牺牲在她家门外的草坪上。因此我总想从她的口中了解当时的情况，以便从中吸取教训。

每天吃罢晚饭，我要是不出去接头，就和她坐在屋外瓜架下面。繁星满天，蟋蟀啾啾，晚风吹来，分外凉爽，正是谈心的时候。我就试着问她当时的情况。她本来不想说，但是看我这样三番五次十分热心地问她，她也就谈了一些：

"那一回是秋收的时候，年成很好，我们都想，该吃口饱饭了吧。谁知道那些老财们算盘打得精，给你七算八算，又是欠租，又是欠利，还要加押。枪杆子在他们手里，道理也就在他们口里，结果一箩一箩黄澄澄的谷子都算到他们的仓里去了。大家气得不得了，都说这日子活不下去了，和他们拼了吧。许多人来找我儿子，要出这口恶气；我的儿子也天天在屋里生气，他是没有接到命令，也不敢动。后来果然来了命令，叫搞秋收暴动，打了土豪，把粮食分给干人，为首的人蹲不住，就拖上山去，跟他们干。大家一听这个消息，高兴得不得了，都摩拳擦掌准备大干一场。不要说年轻小伙子，连一阵风他们那些半大不小的娃娃都串起来了，有的就只拿到一根竹竿，也当作武器。我们女人们也都准备了，大家把瓦罐子、瓦坛子、麻口袋洗得干干净净的，没有麻口袋就把裤脚补得结结实实的，把裤腿扎起来，准备装粮食。事情本来进行得很顺当，大家都悄悄地搞，一点风声都没有漏出去，只等日子一到，等到半夜，乡公所的张师爷——他是一个党员，把寨门打开，拥进去，打他们一个措手不及，就好办了。"老三姐正讲得有声有色，忽然停住了。

"唉，"她长叹一声，"哪里知道坏就坏在这个师爷身上！这个人能说会道，虽是贫苦人家出身，开头当小学教员，为大家办事也还跑得起跳得起，谁知道被乡公所提拔当了师爷，心就变了。就在暴动头一天晚上，他害怕了，他向赛阎王告了密。我的儿子和几个带队的，正在我家里等着，只等时间一到就出发。谁知那个叛徒被赛阎王的'贴心豆瓣'外号叫血里红的薛大爷押着，混过我们的岗哨，一直来到我家屋外叫门。大家听到是张师爷的声音，就去开了门。我儿子一打开门，看到是血里红，晓得大事坏了，就拔出手枪开火，可惜才打倒一个狗腿子，他便受了重伤。其余几个同志也拼命抵抗，有的被打伤，有的被打死。我听到枪声，扑了出去，扶起我那心爱的儿子，我的儿子对我说：'妈妈，我们失败了，我好悔呀！……叛徒……'

"那些凶神恶煞的狗腿子，把他们都拉出去了，在草坪上无论死了的或是还活着的，都用刀把头割了。我的心好痛呀！我发疯了，我恨不得去咬死那个叛徒，但是没有等我挨拢去，他们就给我头上一枪托子，把我打昏了。等我醒过来，他们都走了。只剩下草坪上几个无头的尸首。我爬过去，爬到我儿子身边，倒在血里面，又昏死过去了。"

老三姐忍不住眼泪长流，我也不知道什么时候开始落泪，衣襟湿了一大片。

"完了。就是这样，完了。"她最后叹了一口长气。

繁星还在天上眨眼，蟋蟀愈发叫得凄凄切切，我的心里结了一个老大的疙瘩。我自言自语地说："堡垒总是容易从内部攻克的，叛徒，这是心腹大患。"

但是我马上振作起精神来说："没有完，这个事情没有完。"

"是呀，这笔账我们总要算清的。"老三姐肯定地说。

我们沉默了好一阵，我又提起话头："这个叛徒，现在到哪里去了？"

"见了阎王了。"

"怎么搞的？"

"也把他的头割了。"老三姐说，"暴动失败后又过了一年，也是秋收时候，有一天夜晚，我正准备睡呢，忽然一阵风和几个我儿子在世的朋友，还有我那个一天不落屋、到处乱窜的孙子，把我的门闯开了。

"我的孙子说：'奶奶，把堂屋的灯点起来吧。'

"我问他做什么。那个叫袁七爹的老庄稼汉说：'哎呀，老三姐，你倒忘了！今天是几月初几呀？'

"哦，他一提我就想起来了，今天是我儿子的周年祭日，我倒忘了！我失悔没有在白天备办香烛纸钱，好歹也要祭一祭我的儿子。等我把堂屋的灯点起来，一下拥进来一大屋子人，我的孙子爬到神龛上把我儿子的灵牌拿下来擦得干干净净的，放在正当中，另外几个人把香烛点起来。忽然他们都站起来，一字儿排在灵牌面前，袁七爹站在当中，对着灵牌说：'丁大哥，今晚是你的周年，我们供不起三牲八品，我们处决了仇人来祭你！'

"'这就是那个叛徒的下场，逃不出革命的法网。'袁七爹告诉我。

"'这狗东西滑得很，今天不是假托赛阎王有事请他，他还不出寨门呢。'我的孙子接过去说：

"'我一下把他抓到了，他一看不好，就跪在地上，哭哭啼啼地求饶：怪不得我呀！饶我一条命呀！说得多好听。哼，我们还饶他？'

"我咬牙切齿地说：'早就该有这一天！'

"这件事干得很痛快，算是出了我们的恶气。可是后来上级对我们说这叛徒是该宰，但是还要把仇恨对准赛阎王，要挖老根。"

我简直入了迷了，老三姐都说完了，我还呆呆听着。

我也学老齐的办法，把写好的通俗教材，念给老三姐听，她听不懂的地方就改正，一直要她觉得了然了才算数。但是看来教材写得并不好，老三姐虽然懂了，却并不感到很有兴趣。大概是写得过于抽象，并且没有从农民的现实生活中吸取例证。于是我和老三姐研究了一下，由我讲道理，由她讲本乡本土的事情，有名有姓，有眉有眼，这样彻底重写过，就生动多了。她讲那些老财怎样刻薄收地租，怎样大利盘剥，怎样养武装团丁，私设公堂，都是大家想说的事，把这些材料拿去教育农民同志，真像他们自己说的，"一下就觉得心里亮堂了"。这个通俗教材其实是我和老三姐两个人合写的，我把这个意思告诉了老三姐。她却以为我和她开玩笑呢。

"别挖苦人了，我写扁担大个一字还拉不伸展呢，写什么书？说实在的，我要能认得你写的东西，那就不枉活这一辈子了。"

她这一说，一下提醒了我，难道不可以教她认拉丁化新文字吗？要是她掌握了文化，她去宣传起来，该多带劲。于是我说："怎么没有指望？我可以教你，包你认得字。"

于是我每天没有事的时候，就教她认拉丁化新文字。她的年纪虽然大了，记忆力差一些，但劲头却不小，一天到晚嘴里 b、p、m、f；b、a、ba，p、i、pi 地念个不完。她还用一根木炭在墙上、板上学写。

才不过一个月，老三姐就把拉丁化新文字基本上学会了。有一回，我到厨房去，想叫老三姐早点烧火做饭，我吃了好出门。我还没开口，她就直摇手，并且把我推回我的房间去，弄得我莫名其妙。过不多久，她兴冲冲地走进来，在我的桌子上放一张纸条就跑了。我拿起来一看，纸上用铅笔歪歪扭扭地写了一句话："Ni iao shenma?"（你要什么？）

我明白了，她想练习应用新文字。于是，我也用新文字写了一张条子："wo iao zhaoidianr ch wanfan."（我要早一点儿吃晚饭）拿去放在她的灶上便走了。

她拿起来仔细看了一阵，高兴地跑到房门口对我一面拍手，一面笑着说："我明白了，我明白了，你不开口我就懂得你的意思，这才真有意思咧。好安逸呀。"说着，简直是蹦蹦跳跳地回到厨房烧火做饭去了。她本来是一个比较达观的人，很少愁眉苦脸，可是我从来没有看见她这样高兴，好似她又年轻了几十年，回到她青春年少的时代去了。

以后我就自己编一些教材教老三姐阅读，并且把通俗党课教材翻译成新文字，让她自己去读。她真是把什么都忘了，老坐在厨房里一个字一个字、一个句子一个句子吃力地读下去。看她读通了一句，那样眉飞色舞，我也跟着高兴。看她读不通的时候，用手指狠狠按在字上，生怕那个字飞了似的，反复拼读，却又使我无限感慨。该学文化的人，年轻的时候没有机会学习文化，好吃懒做的人，给他们充分的机会学习，却并不想学习，这个世界就是这样不公平。

我在四乡奔跑，什么地方黑，就在什么地方歇。在那些荒山野店里，和苦力小贩一起滚枯草，盖像石头一样硬的被子，被子里虱子成串，疥疮壳一片一片的，因此我也害了疥疮。老三姐看我秋后瘦了起来，满身生疥，手指都烂得弯不过来了，她心里很疼。在山里买不到药，她就不辞辛苦地到深山老林去找一些草药回来，给我敷上。有的单方据说要用嘴嚼烂敷上才行，她就把苦药草放在嘴里慢慢地嚼烂，吐出来给我敷上。为了清除我满身的虱子，她烧好开水，叫我脱下衣服来烫，强迫我勤换衣服，勤用药水洗澡。有时我嫌换衣服麻烦，不想常换，她就像对待自己调皮的小儿子一样，捉住就剥衣服，挣也挣不脱。然后把我掀到房里关起来，非要洗罢放了艾叶的滚水澡，才准出来。向她告饶，她也不理会。有一回，她不知从哪里打听到一个办法，买了一包硫黄回来，放在小杯里烧着了，用被子盖起来，然后叫我脱光衣服，钻到被里去熏，只留出鼻子和眼睛没有盖上。硫黄烟从汗毛孔跑进去，很不是滋味，不一会我便觉得头疼了。

我说："遭不住了，我的好妈妈，放我出来吧。"

"我晓得你不好受，但是不这样整，治不好你的疥疮。你要是起不来，走不动，岂不误了大事？"她慈祥地摸着我的头说，"忍一点吧，我的干儿子。"

硫黄熏蒸的办法，虽然不舒服，却真是有效，不久我的疥疮就好了。老三姐非常高兴，她又在伙食上想各种办法，总想叫我的身体恢复健康。我常想，世界上还有什么比同生死共命运的阶级友爱，更伟大的呢？

夏天又来了，一转眼我在这里工作一年了。工作本来一直很顺利，没有料到又出了一个小毛病。

由于一阵风发展组织不当心，吸收一个买空卖空的投机小贩到党里来，结果出了问题：我们的秘密交通站被敌人发现了。虽然我们及时发觉，把交通站撤销了，拉断了线索，可是敌人警惕起来，开始在各个地方侦察我们。老三姐知道这个消息后，非常紧张，千叮咛万叮咛，叫我出去要小心。她在家里和我约好了安全记号。她把党课教材，连她念的拉丁化小册子都收拾起来，埋在厨房的土墙里。我告诉老三姐，敌人还没有发现我，并不要紧，交通站的人已经撤退了，断了线了。

她却认真地劝我："这就一点大意不得。不要把赛阎王那些人想得那样瘟，他们和我们斗了几十年，也凶得很，不能不小心。我的儿子给他们整死了，我不能看见你又落到他们的手里去。"

老三姐的这种高度的阶级警惕性，并不是没有来由的，她从自己的生活中，特别是从自己儿子的牺牲中，引出理所当然的结论：敌人是凶恶的，斗争是残酷的，不能有半点疏忽。

有一天晚上，我出去接头回来，走热了，在小溪里擦了个澡。山中夜风吹来，十分凉爽，我不觉哼起山歌来了。当我快走到村头时，在岔路口上，忽然听见前面苞谷地里发出沙沙的声音，好似有人在里面动，我下意识地往后退了几步，果然看见一个人从苞谷地里出来，向我招手。我一看原来是老三姐。她走到我面前，悄悄地说："你还唱得安逸呢，可不得了哪。"

"什么事？"

"今天一大早有赛阎王的狗腿子到凉风顶来，专门查问外乡外地来的客商，也到了我们家。我说你进山收货去了，他们在屋里东看西看的，不怀好意。莫非是哪里又漏了风声吗？我就怕你回来撞上他们，谁知道那些坏蛋真的离开凉风顶没有呢。上午我就到这路口来，躲在苞谷地里等你。"

"哎呀，你在苞谷地里整整等我一天，里面不是热得很吗？"

"是热得很，但是我不等你，又放心不下。我在苞谷地里也没有闲着，默读拉丁化新文字，好多天没有背，又回了生了。一读不觉就过了一天。"

我们一块儿往回走，快到村头，老三姐不准我进去，她先进去到处看了又看，瞅了又瞅，才放心叫我回屋。

她急急忙忙弄点晚饭给我吃了，提议说："我看今晚就搬家，搬到我娘家弟弟家里去。你的山货客干不得了，不然为什么他们到处来查山货客呢？"

老三姐这最后一句话，猛然提醒了我。的确不能再干山货客了，因为我们被发觉的交通站，就是伪装成山货客的转运站的，敌人一定发觉我们隐藏在山货客里活动。因此，我同意不再干山货客，准备扮成一个货郎，挑起货郎担子，卖些针线和零头布，在乡下串游，倒也方便。但是我今晚上困了，想住一宿，明天再挪动。可是老三姐坚决反对："听我的话吧，说搬就搬，你提个包袱就走，七古八杂的东西放在这儿，我以后来搬。"她说罢，就把替我早已收拾好的包袱提出来。

我们锁了门出发了。这时月光正好，我们在月光下一面走着，一面谈着。

老三姐说："本来干得好好的，又出了事了，总是不顺当。这革命要哪一年才成呀？"

"快了，只要大家都组织起来干，要不到好久就能胜利。"

"是呀，我也想，我不相信这样多人，就扳不倒几个恶霸。"老三姐说，"将来扳倒他们，我们见了天日，你说的那种好日子是不是就快来了？那种好日子能看上一眼，也不枉活了这一辈子。"

"你一定看得到的。"我说。

"恶霸扳得倒，你说这虱子疥疮臭虫也除得掉吗？这也是我们这山里头的祸害。"

"那就更容易了，只要住上好房子，讲卫生，开起医院来，就都除掉了。"

她不说话了，不知道她又在想些什么。革命的艰苦性，老三姐是清楚的，可是她总是那样顽强地希望着美好的将来，连除害灭病也想到了。

我们半夜后才到了她的弟弟家里，在这儿住了两天。听外面来的同志说，赛阎王下了命令，凡是山货客都要去区公所登记，领取执照，不然就不准进山，捉住了严办。看来敌人发动进攻了，形势略微有些紧张，我决定向上级报告请示。

我走的早上，天还不大亮，老三姐送我出来，老是嘱咐我，要我一路小心。她陪我走了好一阵，走到观音阁的大柏树下，歇了下来，我无论如何不能叫她再送了。

我说："你回吧，我过几天就回来。"

"谁知道？上次老齐也说过几天就回来，一去就不见了。你这回走了，谁知道能回来不？"老三姐有些感慨，"这一年多，总算没有白服侍你，听你讲了好多道理，还学会读书，以后不知道会怎样。"

"其实我向你学到的东西更多。"我说。

她没有搭理我，尽望着那山垭口升起的早晨的迷雾，太阳快要出山了，满天金光灿烂。

她最后叹了一口气："唉，我也算想穿了。老齐走了，你来了，你又走了，总还要来人的。都是一模一样的大好人。只望你不要忘了我这孤老婆子……"说着说着，她竟掉出几颗眼泪。

我连忙安慰她："我要回来的，我的好妈妈。"

"好吧，你就走吧。"她站起来挥了挥手。

我提起包袱走了，一直走到山垭口，回头看，在那大柏树下，她还站在那里望着我。我站了一下，我的眼泪也止不住流下来了。

我去向上级报告了工作，又有别的事情耽误了几天，大约过了半个月我才回去。我找到一阵风，他劈头一句就说："老三姐过世了！"

像有谁在我的头上狠狠打了一棒，我急忙问："怎么搞起的？"

"你走了后，她回到凉风顶收拾你的东西，因为你没有去登记，赛阎王就怀疑你，把老三姐弄到区公所去盘问，老三姐一口咬定你进山收货去了，还没有回来。本来也就没有事了，谁知有个坏蛋认出老三姐就是丁大哥的妈妈，这一下他们就认定这里头有名堂，把老三姐吊起来严刑拷打。老三姐还是那一句话，咬住不放。赛阎王的狗腿子三番几次地整，得不到一句实话。老三姐真是个铁石人，可是她的身体受的折磨也就说不得了。最后放了她，我们把她抬回来，只剩下一口气了。她还老是挂心挂肠的，怕你出了事。到她快落气的时候，她还老念着你：'唉，我想再看看老陈，老陈怎么还没有回来？没有出事吧？'

"她忽然精神起来，脸上现出笑容，吃力地说：'老陈说的那种日子，我多想挨到，看上一眼……我挨不到了……你们会看得到的……'"

一九六一年五月

找红军

这是二十几年前的事了。

为了地下党的活动方便起见，必须寻找一个职业掩护，我想了好多办法，才在一个偏僻的小县城里找到一个军粮督办处少尉见习督导员的差事。别看这不过是一个芝麻大的官儿，在乡下却歪得很哩。乡下有一句俗话说："来了督粮官，天高三尺三。"为什么说天高三尺三呢？因为督粮官一来乡下，地皮都要给刮掉三尺三，于是天就比原来的高三尺三了。

我才报到，那些挂着上尉、中尉衔的老资格军粮督导员，便很热心地向我介绍他们在乡下如何抖威风的经验，好像生怕我不依照他们说的那样办，就有失军粮督导员的工作传统。听他们说来，对那些穷老百姓固然可以任意毒打关押，为所欲为；就是对那些在地方上有点身份的财主，也不放在眼里。甚至可以拿一张名片在县衙门走动的绅粮，也要怕督粮官三分。要知道军粮督办处是国民党驻军抓粮食的机关，权力很大。谁要是粮交不齐，特别是包袱塞得不够，就可能被督粮官扣押起来，以"抗不交粮，贻误军机"论罪。

听了这些"老资格"的热心介绍，我却大大地伤起脑筋来。这个差事可以使我自由自在地在乡下走动，便于搞党的工作，这是好处；但是我背起督粮官这个烂招牌下乡，走一路，臭一方，对我也有不便。我向上级请示，上级指示我说，只要刀把子在手，可以灵活运用，保护人民少受压榨；甚至还可以借题发挥，整治土豪劣绅，只是要做得干净。于是我欣然穿上少尉制服去上班，并且不久就被派到乡下去。

别的督导员下乡，都带着三两个兵。轮到我下乡，却没有兵可带了。不是编制上没有兵，是给我们的处长吃缺额吃掉了。但是，处长总是有办法的，他对我说："你就把伙房那个打杂的伙夫带去吧。"

带一个伙夫下乡，成什么体统！我稍微有点难色。处长看出来了，马上说服我："把他洗刷洗刷，给他套上一套军装，再给他挂上一支枪，看起来还不是一样吗？"

显然，我不接受这位处长的创造性的意见是不可以的，我只得装出欣然接受的样子。

我们的伙房里一共有两个伙夫，一个年纪比较大的叫郭本寿，一望而知是个老实人，一天到晚不声不响地做活路，闲下来无事了，他就把他从私塾老师那儿接收来的那一点可怜的文化，利用来阅读专谈因果报应的"善书"。他唯一的嗜好是积几个钱，买香烛纸钱到这个庙那个庙去敬神，积极地为他的下一辈子做安排。另外一个伙夫名叫王天林，却完全不一样，是一个不信邪的直憨人，年纪三十左右，个头很大，身体壮实。浓黑的眉毛下有一双突出的满布血丝的眼睛，还有两片像生铁叠在一起的嘴唇，好像无论什么硬东西，只要落进去，就逃不脱变成粉碎的命运。他到这机关来，是郭本寿介绍的。他和郭本寿一起，做活路倒是很合得起手，就是脾气不对头，一天难免要顶几杠子；但是他们从来不扯得红脸，总是以郭本寿不作声来收场。

我住的房子在伙房隔壁，因此就常有机会听他们顶杠子。

有一回他两个又顶起来了，郭本寿还是那样心平气和地在作辩解："算了吧，他的命好，该他玩格，我就将就他一点又算啥？前生修的命，今世得报应。"

郭本寿说的这个"他"，我猜想指的是我们机关的伙夫头。这个伙夫头有一种特殊的统治癖，他的"王国"里只有两个老百姓，而他能够真正实行统治的不过郭本寿一个人，但是他还要独得其乐地喜欢在郭本寿头上摆威风。

王天林对于伙夫头的这种统治十分反感，对于郭本寿的屈从和认命，也很不以为然，他气哼哼地说："只有你才是这样一个受气包，一天给人家磕头作揖，还免不了人家在你的脑门上撒尿。怎么？我们人穷志不短，卖力气吃饭，莫非连人格也'搭带头'卖了？你横直说命呀命呀，我就不信这些鬼话。只有你才是寿头，有那样多闲钱拿去给庙里的和尚尼姑上供。"

每次当王天林直截了当地戳到郭本寿的这个痛处，郭本寿就采取沉默不语的老办法。过了一会儿，王天林挑着水桶出来了，看样子余怒未息，眼睛睁得大大的，嘴唇合得更紧，许多天没有刮的短桩桩胡子挑衅地向四面张着。

我的职业要求我经常留心周围的劳动群众。才不几天，我对这个王天林就很感兴趣了。恰好处长推荐的就是他。

我找他来谈了一下。这倒不是要征求他的意见，既然处长决定了，他就只有服从的份儿了。我想找他谈谈，是想了解他的情况，看带这样一个人下乡，对于我的秘密工作有没有妨碍。我问他："你是哪里人？原来干啥子的？"

他迟疑了一下，不马上回答，好像在思考应该怎样回答。他端详着我，想猜出我的问话后面隐藏着什么阴谋诡计。我很能理解中国的农民根据他们祖辈人传下来的经验和自己切身的体会，绝不可能轻信老爷们少爷们以及各色各样官员说的任何话，一定要从他们的话背后去找寻意思，因此我并不发急，耐心地等待着。

他终于淡淡地回答了："从乡下来，原来帮长年的。"

哦，他原来是一个雇农，是我们的基本群众，我比较放心了。我又问他："你认得字不？"认得字的人跟我一起走，对我的工作是不大方便的。

"不认得。"

这合我的要求。我又问他："你背过枪吗？"

他忽然紧张起来，不肯回答。我猜想大概是怕我把他拉去当壮丁吧，那时候拉壮丁是十分平常的事，我马上宽慰他："你不要慌，是要你临时出差，背枪跟我下乡收粮去。"

"哦。"他这才把我找他谈话的意图弄明白了，比较安心了。但是他仍然不很肯定地回答："背过，不大会用。"

第二天一早，我们就上路了。王天林换上军装，背上一支二十响的盒子枪，倒也威武，脸上也不像昨天那样阴沉沉的了。一路上，他和我始终保持着距离，不肯和我多讲话。

我们走到一个山垭口的黄葛树下，在大石头上坐下来歇气。王天林抱着手枪坐得远远的。我小解回来，从树后发现王天林非常熟练地打开扳机，上下子弹，并且举起枪来对着前面一个什么目标瞄准。看来他绝不是一个打枪的生手。我走回去后，他又若无其事地把枪抱在怀里。他这举动引起我极大注意，我不能不对他多加留心。我的职业要求我这样。

我在乡下秘密地和我们党的组织接上头了。过去督粮官下乡，总是接受绅粮地主们塞的包袱，和他们一鼻孔出气，把征粮任务都压在穷苦老百姓的头上。这一回我却是反其道而行之，把任务狠狠地压在绅粮地主们的头上，好让穷兄弟们歇一口气。当然也要有名无实地给他们写上一点粮，做个样子。

起初地主们总以为新官上任，要放三把火，把任务压在他们头上不过是做个架势，抬高我的价钱罢了；有钱能使鬼推磨，只要一把一把票子塞到我的口袋里，不怕我不去登门拜访，称兄道弟，规规矩矩地把他们的任务取下来。

开始收粮了。有几户怕事的穷家小户，倒先来认账交粮，地主们却照例观望不动。

这时王天林发起急来，竟然越权过问，他说："这些大头儿都不动，专靠这些小户三升两升地交，什么时候才收得完？"

"大户自有我找他们谈判，你先去催催小户也好。"我对他说。看来他很不以为然，对我所说的"谈判"引起了怀疑。

过了几天，地下党的同志来告诉我说，王天林碰到那些穷家小户向他诉苦求情的时候，他就表示同情地说："是呀，是呀。"以后就不再去催了。甚至暗地里对他们说："不忙，看那些大户交了再说吧。"原来他是去帮倒忙去了。

那些地主派管事找我摸行市来了。一个地主的管事，毫不知趣，居然在我面前表现出高傲无耻的神气，当面数起钞票来诱惑我，以为我会见财心软，和他卖好。我气坏了，要撵他出去。我用力把门推开，砰的一声，门板把王天林的头碰了一下，原来他正在门后边偷听我们说话。

我顺便叫他："王天林，送客！"

王天林进屋来，对那管事毫不客气地叫："快出去！"连请带推把这家伙弄出去了。

他折回房来，异常兴奋，一面摸他的额角上刚才碰的青包，一面给我倒茶打水，怪亲热的。

这些地主老财看见拿软的压不倒我，就拿硬的和我碰，一颗粮也不交。这一招我们早就料到了，在地下党同志的帮助下，早把他们的粮仓查得一清二楚，我便叫王天林拿着封条跟我去把这些仓都封起来。王天林简直高兴极了，他东奔西跑，脚板像飞一样。他一面在地主的仓上贴封条，一面就哼哼地不知道唱些什么；贴好以后，还要把头歪过来歪过去看，看还有什么地方没有贴得巴适，用拳头狠狠地在封条上捶几下。

地主们无论如何不知道我使的是什么法，一下就把他们的老底挖到了，他们只好乖乖认账。但是也还有几个爱财如命的顽固疙瘩，死不认账。我就挑选一两个软的，叫王天林去捉起来，给他们一点颜色看看。

王天林对于捉地主老财似乎比封仓库的兴趣更大些。他总是一面笑嘻嘻地望着我，一面用枪顶住地主的背脊；我只要一转眼，他就用枪筒捅地主的背脊，捅得地主哎哎地呻唤。把地主押在黑屋里关起来，他还主动把地主的手臂用绳子扎得结结实实的。除开吃饭，他就自告奋勇地站岗看守。

有一天晚上，夜已经很深了，我还没有睡着，忽然听到关押人的黑屋里有人在哎哟哎哟地叫喊，同时听到噗噗噗的声音，好像是什么东西打在棉絮上一样。我赶忙起来，披起衣服，到那屋里用电筒一照。嗬！原来是王天林在用竹鞭子打那个被押起来的地主。那地主用厚厚的棉衣袖子蒙住脑壳，鞭子都落在棉衣上，实际上并没有真打着他什么，他就哎哎地叫唤了。那地主手里还捏着几张钞票，地上还打落了一两张。王天林一面打，一面骂："好狗日的！你那几个臭钱，买不到我穷人的良心。"

我问王天林："你在干什么？"

他也不回答，望了我一下，丢下鞭子，狠狠地在地上吐了一口痰："呸！"走出去了。那个地主看到是我，向我央告："长官，我认粮就是了，叫那个老总不要再打了。"

不要"再"打了？看来王天林一定打他不止一次了。这个地主今晚上是想用钞票收买王天林，所以特别激怒了他，就挨了一顿好鞭子。

后来我才发觉，他常常背着我去把关起来的地主收拾一顿。那些地主根据他们过去的经验判断，以为王天林这样热心地向他们"打启发"，不过是想多捞几个外快罢了，于是就给王天林手里塞票子。谁知道越是这样，越是挨得多些。地主们积累了几十年的经验，居然在这样一个普通士兵身上不灵验了，这是怎么一回事呢？

真的，我也莫名其妙，这个王天林到底是怎么一个人呢？

最使我不解的是我发现他身上带得有一个小本本，他在空闲时候，总偷偷拿出来看，嘴里还轻轻念着。当我一叫他，他就匆忙地把那个小本藏在贴身内裤的口袋里去了。他对我说过，他是不认识字的，我也曾经采取一些办法来试验他，他确实不认识字。但是他又确实在看一个什么小本本，这到底是怎么一回事呢？

我们收了一阵粮，回城里去。我们又在上次歇气的黄葛树下石头上坐下来。这次王天林再不是避着我坐得老远的了。我想起他整地主时的情形，不禁暗笑起来。我问他："王天林，你为啥子总是整他们？"

"该整！"他简单地回答。

"为什么？"

他一句话也不说,只是望着我,似乎想从我的脸上研究出什么名堂来似的。临到我们站起来,又快上路了,他忽然对我说:"你是一个好人。"

这一句话使我大为高兴,同时也使我明白,王天林跟着我这样久,大概他对我也做了相当仔细的观察和研究,才终于得出我算得一个好人这样一个结论。

我回到城里,向党组织报告了下乡工作的情况,也提到了王天林的事。上级也觉得奇怪,估计王天林有可能是我们党的"散兵"。那时候在白色恐怖下,党的组织被敌人打散了,有的同志脱了党流落在外的事是常有的。他即使不是我们党的散兵,也可作为一个工作对象。因此决定派人去了解他的政治面目,对他开展工作。

大约过了两个月,上级通知我,对王天林的工作,很有成效,可以吸收入党,要我直接和王天林打通关系谈话,审查历史,履行入党仪式。和他约好接关系的口号是他的一个叫王天洪的小同乡介绍去找他的。

在这个敌人的军事机关里,我不可能和王天林畅快地谈话,更不可能为他举行入党仪式。我只好耐着性子等派我出差下乡的机会。果然,不久我又被派下乡。这已经成为通例,并不要经过请示批准手续,我就可以带王天林下乡去。

大清早,一路上冷冷清清的。我们出发的时候,还是朝雾朦胧,等我们爬上那个山垭口时,浓雾已经散尽,太阳烜赫地挂在东方。我们又坐在那块大石头上歇气。这条乡下小路很荒僻,很少有人来往;这是一个很适宜于我们秘密接关系和谈话的地方。

我坐在石头上,望着王天林。我越看越觉得他可爱,恨不得立刻站起来,跑过去把他横腰搂住,亲热地叫一声:"好兄弟!"王天林坐在那里见我老望着他笑,又不言语,倒使他惊诧起来。

我决定和他对口号接通关系了。我问他:"王天林,这里有你的小同乡吗?"

"没有呀,这里没有我的同乡。"他完全没有想到我会是共产党员,正要和他对口号接关系呢。

"怎么没有呀？你不是有一个叫王天洪的小同乡吗？怎么忘记了呢？"

"哪里我有个王天……噢！你就是……"他十分惊异地跳了起来，笑着走向我的身边。可是他忽然把头摇了几下，而且警戒地退了几步，不信任地说："不，不，我……"

"没有错，我就是王天洪打发来找你的。你不要见怪！"我恳切地说，站了起来。

"哎呀！远在天边，近在眼前，原来你就是我要找的人呀！"他相信了。跳过来把我的手紧紧地捏住，他那一只粗糙的大手，力气很大，把我的手捏得很痛。

我一把把他抱住，高兴地说："好兄弟，我找的就是你。哦，现在应该叫你同志了。"

"哎呀！找到了，找到了。找了这样多年，到底找到了！"他也把我横腰抱住，我的骨头差点要被他挤碎了。

我们开始严肃的入党谈话了。我告诉他，党已经决定吸收他入党，指定我和他谈话，审查历史，举行仪式。他听了，激动得简直有些发抖，眼睛里噙着泪水。他怪不好意思地侧过头去，用手背擦掉了，聚精会神地听我讲话。

我尽量用通俗的语句和在乡下现成的事情，和他谈革命的道理和党的基本知识。他侧着耳朵听，不时还津津有味地把嘴巴动一动，咽一下口水，好像把我讲的话一个字一个字细细咀嚼，吞了下去。

最后，我叫他谈一谈他的历史。我特别想要他详细地讲他曾经找过红军的事。我还对他打趣地说："这一回可不能像上一回我问你的时候那样回答：'乡下来的，帮长年的'，要讲得详细点。"

"这回那回是两回，那回是对穿老虎皮的人，我哪里肯讲真心话，这回却像对亲娘说家常话了。"他也笑了。以下是他讲的历史：

我不是这个地方的人,原来也不是做伙夫的,我原来是一个使牛的泥巴脚杆,我是一个干人。这一点想必你早就知道了。我还是给你说说我找红军的事吧。

这是在哪一年我记不得了,总之是好几年前的事了。正是秋天割谷子的时候,我和好朋友王天太到王大老爷家里打短工割谷子。他家田亩多,排场很大,请了好多人来割谷子,外地来的零工也不少。晚上,吃过饭,大家在晒坝边晒席上横七竖八地躺着歇凉,摆起龙门阵来。各人摆各人见到的和听到的。比如说什么地方观音菩萨显了圣,降下圣谕说,明年要落七七四十九天火雨,天下恶人都要收尽呀;又比如说某个山上出了神兵,一条神符贴在身上,刀枪不入呀;又比如说什么地方出了蛟龙呀;还有某家老爷的小姐偷了马弁,养下了私娃儿呀……是真是假,哪个耐烦去寻根问底,反正是说一阵,笑一阵,解一天的累,像一阵凉风,吹得人睡瞌睡就是了。

我对于观音显圣、出神兵、走蛟龙这些事都没有兴趣,更不要说那些地主小姐偷人养汉的乌七八糟的事了。我的心里正烦得慌,眼见这谷子一开镰,我的难关就来了。几辈人传下来的王大老爷的欠租,像滚雪球,越滚越大。每年秋收都要算一回账,打的粮食都送光,还要在新的欠约上按指印。这日子不知道要哪一年才有个幺台。

"我看总有一天要幺台。"有一天晚上,我和天太两个在晒坝边歇凉,我谈起欠租的事,天太忽然这样宽慰我。

"你怎么晓得?"

"这是外边来的人给我说的。听说川北出了红军,出了共产党,专门给干人撑腰,打土豪,分田地,那里干人都见了天日了。"

这真像一个晴天霹雳,把我震得呆了,天下真有这样的事吗?我不大肯信,却又非常希望是真的,就是听一下心里也舒坦得多了。这几句话钻进我的心里就像点起一把火来,把我烧得毛焦火辣的。

我问他:"你是在说神话吧,哪有这样的事?"

"怎么没有?人家亲眼看见的。都是一色的标致小伙子,干人。腰上缠的红帕子，臂上缠的红带子，手枪上吊的红坠子，大刀上挂的红袱子，头上戴的红星帽子，前头还挵①得有血红大红旗，一身红色，好不威风。都是飞毛腿，一夜飞走几百里。见干人叫同志，见土豪恶霸就整治。田地、房子、粮食都分给干人，有的人不敢要，红军就把粮食背到你屋里来。听说当头的姓苏，叫苏——什么。"

他说得活灵活现的，我想，我要是能看到红军一眼，死了也甘心。我问："这红军到底在哪里？"

"在川北，隔这里远得很。"

唉，说了半天是空欢喜。有红军，隔得远，也是枉然。

这晚上我一夜合不上眼，总是想到红军。天快亮的时候，我才睡着了。我梦见我的腿上长了毛，一抬腿就飞了起来，一扭身就到川北了。哎呀，一片红色，红头发、红眉毛、红衣服。我又梦见我带着红军回来了，一下就把王大老爷捉起来。好家伙！他还凶呢，推了我一把，问我："王天林，你在干什么？"我顺手给他一个耳光，大叫："我要杀你的脑壳！"正叫着，我醒了过来，睁眼一看，立在我面前的正是王大老爷，他大声叫："王天林，你在干什么！这时候还不起来！"

我抬头往四下里一看，一个红军也没有了，只有王天太在我身边才爬起来，在打哈欠，我明白是做了一个梦。

一连几天，我做活路没有心思，站不是，坐不是，总想红军。我一定要去找红军，哪怕远在天边，隔着刀山火海，我也要去找到他们。我把这事和平素跟我合得来的几个庄稼汉说了，他们一听都像干柴遇烈火，一点就着了，都想离开这个背时的地方，去找红军。但是他们和我一样，没有出过远门，不晓得怎样找法。

一天下午，王大老爷的收租师爷找我说："王天林，王大老爷交代，明天要我到你屋里来收今年的租子，还有老约也该换一张新的了。"

---

① 挵：扛，举。

找红军

好狗日的。他明天又要来把才打下的谷子抢光,我已经被他们捆得邦紧①了,他们还想在我的身上再加上一根新绳子。我气极了。

这时王天太站在我的身边,暗地用手撞我一下,轻声说:"答应他明天来吧。"

天太是我们穷汉中的军师,他读过几年私塾,认得几个字,脑子比我们灵些。不知道他想的什么主意,我不放心,轻声问他:"那还答应得?"

"你答应就是。"他坚持说。

我也只好依他,对收租师爷说:"你明天早晨来就是,我给你。"

收租师爷转身走了,我就问天太:"答应了怎么得了?"

"有啥子不得了?脚板擦油,溜了就是。找红军去!"天太才告诉我说,他打听了好几天,晓得到川北往哪里走了。没有盘缠钱,就一路卖零工,有力气不愁吃不上饭。

真是好主意,我心里忽然亮堂了。又想,何必等到明天受收租师爷的气呢?今天走了算了。我对天太说:"今天就上路吧。"

"明天走,明天和他算了账再走。"天太说罢,便笑了起来。哦,我也懂了。看我这个笨脑筋!

我两个马上分头去找想一起去找红军的四个朋友,约他们今天晚上到我的烂草棚里来。

晚上,他们都来了。我们把门关起来,把王大老爷交我养的半大不小的猪拖出来宰了,放在锅里炖起来。又去打了两斤烧酒,准备痛痛快快地喝他一回。我又把还没有交王大老爷的租米抓两升出来煮好,准备把肚子装得饱饱的。管他娘的,他们吃得,我们就吃不得?反正明天早上我们就走了,他们到哪里找去?一不做,二不休,我索性把准备交王大老爷的租谷拿出来,叫要跟我们走的几个穷兄弟,偷偷运回家去。

我们关起门来,又吃又喝,又说又笑。这一辈子还是第一次这样开心。

---

① 邦紧:非常紧。

我说:"明天王剥皮晓得了,把胡子都要气得翘上天。"

大家都大笑起来。

第二天吃过早饭,天太先来了,不一会,收租师爷也大摇大摆地提着账簿和算盘来了。他一进门用账簿把凳上的灰擦了,往桌边一坐,把二郎腿跷起来,命令说:"先收了再算吧。"

"还是先算了再收吧,看到底还差多少?"我说。

"哼,莫非你还想留几颗谷子?收完了也还不清账尾巴,要算也行。"于是他翻开账簿,敲起算盘来。不多一阵就算好了。他往算盘上一指说:"你看嘛,老租老利加新租一共是二十三石八。"

我的天!我才租他们三亩地,认的年租三石,怎么几滚就滚成这样多?我简直吓蒙了。

"怕什么,还他就是。"天太笑嘻嘻地说,向我眨了一下眼。

哦,我清醒了。我也满不在意地说:"还你就是。"

"没有想到你今天这样开通,莫非一锄头挖到个金娃娃了?"他挖苦我,又伸出手板来说,"拿来吧。"

"这不是!"我用竹棍子唰地打在他的手板上。

他大叫起来:"反了!反了!"起身想跑。我两个一拥而上,把他捆起来。

天太对他说:"师爷,天林不是该你二十三石八吗,给你再加点利,还三十石。"说罢就是一棍。

这家伙还不知道厉害,还要抖威风,说:"你们打吧。王大老爷不是吃素长大的!"

"好吧,你就叫他来红军里头找我们吃荤吧。"天太说罢,又是一棍;我也狠狠地用棍子打他,他杀猪似的大声叫救命,我们就用烂棉花把他的嘴塞起来。我们还没有打到二十棍,这家伙就昏过去了。

天太说:"快走吧。"

我说:"放把火烧了这烂草棚。"

天太说:"不行,放了火就走不脱了。"

我们就把门关了,从屋后的小路走。

"不忙走!"天太一面说着一面又折回我的草棚里去。不知道他要搞什么,我也跟着折转去。原来他用一截木炭在矮墙上写字。

我问他:"这是干什么?"

"冤有头,债有主,叫王剥皮来找我们两个吧。"

"对。你念给我听听。"

"王剥皮,我们走了,回来找你算账剥皮。王天太、王天林。"

好。我们关死了门,从小路上山去了。

我们在平常很熟悉的山梁上会齐,马上要出发了。这时太阳升高了,把那块坝子照得亮堂堂的。我回头看一下生我们养我们的那个坝子,心里忽然有些难过起来。不知道是为了什么,在那块坝子里,我们受灾受难,还总是舍不得。大家都站在那里看。我硬着性子把头一扭,说:"走吧,总有一天我们还要回来。"

我们也不知道川北到底在哪里,就一面打零工割谷子,一面往北走。也不知道走了多少天,也不知道走到了什么地方,山越来越大,人烟越来越少,路也越来越不好走了,可是还是没有看到红军的影子。

一天天擦黑的时候,我们正急急忙忙地想找个人家借宿,走到一个小土地庙歇一下气。天太到小庙背后解手,忽然他在那里叫了起来:"来看,来看,这里贴的是啥子?"

我们不知道发生了什么事情,赶忙转过去看,天太手里正拿着一张红纸。我接过来一看,原来是一张红色油光纸,上面印得有许多字。我是个睁眼瞎子,一个字也不认得,又交回给天太,叫他快念。他看着字念了起来:"干人——要——翻身,快来当——红军。嘿!你们看,这是红军路过贴的传单嘛。"

我把那块油光纸抢过来,生怕他们扯坏了。要天太再念下去。

他又念了:"干人要翻身,快来当红军,打倒——刮民——党,消——

灭白……下面的一块还贴在墙上。"

"嗐！你怎么撕烂了？"我马上用小刀子在墙上把还没有撕下来的一块纸小心地启下来，拼在一起，叫天太再念。

"消——灭白匪军，土豪全扫光，田地——都平分，建立苏——维——埃，工农掌政权。"

我们走得很热，听他这样一念，却像一股凉风吹进心坎里，浑身清爽。我们的劲头更大了，又向北开步走，好像前面就是红军，今晚上就能赶上一样。

天完全黑下来，肚子也实在饿了，我们看见远处山弯弯里有灯火在闪动，就向灯火走去。走拢去一看，是一间山里头的茅草小棚棚。我们推门进去，看到一个庄稼老汉坐在火塘边。山外边天气还热，这大山里夜间不向火就冷得很。我们向老汉问了好，请求借宿。他一点也不拒绝。到底是庄稼人嘛。我们吃了玉米糊糊，就坐在火塘边闲谈。老汉告诉我们他姓冯，我们就亲热地叫他冯老爹。他身边只有一个十几岁的儿娃子。我们正谈着，天太又把那张宝贝传单拿出来借火塘的火光看。冯老爹看到那块红色的油光纸，笑了一下。又过一会儿，他问我们："你们几个要到哪里去？"

"我们是出来打短工割谷子的。"我们还是用那句老话回答。

冯老爹又笑又摇头，不相信我们的话，他说："这山里头田都没有一块，你们来割啥谷子？来割石谷子吗？"

这一句话把我们都问住了，我们你看我，我看你，没有办法回答。

冯老爹看着我们遭问倒的样子，笑得更欢了。他说："我看你们是到北边去赶队伍的吧？"

他一句话就把我们的底揭穿了。我们看这位冯老爹是和我们一样的干人，不会是坏人，只好默认了。

他说："我一看你们拿那张红纸传单那样专心看，我就明白了，那是红军贴的传单嘛。你们这些年轻人，天不怕，地不怕，要当红军，硬是得行，就是太冒失。红军从这里已经走了十多天了，中央军跟到他们的屁股后面送行，不要说你们撵不上，就是撵上去了，碰到中央军，拿住你们，还不把你们当红军的探子办了！小兄弟，你们这是拿脑壳往刀口上碰哩。劝你们再不要往北去了，前面三十里就是青竹关，一条独卡子路，有中央军住在那里，飞也飞不过去。你们还是赶快往回走吧。"

冯老爹说的是好话，可是像在我们头上兜头泼了一桶冷水。我们走到这步，总不甘心，想了好多办法，冯老爹都说不行。劝了我们半夜，说"好汉不吃眼前亏"呀，说"留得青山在，不怕没柴烧"呀……我们坐在火塘边一句话也说不出来了。

第二天早上，我们谢了冯老爹的一番好意，告辞出来。我们都不甘心，想往前走，可是怎样走法呢？

还是天太的脑子灵活些，他说："我们要往前走，可是也不能睁起眼睛去跳崖，要想个办法。我们装成割谷子的是不行了，要改扮成挖野药的，从大山里走，混过青竹关，就好说了。"我们就照着天太说的办，用竹子编几个背篓，在附近小镇买几把小锄，就往大山里去了。我们在路上约好，无论遇到什么事，都要一路走，人家问什么，都听天太答话，大家跟着他说。我们在深山野林里走了半天，净是悬崖陡壁，费了好大劲，才爬到山脊上。翻下山大概就过了青竹关吧。正要下山，没有料到从左边树林里跑出几个兵来，带队的恶狠狠地叫："站住！不准动。"

我们一看，糟了，是中央军。

那带队的问："干什么的？到哪里去？"

我们都有些惊慌，天太却沉着地说："老总，我们是挖药的嘛，不到哪里去，就在这山里头。"

但是他们不由分说，把我们一起赶下山，押着到青竹关街上去了。在路上，天太暗地传话，打死了也只说是挖药的。走在半路，挨我走的一个兵看样子比较善良，很同情地悄悄对我说："嗐，哪个叫你们来闯鬼门关？"

在一间大屋里有个油头滑脑的家伙来审问我们，他一口咬定说我们是红军的探子。我们一口咬定是挖药的，并且指挖的野药为证。这家伙滑得很，他看出每次答话都是天太，起了疑心。他突然站起来，抓起我的背篓，随便拿起一味野药问我："这叫什么药？"

我是不认得药的，今天天太临时教过我们几味中药名，他拿起来的那味药我倒是记得的，我说："观音草。"

他又抓起一味野药问我，我却分不清了，天太就急忙替我说："这是狼毒嘛。"

"不准你说，我问他。"

"狼毒。"我跟着说。

"这个呢？"这家伙坏得很，又拿起一味药考我，这下把我考住了。

正在为难，从门口跑进来一个怒气冲冲的军官，进来就叫："混蛋！抓的几个伕子全跑了。"

他忽然看到我们几个庄稼汉子，很有兴趣地走过来，望着我们，并且用手指头夹一夹我的臂膀，用皮鞋踢一下我的腿肚，好像到了买卖牲口的市场，像买牛那样，摸摸腿，看看牙口。真气人！

"哈哈，这是几块好材料呀！"他忽然对那审问我们的坏蛋说。说完又大笑一阵才命令我们："走，给我挑东西去。"

"慢一点，营长，这几个人还没有问清楚，怕是共匪的探子。"

"啥子探子，你一天就是整这些事，共匪哪里来那样多探子？你不看都是才从田里爬起来的使牛匠。走，跟我走！"

我们跟着这个营长走出去了，那家伙无奈何地直摇头。

我们异常热心地帮那个营长收拾担子，简直有些过分了。天太用眼睛递点子，叫我们留神。挑的都是些箱笼软包袱，不知道这个家伙又在哪里发的横财，着急要往家里搬了。他派两个兵押我们上路，一个就是那个说我们闯鬼门关的，一个却是捉我们下山的那个坏蛋，那个兵叫他排长。

在路上走了不久，我就盘算起来，两个武装押六个伕子当然押得住，但是那个背长枪的对我们态度却不坏，如果他不动手，我们六个人对付那个提手枪的家伙是搞得赢的。我故意挑到天太身边，悄悄和他说了。他高兴极了，悄悄说："这就有办法了。分头传话，听你的号令。"

我们又走了十几里路，走到左右是树林的山坡边了。我看这里就好动手。天太点了一下头，大家都明白了。我走近那个排长身边说："排长，歇一下再走吧。"

"不行，这里不准歇气。"这家伙很狡猾，他机灵地离开了我几步。

一不做，二不休，我也顾不得许多了，把担子一丢就扑了上去。刚抓住他的肩头，这家伙一扭就滑脱了。他急忙逃开几步，回头举枪要打我。天太看事情坏了，大喊："快跑！"我就一步从路边跳到石坎下面，我们几个都没命地分开逃走。

这家伙朝我打了一枪，没有打着，他大声叫唤："抓住！抓住！"

"砰！"我在石坎下听到一声枪响，就再没有声息了。

过了一会，听到那个背长枪的兵在叫："出来，出来，没事了。"

我和天太两个爬上石坎一看，全都明白了。是他在背后冷不防给了那排长一枪，把他打死了。我们走到那背长枪的兵面前，向他道谢，他指着排长的尸体说："你们今天不整他，我也要整他了，这个混账东西！"

我们怕有人来，赶快把这家伙的尸首抛到石坎下藏起来，把东西挑进树林去。但是以后怎么办呢？大家都不说话。继续往前走，去找红军吧，据那个兵说，越到前面越紧，是通不过的；再说红军已经走了十几天，也赶不上了，回去吧，那是死路一条。

我气哼哼地说："莫非这样大的世界，就容不下我们这几条汉子！红军也是人干的，他们能干红军，我们就干不得红军？我们不能自己来立红军？"

我本来是说的几分气话，他们却一下都同意了，一起说："对！我们自己来立红军！"

可是红军到底怎么立法呢？我们都不知道。跟我们来的那个兵名叫罗光德，原本也是干人，被国民党抓了壮丁，弄得家破人亡。他虽然当过几年兵，可是还没有看见过红军，也不知道怎么干法。大家七嘴八舌地商量了一阵，都说要成事，要紧的是大家一条心，都主张到庙里磕头赌咒，砍断头香。我们就在附近找了一个破庙，也不知道是什么菩萨，我们七个人一字儿跪下，赌咒发誓，要当红军，谁要变心，天诛地灭，一起砍了断头香才站起来。论岁数是我最大，立红军是我起的头，他们六个人都推我当"大哥"，要我做头儿。我也不推辞，就当头儿，还叫天太做我们的军师，又叫罗光德做管事，因为他懂得点打仗的事。

说实在的，我这个头儿也不知道怎么办。好在我们捡到红军一张传单，那上面说的都是我们干人的心里话，就照那样办，总不会错。

我们把那个营长的冤枉财送到冯老爹家里，我告诉他说，我们自己立起红军来了。

他听了很高兴，说："年轻人，有出息，干得好。我的大儿子要没有跟红军走，也要和你们一起去干。就是要把细，不要冒失，他们猾得很啰。"

我点了一下头。

我们一共有两支枪，罗光德有一支长枪，那个该死的排长的短枪，亮光光、蓝黝黝的，是杆好枪，就给我这个头儿背起来。后来我们突击了一个国民党落伍兵，又得到一支长枪，由天太背起来。天德的手艺巧，他照样子用木头做一支假枪，也很气派地背起来。

我们七个人，有了三支真枪，一支假枪，也像个事了。我们就在这大山里窜来窜去。有机会就打那些地主豪绅，特别痛快的是拉土老财的"肥猪票"，要他们拿钱拿枪来赎取。他们越痛，我们越舒服。但是我们没有打出旗号来，人家还以为我们不过是山里头的几个毛贼，也就没有人来参加我们立的这股红军。

我们都没有见过红军是什么样儿，就只好照我们听说的那么装扮，在腰上缠条红带子，枪上吊着红坠子，还把头上缠的白帕子染红了，硬是一身都红起来了。但是我们还没有机会弄到一面血红的红旗。

我们顺着大山梁子向西活动过去，我们的军师天太说，总蹲在一个地方是不好的。有一回，我们抢一家地主，找到一幅大红被单，就用竹竿揭起来，红旗就有了。天太又搞到一点红色油光纸，他就照着红军的那张传单，抄了好多份，走到哪里贴到哪里。原来的那一张传单虽然我们都背得上面的话了，还是舍不得丢掉，我们用厚牛皮纸把它裱糊起来，像个纸夹子，带在天太的身上。

说也奇怪，我们一打出红旗，贴了红军的传单，又把打土豪得来的东西分给干人，名声一下就大起来了。前前后后有些和我们一样的干人来找我们，要参加红军。不到几个月，我们就有三十几个兄弟伙了。新来的兄弟伙都说，外面到处传开了，说红军又回来了，拖了个游击队在山里活动，为干人申冤报仇，打富济贫。

谁想这样就惊动了中央军。冯老爹派人传话进来，说中央军要来剿我们这一股游击队，要我们特别小心。哼！这有什么了不起，来就来吧，打他狗日的！

过不多久，果然有白匪的保安团来搜山。我们靠对地方熟，消灭了他们一小股，又得到二三十支好枪。因为打了胜仗，威名传出去，又有十几二十个干人来参加，我们也都收了。

谁知道就在这里出了一个大毛病。敌人知道我们大开门收人，就派了一个探子装成干人混进来。我们没有在意。这个该死的坏蛋把我们的底细摸到后，密报了敌人，敌人就照这个密报，用大包围圈把我们从四方八面包围起来，然后再慢慢收紧包围圈。

我们还蒙在鼓里，还正在为我们才打了一个大胜仗添了枪又添了人高兴哩。直到冯老爹派他的没有跟红军走的小儿子，忍受千辛万苦，冒了生命危险，穿进包围圈，给我们报信，我们才明白了。可是已经迟了，我们决定突围的时候，包围圈已经收紧了。

我看形势不对，只好利用黑夜突围，可是几次想冲出去都没有成功，还牺牲了十几个弟兄。后来才发现是那个探子朝我们要冲出去的方向打信号枪。我们都气炸了，把他捉起来，枪毙了。

趁着黑夜，我们找了一个新的方向突围，仗打得很凶，敌人有二三百，我们只剩三十几个弟兄。

忽然我们的军师天太受了重伤。他眼见得自己不行了，把我叫了去，对我说："大哥，我是不行了，你今夜一定要带弟兄伙冲出去，出去一个算一个，出去两个算两个，今夜出不去，天一亮就跑不脱了。总要出去几个，保住根子。你一定要去找真红军，找到共产党。"他费力地从怀里摸出那个夹着传单的牛皮纸夹子，交给我，说，"这个夹子好比我们的一本经，靠它起事，千万不能丢了……"说罢便咽了气。

我真想大哭一场，可是敌人又进攻来了，我带着最后剩下的二十几个弟兄，高声大叫："要活命的跟我来！"

我们从山边冲了下去。跟我冲出去的有十一二个弟兄，还有几个弟兄，由罗光德带着，和我失去了联络，没有跟出来。

敌人穷追不放，我们又累又饿，又牺牲了几个弟兄。剩下的五六个人也被完全打散了。我一个人不知道东西南北，往深山老林里钻。天快亮的时候，枪声越来越稀了。这时候我才在树林里伤伤心心地哭了一场。找红军没有找到，那样多生龙活虎的好弟兄都牺牲了。更是对不起冯老爹，他派来送信的小儿子，也牺牲了。剩下来的几个也不知下落了。我们失败了！

我现在到哪里去呢？找红军当然不行了，回家更是死路一条，我更没有脸去见冯老爹，失悔没有听他几次送来的好话。我只好把枪埋在林子里，装成一个打柴的，背了一捆柴，从西边走出森林。走到一个集镇，正逢赶场。我的肚子实在饿坏了，胡乱把那一捆柴卖了，到一个又是茶馆又是饭馆的铺子里吃"冒儿头"。茶馆里正在叽叽呱呱摆说，像才揭开盖子的一锅开水。都在说："红军回来一个游击队，遭打垮了。最后剩下几个硬汉子死不投降，打到最后，把枪在岩石上砸烂，跳崖死了。中央军把他们的头都割下来，挂在城门楼上示众哩。"

我知道这就是罗光德带的几个人。这样我才明白，是他们硬顶住敌人，掩护我们，我们才冲出来的，他们却全都牺牲了。我好难过呀！我又听到一个像师爷模样的斯文人在摇头摆尾地说："哼！这一回，一个都没有跑脱，都打死了！"我看他那个得意的样子，恨不得走上去用三个指头把他那个正摇着的小脑壳夹下来，告诉他："看着吧，我王天林这个根根还在哩，总有一天要翻梢！"

我看这个地方也不好安身，就一直朝西走去，靠打柴过日子，走了几天才走到这个小城里来。我在这里当苦力，做短工，一混几年了……

王天林讲到这里停住了。

"以后的事，你都知道了。"讲到这里，他眼里含着泪水，忧郁地望着东方连绵不断的山岭，那是他斗争过的地方，许多好兄弟都牺牲在那儿。

他慢慢地从他的内裤口袋里，摸出那个小本，打开看了一下，送到我的面前。这是一个用牛皮纸不知裱糊过多少次的小夹子，上面浸透了汗迹。打开一看，在中间嵌了一张褪了色的红油光纸，纸上的字迹已经模糊了，但是我好像仍然看到它像金子一样在闪闪发光：

> 干人要翻身，快来当红军，
> 打倒刮民党，消灭白匪军，
> 土豪全扫光，田地都平分，
> 建立苏维埃，工农掌政权。

王天林忽然提高声音说："我们自己立红军虽说是失败了，但是我硬是不信他们的江山是铁打的，就砸不垮！我一定要把他们这个摊摊打得稀烂！我一定要去找真红军，找共产党，总有一天要找到。"

"现在，同志，你已经找到了。"

"是呀，到底找到了！"他笑了起来，他的脸变得那样光彩焕发，像初升的太阳。

王天林入党后不久，他就向党组织提出要求，要到他过去拖队伍的那一带去找寻失散的几个伙伴，他特别要去看看冯老爹，他要告诉他们，终于找到红军了。他又提出，请组织派他到他的家乡一带去秘密活动，他很想早一点让乡亲们知道，出头的日子快到了。

王天林提出这样的要求是可以理解的，我们同意了。我们知道，这是一颗不会熄灭的火星，落到哪里，哪里就会烧起大火来。

小交通员

我在飞仙岭安排好住的地方以后，第二件要办的事就是物色一个好交通员，在离城十几里路远的双河场建立起交通站来。地下党活动没有交通站是不行的。我住的地方必须保密，只有一两个同志可以直接来找我，其余的同志要来找我都必须通过交通站，由交通员约好时间地点转告我，然后才能见面。交通站的交通员既知道下面的同志，也知道我住的地方，同时还要替我送信、找人、传话，要忠实可靠而又勇敢机智的人才能胜任。我找老胡替我找一个这样的青年同志来。过不几天，老胡果然带来一个青年，说是青年还不如说是少年。他的个子不高，看起来不过十五六岁，脸蛋上还有两块少年才有的红晕，眼睛不大，瞳仁却又黑又深，眼睫毛老是不停地闪动，那是一双会说话的眼睛呢。他的嘴角向上翘起，随时准备发笑，不然就把嘴皮鄙夷地一抿，好像世界上无论什么事情都没有什么了不起。他走起路来，竭力把自己装得稳重一些，好像个大人模样，却还是掩盖不住他那副嫩气和活蹦乱跳的劲儿。他一进屋就踏翻了我放在门边的洋瓷洗脸盆，弄得稀里哗啦地响，似乎用这种声音引起主人的注意：我来了。才那么丁点年纪，却在手里拿着一支纸烟，看那指甲，是一个老烟枪了。

才一见面，老胡还没有介绍，我就暗吃一惊。这是怎么搞的？老胡怎么带这样一个人来呢？我一看见他抽烟的那副模样，马上就想起来了。这个人名叫王定安，是个"壮丁贩子"，我是在一个叫谷丰场的小栈房里遇到他的，这才不过是一个多月以前的事情。

我到这里来的半路上，歇在一个叫谷丰场的小栈房里。我走了一天，本来很累，可是吃过晚饭，我还是喜欢坐在堂屋里和茶房摆龙门阵。这种茶房我见得很多了，无论是年老的或年轻的，都是那样热情、有礼貌而又有几分狡猾的样子。他们无一例外都是一乡一镇新闻方面的权威人士，在他们的脑子里存得有一部乡土编年史，只待你去翻看。他们无例外都很会摆龙门阵，似乎哪一个要不会用那些奇闻逸事把旅客逗得喜笑颜开，他就不配领受乡镇栈房的茶房的光荣称号。这个栈房的茶房姓周，和我坐下就摆个不完，正好，这可以帮助我了解这些地方的情况。我们正摆得热闹，忽然听到我的房里有声音，好像是把桌子上的茶杯打翻了。我并不在意，在这种乡场上的栈房里，耗子是不会少的，我想大概是耗子出来在桌子上找寻吃的东西，没有找到，很不高兴，在发脾气吧。我对老周说："嘿！你们这里的耗子真不讲道理，还没有等人睡下，就出来闹翻天。"

茶房老周笑了起来，以为我这个人少见多怪。他说："这算啥子？你要不洗脚，它不把你的脚趾拇当臭腊肉啃才怪呢。"

我们摆了一阵，快半夜了，老周当真是怕我的脚被耗子当成臭腊肉啃，打一盆热水来，叫我洗脚。我洗了脚，提一盏煤油灯，走进房间，把门闩好，把倒了的茶杯扶起来，脱衣服准备上床睡觉。

"咦——"我大吃一惊，在我的床上的被盖里已经有一个人蒙头睡下了。我是不相信鬼的，也不禁有些毛骨悚然。我听到人在喘气的声音，胆子才壮了起来，便上前揭开被子。睡在被子里的人猛然一拱，坐了起来。原来是一个十五六岁的小伙子，瘦骨伶仃的，只穿了一件草黄色的军衣上装，下身却是光条条的。我看木格窗是打开过的，刚才听到茶杯声响，想必就是他进来碰翻的。

这成什么话呢？不请自来，想来打我什么主意吗？我有些生气，问他："喂！怎么搞的，乱钻进来，嗯？"

这个青年看我一下，大概发现我并不凶，不害怕了，他说："我是逃壮丁的，没有想到这屋子里住得有人。"他端详我一下，又说，"看你先生是个好人，救救我，让我躲一下吧，他们抓到了要打死我的。"

哦！原来是逃壮丁的，这种事情现在很多。国民党要打内战，到处抓壮丁当炮灰，老百姓千方百计逃壮丁。逃不掉被抓了去的，用绳子一串一串地穿起来，牵着绳子走，像赶牲口一样，又是打又是骂；白天净叫吃些清汤寡水的稀饭，饿得你三魂丢了二魂，晚上关在屋里还不放心，把你的裤子都脱了收起来，叫你跑脱了，光屁股也不好走路。至于捉到了逃跑的壮丁，重则枪毙，轻也要打个半死。像这样被拖死、饿死、打死的青年不知有多少。

现在躺在我的床上的就是一个逃壮丁的，不要说我是一个共产党员，就是一个普通的好心人，在这种场合下，也不能见死不救。可是我急切想不出一个妥当的办法来。他却几乎没有考虑就想出一个主意，他说："你就说我是你的跟班。"

这个办法果然好。我把旧衣服从包袱里取出一套来，叫他穿上，把草黄色的军衣摔到顶棚上藏起来。我和他约好了姓名，他说他叫王定安。我叫他再睡下，用白帕子把脑壳缠得脸都看不清了，钻在被盖里哼起来，装作害病。

不多一会儿，听到外面有人在叫客栈的门，清查逃跑壮丁的来了。我感觉有些紧张，要是给识破了，睡在我床上的这个小伙子就活不成，我也脱不到手。我赶快把自己镇定下来，拿一本书在灯下装作看书的样子，同时用手摸一下装在我衣服袋子里的那一张名片，硬邦邦的一块纸还在那里。这是我在出发前假造的，是给这一带最歪的"大舵把子"的引见名片。

一会儿，听到茶房老周引进来一个人。老周一面走一面在给那个人打招呼："老总，我们这个栈房硬是一个逃兵也没有。"那个人大概不信，催老周快带路，他说："莫说空话，快给我叫门。"于是老周把一个一个客房叫开，这个人就进到一个一个客房去查看，听到又是在问、又是在用棍子在床底下乱捅的声响。

查到我的客房里来了，老周引进来的是一个军官模样的人，横眉立眼似乎对于任何人和任何地方都抱着仇视和怀疑的眼光。他一进房就问:"看到有逃兵进来没有?"

我理直气壮地回答:"啥子逃兵?没有。"

他在房子四处打量。这客房除开一床一桌以外,再也没有别的东西。他用手棍在床底下捅了几棍。那棍子实在厉害,头上安得有几寸长的一个铁尖尖,真要有人躲在床下,这几下也够戳穿肚皮的。

在我的床底下当然捅不到什么,但是他却指着床上问:"这是啥子人?"我说:"我的跟班,在打摆子。"正说着,床上的青年哼得更大声,真像病人。那个军官上下打量了我一阵,大概看我够不够资格带一个跟班。他怀疑地问:"你的跟班?"我又点一下头。他似乎还有点儿不大相信,转身问站在门口的老周:"这是他的跟班吗?"

老周走进房来,看到我的床上睡得有一个人,有点儿莫名其妙,他是明白的,我根本没有带跟班来。我的心里像打鼓,心想,这下坏了,他要说声不是,事情就败露了。这个老周是个好人,他略微迟疑了一下,马上模棱两可地回答:"嗯,这个……他们就是两个人嘛。"这下我才比较放心了,背上还直冒冷汗。

这个军官虽然有几分相信了,但是他鬼得很,还要揭开被子看看。他说:"是你的跟班,也要叫他起来看看。"我起立阻止他说:"不行,着了凉不是耍的。"我看不使出我的最后一招是不行了。我装模作样地说:"咋个的?你也要先清问清问我是啥子人,莫非我还是藏逃兵的?"说罢,我在衣袋里摸出那张名片来,送到他的手里,说,"请你老兄看看吧。"

他把名片拿到灯下一看,原来是成都冷大爷给这里王大舵把子的介绍名片,马上就泄气了。王大舵把子这一带的人哪个不晓得?他跺一下脚,地都要打战哩,哪一个敢惹去拜访王大舵把子的人呢?他连忙赔一个笑脸,恭敬地退回名片,说:"对不起,对不起,兄弟冒犯了。"说罢,退出去了。

这晚上逃的壮丁大概不少,一夜晚满场都是闹哄哄的,弄得鸡叫狗咬,天快亮的时候才平静下来。大概是把没有逃脱的壮丁又押起上路去了。

天才亮，茶房老周就打水进房，他问我："你先生哪里来的跟班？"这时那个逃壮丁的小伙子把被子一掀，坐了起来，叫了一声："周哥！"就笑了起来。

老周一看，吃惊地说："哦，原来又是你来了！"

这个小伙子下床来，笑嘻嘻地说："周哥，这次又多承你搭救，以后是要报答的。"

老周说："报答啥子？你少照顾我们两回就好了。你咋的总在这个场上跑，总是照顾我们这个栈房呢？"

那小伙子笑着说："熟人熟地方，好办事嘛。"

我正莫名其妙，这个小伙子车转身对我说："这回多亏你先生做好事，没有什么报答的，只得说声谢谢了。"他正说着，忽然发现小桌上有我丢的一截纸烟蒂，他马上拿起来，用火柴点着，放在嘴上狠狠地吸起来，简直把嘴皮都快烧着了，他还在用力吸。他紧咬嘴皮把烟子关在嘴里，往肚子里吞下去，几乎没有一点烟子跑出来，他才满意地伸一下腰，说："把老子饿得烟虫都快爬出来了。"

他想要告别，但是他似乎想起来还穿着我的旧衣服。他把衣服拉一下，对我说："你先生做人情索性做到底，这套衣服也借给我穿回去，我过几天送到周哥这里来，你过路的时候来取就是。"这个小伙子说得真是"撒脱"。但是我有什么办法呢？总不能叫他打起光胴胴走路，我说："算了，这套旧衣服就算送给你吧。"可是他却很认真地说："说一不二，硬是有借有还。"他说罢还拍一拍胸口。

那个茶房老周站在一旁，又给我出了一个主意，说："我看你先生硬是跑世界的好人，索性成全他，给他几个盘缠钱，打发他上路去吧。"

那个小伙子笑着说："那就更好，山不转路转，石头不转磨子转，将来转到一起了，我是知恩报德的。"他真的把我当作行侠仗义的好汉，对我说起这一套江湖话来。我看他年纪小小的，却装成很懂事的大人样，未免有些好笑。

在老周这种好人的促成下，我摸出两万块钱的票子（那个时候的两万块钱，还抵不上现在的两元钱）给他。他拿着钱，连谢也不说一声，欢天喜地地去了。他那飞跑出去的样子，才能看出他仍然是一个十几岁的毛娃娃。

我觉得这个青年好利爽，就问茶房老周："这是啥子人，你怎么认得他？"

老周说："哪个晓得他是啥子人，总不外是个壮丁贩子。"哦，壮丁贩子，我知道现在是出现了这种新"职业"，专门给人家顶替壮丁卖钱，半路溜脱，回去再卖。老周继续说："这个小伙子年纪小，却很机灵，我看到他在这场上跑脱两回了。每一回他都是偷偷爬进没有住客的客房，睡到床上，冒充起客人来。二头对面，我不得不假认他是我们的客人。你总不能见死不救嘛。"

活见鬼！我原来撞到一个壮丁贩子，这种事都是乡下的叫"赖时候"的人干的，干这种事的人没有一个是本分的农民。

我吃过早饭，正要上路，这个小伙子又跑转来了，看样子他一定是拿我给他的钱在哪里饱饱地吃了一顿，满嘴油水，很有精神。最显眼的是他的手指上还夹着一根纸烟。他好不自在，我却感觉十分厌恶，我给他的钱一定是被他花得差不多了，又找我"打瓜削"来了吧。我不高兴地看着他。

他一进门来，就说："我倒忘了问你先生的名字！"他大概以为我是个"寿头"，现在吃饱了，回来问好姓名，以后说不定还可以从这个"寿头"的身上刮几个吧？我对他简直厌恶死了，我只把在这个栈房号簿上登记的假名字告诉他："我叫王乐山。"他还不走，又问："你先生是到哪里去？"我很不想回答他，只是应付地说："到大巴山里去。"他高兴起来了，说："那好呀！我也是回大巴山的，我可以给你当个引路的。"

我没有想到这样说反而把我巴住了，我到哪里去怎么能让他知道呢？我正失悔救了这个壮丁贩子，冤枉给他盘缠钱呢，我再也不想和这种人打交道了。我推说："你走你的吧，我说不定还要在这里拜会朋友，这两天还不走。"

他说:"我就等你两天。"这家伙简直是"赖时候",把我马倒起,脱不到手了。我有几分生气地拒绝他:"不,你走你的吧。"

他看我生气的样子,反倒笑起来,他说:"我这是一番好心,看你这样儿是头一回进山吧,这一路关卡多得很,我引路,你可以少遭多少冤枉。"

我还是固执地回答他:"不,我们各走各吧。"

他苦笑了一下,无可奈何地摆一摆脑壳,走了。

他说的果然不错,这一带山里走路实在艰难,一路上遇到许多关卡盘查,不知道是些什么人,土匪?团队?袍哥?弄不清楚,反正都差不多。我硬是遭了好多冤枉钱才通过了。

现在老胡同志把这个惹不得的壮丁贩子竟然介绍来当我的交通员,怎么可以呢?

老胡还没有开口,这个叫王定安的小伙子先开了口:"哟,我说是哪个呢?原来是你王先生。你看,我们果然又转到一起来了。"

我不高兴地应付他说:"原来是你?"

我马上拉老胡出去,问他:"这就是那个叫王定安的壮丁贩子吧?"

老胡说:"不对,他不叫王定安,壮丁贩子他倒是当过的……"

不管名字对不对,反正我是认得他的,我对这个人的印象坏极了,不能要他,我便对老胡严肃地说:"老胡,你怎么搞的?他要把我也当壮丁卖了,怎么得了?"

老胡不知道事情为什么这么严重,莫名其妙。他极力解释说:"人不可以貌相,你恐怕不识货吧,这小伙子是金子打成的响当当的角色呀。你知道他是谁?他就是丁志平烈士的儿子,政治上绝对可靠,人又聪明伶俐,给你当交通员最合适。"

我还是不相信,说:"烈士的儿子怎么习得这样烂,当起壮丁贩子来了?不成话!"

老胡笑着说:"他这个壮丁贩子和别的壮丁贩子不一样呀。他是为了我们穷兄弟们顶祸事才去当壮丁贩子的。有的穷兄弟被拉去当壮丁,一家人就走上绝路了，他就自动去顶人家的名字。他滑得很，在半路上总有办法溜掉。他救了好几个穷兄弟了。他也替有钱人家的儿子顶过壮丁，卖过钱，但是他不是把钱拿来自己用。他只买几包纸烟，其余的钱都拿去周济那些揭不开锅盖的穷兄弟了。你莫小看他……"

"我不会卖你的壮丁的，你放心。就是把你当壮丁给拉去了，我还可以把你顶回来。"这个小伙子走出房来，对我说。显然的，我对老胡说的话，他都听见了。他有几分生气的样子，把烟蒂头丢在地上狠狠地踏灭了。

我万没有想到他是这样一个行侠仗义的青年，这才叫从门缝缝看人，把他看扁了。而且错误地得罪了他，我很不好意思。

老胡赶快来解交，说："来来来，小钉子，人不知，不为怪嘛。"老胡把他拉到我面前对我介绍，"他叫丁宗平，不过你就叫他小钉子吧。"老胡又转过头对丁宗平说，"这就是老冯同志，你以后务必要听他的提调呀！"

他马上就不生气了，但是，他还有几分不愉快。我堆起一脸笑容拉他进屋坐下，对他说："好了，小丁同志，这一回我们硬是石头不转磨子转，转到一起了。"我把带来作应酬用的一包好纸烟打开，抽出一根送给他，他拿起那根纸烟看一下，又闻一下，马上就笑了起来，好像只要有好烟抽，一切前嫌宿怨都可以丢掉了。

他抽起烟以后，对我说："先生，哦，同志。"我说："以后就叫我老冯吧。"他接着说："对嘛，老冯同志，上回在谷丰场借你的衣服，你拿到没有？路不好走，我还专门跑了一趟，送给栈房的周哥了。"

我早就把那件旧衣服的事忘记了，我说："送去干什么？谁还稀罕那件烂衣服？"

他说："说话要算数嘛。"

老胡走了以后，我就对小丁交代在双河场建立交通站的办法。我特别强调地告诉他交通站在党的工作中的重要性，并且告诉他做交通员的工作方法和应该遵守的纪律。在我的印象中他是一个马马虎虎的人，他的纪律性一定很差，因此我一再地强调纪律性。我说："凡是我叫你送的信，找的人，传的话，你都要准确办到，不能打马虎，不然误了我们的大事，就要弄得同志们的人头落地哩。"

他满不在乎地听着，并不专心。我很不放心，问他："我说的你都明白了吗？"他慢条斯理地"嗯"了一声。我有些生气了，但是又不便一来就批评他。

我又重复一遍，他还是那样爱听不听的。说实在的，我真有些怀疑，他这样的人可以当交通员吗？但是现在也不便换他了，过一些时候再说吧。

交通站在双河场建立起来了，名义上是一个山货庄的转运站。坐落在场的西头一个独立的小院里，外面就是田野，人来人往倒也方便。小丁就住在交通站里，除开表面上做点收货发货的假门面工作，也没有多少交通工作要做。一来是这一带的党组织才清理起来，许多人都是我亲自跑去接谈，要传话送信的事不多；二来是我听说小丁有时跑进城去大街上坐茶馆，和那些压马路的"踱神"来来往往，在茶馆冲壳子，我实在不放心把重大的事情交给他去做。

可是过了两个月，我却不能不把一件重大工作交给他去完成。因为在整理旧组织的过程中，一个叫王太田的同志由于粗心大意，把一个已经暗地里叛变的坏蛋拉进党里来了。当我和这个坏蛋见面谈话时，一查问历史他就露了底。不管他怎样竭力掩盖自己，但是我看得很清楚。我回来马上想法查对，他果然是一个叛徒。这是一个十分危急的情况。我的住地他并不知道，但是王太田同志住的地方他却很清楚。我估计这家伙见我一再盘问他，发觉钻不进来，要做坏事了，第一个他想进攻的对象无疑是王太田。我既然也已在他面前暴露，不好多出头，就叫小丁拿着我写的一张小条子进城通知王太田马上进山。在交通站，小丁是见过王太田的。

我告诉小丁说："这是救人的事，最好今天晚上赶到，至迟不过明天中午要赶到，明天下午转来回话。"

小丁也没有答应一声，一点也不着急的样子。我简直有几分生气，救人如救火，他却满不在乎，我又赶出去叮咛他："你要麻利些哟！"

"晓得了。"他不紧不慢地答应了一声，走了。

他走了不多久，忽然下起暴雨来。我想这下糟了。在这山区里是一下暴雨，河水就陡涨三尺，山洪咆哮着从山里冲下来，进城的渡口封渡了，小丁今天一定是过不去了。我只希望明天天晴，渡口开渡，谁知第二天早晨仍旧下暴雨，风叫浪吼，老远都听得见，真是焦人！

中午天晴了，山洪来得快走得快，我想下午一定开渡，小丁一定过去了。但是等到第二天深夜，等到第三天早晨，小丁还是没有回来。怎么搞的呢？小丁莫非是没有送到吗？或者是因为小丁没有经验，莽闯进去，落进敌人的陷阱了吗？我的心真是像滚油在煎，失悔叫这个不大牢靠的人去办这样紧急的差事。

我只好亲自进城看看。那个叛徒虽然认识我，只要提高警惕，我想问题不大。我进城走到王太田同志住屋的附近了，静悄悄地看不到一个人，看来好像什么事情也没有。但是经验告诉我，正因为这样，必须更加小心。我在附近走一阵，总想看出一个动静来。忽然，附近一户人家的边门偷偷开了，走出来一个人，蹑手蹑脚地。我一眼就认出，正是那个叛徒。糟了，王太田的住房果然被看起来了。我若无其事地转身走了。这叛徒立即偷偷跟来盯梢，我装作不知道，让他盯住。这种事对我说来是家常便饭了，用不着惊慌，我总有办法丢梢的。我走出小巷，转到大街上去，走过十字街口，向北门大街走去，这家伙还一直在隔我十几丈远的地方盯着。

我正在想法丢梢，忽然从茶馆里跑出来一个人，一把把我抓住，叫："走！王先生，喝茶去。"

我惊诧极了，回头一看，原来是小丁这家伙。我真生气，怪他没把信早送到，又不早回来，却跑到街上茶馆里去逍遥自在地喝茶，害得我进城来给坏蛋盯住了。我更生气的是他又不看风色，我明明被盯住了，他却跑出来和我打招呼。在街道上会到同志不准乱打招呼的这条纪律，我是再三跟他说过的，他却当耳边风，结果他自己也暴露给敌人了。他净给我戳纰漏，真叫人恼火。

但是我现在简直没有工夫和他理抹这些，丢梢丢脱了，回去再批评他。我只顾走自己的。他却偏要挨拢来，我恶狠狠地盯了他一眼，要他自己走开，他却嬉皮笑脸地望着我。我实在冒火了，只好不回头地恶狠狠地对他说："走开！我长尾巴了。"

他却小声地说："我就是看见你长尾巴了，我才出来打招呼。来，我帮你把尾巴砍掉。"

我想，小丁有啥经验砍尾巴？便说："我自己会丢，莫管我。"

他说："不，我这里熟，我来接你的尾巴，帮你丢。"他就大声地和我讲起话来，好像很熟的人一样，"王先生，走走，去喝茶去吧。"他又小声地说，"就在前面街转角茶馆里我接你的尾巴。"

我想不同意简直不行了，只好也大声地回答："好嘛，到前面茶馆喝茶嘛。"我说罢用手向前面一指。

我们两个走到前边的茶馆。这个茶馆很特别，在街的转角上，是朝两面街开门的，茶桌一直摆到门口。我们从这面街的门口走进去，回头看一下，那坏家伙在十来丈远的地方站住了。他还以为我们不知道被盯梢了，他不敢走到茶馆门口来露相。小丁把我拉住就在门口一张桌旁坐下，把脚伸在门槛上，高声叫："拿两杯茶来。"并且大声地和我说起话来，意思是叫坏蛋听见，我们的确在茶馆里喝茶。我看这个茶馆坐落的地方实在好，可以从这边门进那边门出，把梢丢掉。我对小丁说："走吧。"

小丁说："莫忙，你露一下相，脚也伸出去，等一下你收脚就走，我留下。"

哦，我一下子明白了，这果然比马上开溜的主意还好些。我马上也装作大声说话，并且把脸歪出门外露了一下，脚也伸在门槛外。我偷偷看一下，那坏家伙还是站在那里望着，他大概很放心吧："你们喝完茶总要出来，总把你们盯得住，看你往哪里去。"

过了一会儿，小丁给我递了一个眼色。我就猛然把脚一收，站起来朝街那一边的门走出去了。我已经走出门外了，小丁还在那里大声大气地说话，好像我还坐在他的面前似的。他的脚也一直搭在门槛上，叫那坏家伙放心。

我从小街钻进一条小巷，顺城墙走到北门，大摇大摆地走出城去，直奔双河场小丁的交通站里去了。

过不多久，小丁也跑回来了。他笑嘻嘻地说："丢掉了，让那个瞎猫去等死耗子吧。"

我不禁称赞起来："你果然是个机灵鬼。"

他没有说什么，从口袋里摸出纸烟来点上。我想这小家伙应该好好夹磨，对他要求严格些，于是我检查他这次送信的工作。

我对他说："那天下大雨，渡口封了渡，你没有把信送到吧？"

他没有回答。

我又问他："那么你第二天为什么也不送到呢？"

他有点儿生气，说："哪个说没有送到？"

"那么，约好第二天回来，为什么今天早上还不回来，害得我进城来被人家盯梢呢？"

"哦，这样嘛？"他大概现在才明白我之所以挨叛徒盯梢，是因为他的缘故。他抱歉地细声回答："我前天才拿着信上路，就下起大雨来。哎呀，大得不得了，对面三尺不见人，大颗大颗的，把头皮都要打肿了。到了渡口，早已封了渡，糟了，过不去了。"

我说："那你就该转来，第二天再去嘛。你跑哪里去了呢？"

他说："跑到哪里去了？跑到河里去了。"

"怎么跑到河里头去了呢？"我很奇怪。

"我到河边一看，河水正在使性往上涨，浪掀起几丈高，又吼又叫，好不厉害。咋办？我把心一横，莫非这河大水就把我难住了？我脱了衣服，把纸条子用干树皮裹了又裹，缠了又缠，塞在我的纸烟盒里，用我的衣服包起来，缠在头上，我就下水了。好家伙，浪大水急，硬好像龙王爷派虾兵蟹将在拖我的脚，一下子把我拖到河底去，一下子又浮起来。我泅了两里路，才算泅到对岸，爬上岸去，我差点就没有气了。"他说到这里，还笑一笑。

我说："哎呀，你怎么去冒这样大的险？第二天送也不迟呀。"

他忽然不笑了，严肃地皱起眉头来，说："你那天不是跟我说了又说，最好要当天送到吗？"

"啊！好交通！"我高兴得打了他一下。我又问他："后来怎么样呢？"

"后来吗？后来不顺手。"他说，"我把信送到王太田家里，他出去了，问他家里的人到哪里去了，说是有事到北乡去了。北乡，一匹大山几百里，到哪里找他去？当晚上我找个熟人的地方歇了一夜。第二天早晨去问，还是没有回来。下午我再去，好家伙！我发现他家门口外边有人转来转去。我看，不对呀，坏蛋动手呀。这样看来，我不把王太田在外边拦住，他懵懵懂懂闯回家，一定要糟。我就只好在十字街的茶馆里守住，他到北乡去回来一定从北门进城，一定从这茶馆门口过，我总要等到他才算数。"他说到这里，忽然停了。他慢慢又把手往口袋插进去，我明白他又想抽烟了。

我一把把他的手按住，着急地问他："慢着！你先说清楚，到底等到没有？"

"当天还没有等到。"他又动手拿烟。

我又按住他的手，问他："慢着！今天上午你等到没有？"

"等到了。"他很平淡地说。啊，我的心才算落地了，我出了一口长气，把手放开。

他取出一根烟来点上，慢慢说："今天上午，王太田果然回来了。我出去拦住他，把你的纸条子给他，他打开树皮一看，纸条子倒在，但是已经打湿了，什么也看不清了。我把坏蛋已经在他家当门神的情况告诉他，他才明白出了事。他说他先下乡去，明天再来找我，和你接头。"

"啊！好同志，好兄弟！"我狠狠抓住他的肩头拼命地摇，眼泪都快流出来了。

"哎，哎，你把我的架子都要抖散了啊。"他也高兴地说。

于是我们两个决定好好做一顿饭来吃，打个牙祭，表示庆祝。我们正在厨房有说有笑地商量吃什么，忽然听到前面有人推门进来。小丁急忙出去，却有一个人闯进厨房来了，来人说："噫——你们都遭关进笼子里去了，还在安逸哩！"

我一听就知道是王太田的声音，我问他："你来干什么？"

他说："干什么？救命。"

我和小丁都莫名其妙，问他："什么救命？"

他把我和小丁拉到厨房的小窗口，往窗外土坝外的小树林里一指，说："你们看嘛！"

我往小树林里一看，糟糕！怎么那个坏蛋到底还是跟上来了呢？那家伙站在树背后，偷偷摸摸地看，手插在腰里，显然还拿着手枪。我问小丁："这是怎么搞起的？"

"我也不晓得，尾巴我是丢掉了才回来的呀。"小丁本来是不紧张的人，现在也紧张起来了。

我又问王太田："你怎么知道的？"

王太田急匆匆地说："我早晨碰到小丁后，本来打算到北乡去的，后来想，还是先和你碰一下头再去，就拐到双河场来找小丁。在半路上，我忽然发现在前面大路上，这个叛徒带着几个不三不四的人在跑。我知道这不是在追我，一定是要到双河场来了。我从小路抄了过来，在场口外边，看到那几个坏蛋在场口的茶馆坐定，过一会这个叛徒一个人溜出来，鬼鬼祟祟地，到交通站外面来了。他大概是先来侦察你们在不在家，才好带人来动手。我没有办法，只好冲进来告诉你们。"

我对小丁说："糟糕，你一定是只丢掉了那个叛徒，却没有丢掉顶他盯梢的你不认得的人。"我想，这还是怪我粗心，我走的时候没有给小丁交代，盯梢可能不止一个人，要丢尽了才能回家。但是现在来不及想这些，现在是想怎么才能脱险。

这个叛徒很鬼，他站在树林里一棵大树的背后，却把我们交通站的前门和厨房侧门都守住了，简直跑不出去。我着急得很，过去遇过许多次危险，都不觉得怎么样，这一次却弄得我有些手足失措了。留在屋里藏不住，冲出去要挨叛徒打枪。怎么办呢？

小丁忽然说："我有办法。"

我问他："你有什么办法？"

小丁说："祸事是我惹的，让我兜起来，我冲出去和他拼了，我和他扭打的时候，你们就往蓼叶沟跑。"

这怎么可以呢？这样小丁就要挨他打死，小丁家三代人革命，就剩下他一根独苗，我怎么忍心？我急忙阻止他说："不行，不行。"

小丁又出了一个主意，说："让我冲出去先跑，他会来追，等我把他引开了，你们就跑。"

我还是说："不行，不行，他会开枪打倒你的。"我的心里很乱，总想不出一个万全之策。

小丁着急地说："这也不行，那也不行，只要他打一枪，声音传到场口去，叫来别的特务，我们一个也跑不脱了。我冲出去，死我一个，跑脱你们两个，啥子不行？"他说罢就去开厨房的门。我想拉住他，他把手一甩，就甩脱我的手，冲出去了。他从小树林边往苞谷地那边飞快地跑过去。那叛徒果然惊动了，跑出树林去追小丁去了，大叫："莫跑，站住，不站住我打死你！"他并没有把小丁吓住，小丁一股劲往苞谷地里小路上钻进去。他一面跑，一面回头看，看样子他是怕引不开叛徒。那叛徒向小丁的背后开枪了："砰！"

小丁忽然倒下了，我大吃一惊，糟了，小丁被打倒了。叛徒也以为打倒了小丁，又回头看住交通站的门口，怕还有人跑出去。这时小丁却忽然爬起来飞跑了。叛徒马上提枪追去，趁他还没入苞谷地小路，我和王太田急忙冲出去，往反面的苞谷地里跑。叛徒发觉了，回头胡乱向我们打了两枪，还大叫："站住！站住！"听到子弹从头顶嗖嗖两下飞过去，我们飞也似的从苞谷地往蓼叶沟的方向跑去，这叛徒又打了一枪。

我和王太田一气跑了几里路，跑到蓼叶沟的小河边的渡口，我们一看，糟了，这才叫祸不单行。没有想到这正是吃晌午饭的时刻，撑渡船的老头把渡船停在对岸，回到对面村里吃午饭去了。前有小河，后有追兵，我又偏不会泅水，这怎么办呢？

正着急间，小丁却忽然从后边赶来了，他简直没有考虑，也不说一句话，就连衣带裤扑到水里去了。他几下就泅过小河，爬上渡船，拿起竹篙就撑了过来，他叫："快，快上船，他们后边追来了。"

我们上了渡船，小丁撑，我和王太田划桡片，几下就靠拢对岸。我们钻进了苞谷地的小路里去，回头就看到叛徒，还有另外三四个提着枪的人追到河对岸来了。他们举枪对我们乱打一气。我们伏在地里爬着走，当然打不到我们。

"他们在给我们送行哩。"小丁笑嘻嘻地说，并且向对岸大叫，"你狗日的有本事过来嘛！"

这些坏蛋当然没有那样大的积极性，敢于泅水过来追我们，只听到他们站在河边喊："喂——撑渡船的，快来呀！"

我们在苞谷地外边大路上从容地走，小丁一面打趣地回答："呜——来了，你龟儿子等到嘛！"

我们又小跑了十几里路，到了三岔溪。我们往右边进溪上山，准备回飞仙岭去。这一路可以说是我们的势力范围，党组织最多。我们顺左手溪边小路走进一个隐没在竹林里的小院子里去，那是我们的一个党员住的地方，我们想先在那里歇一下。

我们才坐定，小丁就在那个党员耳朵边嘀咕几句，那个同志挖起锄头走了。过了一阵，那个同志挖起锄头又回来了，笑着对我们说："我把这些龟儿子指到大路上往西去了。叫他们去追太阳吧。"

小丁打了一个老大的哈欠，他从口袋里摸出一根纸烟来，烟已经湿得不能吸了。王太田把自己的烟递给他一支，他高兴地点上。我是不大会抽烟的，却也非常想抽烟，我向王太田要来一根纸烟，并且也努力学小丁那样把烟叼在嘴唇上，但是没有成功，倒把我的嘴皮烫了一下，大家都笑了起来。

接关系

一

任道头一天晚上接受了特委武装工作部部长老王同志的指示后，第二天一大早，挑起他早已准备好的书担子，出发到大巴山下的王家场去。

在半路上，他找到一个叫王小堂的小伙子，帮他挑担子，给他带路。一路上晓行夜宿，不紧不慢地走了三五天，总算走进了大巴山区，隔王家场不远了。

这正是大巴山山区的早春天气，早上穿着棉衣上路，还感觉有点凉意，可是不到中午，太阳出来一晒，就感觉热了起来，非把棉衣的扣子解开让春风吹一吹不可了。一路走去，看远山近树，一片新绿，山村竹篱边不时伸出一枝两枝生气勃勃的杏花，风景十分动人。但是任道并没有留心这些，他一面走着，一面在看那郁郁苍苍、峰岭纵横的大巴山，想起许多事来。这个大山是生他、长他的地方，也是他小时候受灾受难的地方。十几年前，他当一名"红小鬼"跟红军离开这里北上抗日，现在回来，却是一个大人了。从成都出发的前一天晚上，武装部长告诉他，这次把他从解放区调回来的主要任务，是到大巴山区领导农民武装斗争。他很高兴接受这个任务。他离开大巴山后，还常常梦见大巴山上的穷兄弟们，现在党就交给他领导这些穷兄弟们翻身的任务，这当然是一件愉快的事。

但是武装部长又告诉他,这却不是一件轻松的事,起初到大巴山区并没有武装可带。到那里去首先要做艰苦的开辟工作,深入发动和组织农民,才能逐步开展武装游击战争。武装部长告诉他,红军北上抗日后,反动派疯狂报复,这一带的农民简直活不下去了,在党组织的领导下发动过好几次暴动,都失败了。一年多以前,在王家场一带的党组织,还准备发动一次暴动,但是还没有搞开来,就被恶霸发觉,遭受破坏,几个主要的农民领袖都牺牲了。当时只留下一个姓王的小学教员,因为暴动前他到县城去找县委联络,没有牺牲,不知道现在还在不在。武装部长把和这个小学教员接关系的口号交给任道后,对他说:"你到王家场假如能打听到这个小学教员,把关系接起来,这一带的党组织就可以很快恢复起来,展开活动。但是这也不简单。"

任道想,武装部长说得很对,最快捷的办法是找到这个姓王的小学教员。但是那个地方既然叫王家场,想必姓王的一定很多,怎么能找到这个有姓没名的王同志呢?他自信打仗还有两下子,做地下党活动却完全没有经验,看来的确是不简单。

任道跟着王小堂翻山越岭,又走了几天,总算走到王家场了。他在一个叫悦来店的客栈里歇下来。洗脸吃饭后,将王小堂打发走了。他一个人到场上去转了一下。在山区里来说,这是相当大的场镇,有一条正街,虽说不宽,却有一里长的样子。在场中心有一个大庙子,庙门上挂着大约有十来块牌子:左边挂着区公署的大牌子,右边挂着同样大的大巴山山防局的牌子;在这样两块大牌子的边上,还挂了好几块比较小一点的国民兵团大队部、区禁烟委员会、区税局、新生活促进会、区慈善会等的牌子。看来这儿就是这个山区的政治中心了。但是奇怪得很,这个衙门冷清清的,没一个人进出,也没一个守卫的兵。就在这座大庙斜对面不远的地方,却有一座新油漆过的八字朝门,门的上面有一块金字大匾,上写"五世齐昌"四个大字。这个门口和对面区公署对照起来,大不一样,不仅门口站着一个无精打采的兵,而且进进出出的人很多。有时候看到穿长袍的人拿着名片进去了,有时候又看到垂头丧气的老百姓出来了。看来这儿才是真正的衙门。任道想,这一定是王大老爷的公馆,才有这样的气派。在这方圆百里以内,哪个不知道外号巴山虎的王大老爷呢?任道还没有走拢王家场,早就听说这个山霸王的威风了。

第二天,刚好逢到赶场。任道把书担子挑到那大庙外的小坝上,就地摆了个书摊子。摆的东西无非是些皇历、相书,《尺牍大观》《契约大全》《万事不求人》之类的日用书籍,也还摆得有一些古旧小说和通俗的小唱本,像《十八送》《小孤孀上坟》《诸葛亮三气周瑜》等。除此之外,还卖点小学生用的习字本、笔墨砚台之类的文具。自然,任道还带有几本时新的小说和进步的小册子,但是这些书都没有摆出来,他藏在客栈里了。

任道的摊子摆了半天,并没有卖出什么东西,这正是他所希望的。挤到摊摊边上来随便翻翻的人也还有几个,都是把小唱本看一阵就走开了。有时也来一两个庄稼人,为自己的读书的儿子买本习字本什么的。任道很想找些农民攀谈几句,但是庄稼人对他都是爱理不理的,看来对任道这种斯文打扮的人是没有兴趣的。

已经到了中午,场快要散了,任道也开始收拾摊子,准备回客栈去。这时,忽然看见坝坝上拥挤的人群忙乱地奔跑躲避,一会儿,就让出来一条大路。只见几个提着手枪的马弁气势汹汹地在前面开路,大声叫骂:"爬开!爬开!"一面喊着,一面就用皮鞭向赶场的人没头没脑地打去。幸好任道的摊子已经收拾得差不多了,一个马弁还用鞭子在他的书担子上狠狠地打了一鞭子。在这些开路马弁的后面跟到来了一乘四人换抬的凉轿,飞一般地从任道的面前过去了;隔着凉轿的黑色羽纱窗子,隐隐地看到坐在里面的是一个白白的胖子。在凉轿后面跟着两个兵,一个背着一挺花机枪,一个提着精美的鸦片烟匣子,在肩上也挎了一杆枪——鸦片烟枪;他们都跟着跑得上气不接下气。任道心里想,这个人好威风!正想着,就看见那乘凉轿抬进前面那个大朝门里去了。他想这一定是赫赫有名的巴山虎了。

任道回到客栈,和一个叫王二木的茶房闲谈起来,说王大爷走路好威风，差点把他的摊子踢了。王二木说："你的摊子遭踢了倒还事小，还没有找你倒补踢脚钱哩。"

"踢脚钱？这是什么意思？"任道莫名其妙，问王二木。王二木说："踢了你一脚，费了脚劲，是要算钱的，越踢得多，踢脚钱也要得越多。"任道说："原来是这样，真是从来没有听说过。"王二木说："你没有听说过的事还多得很呢。"

任道和王二木随便闲谈了一阵，察觉到这个茶房虽然年纪不过二十五岁，知道的事情却真不少，也算得是这个场上的一个"百事通"了。任道不由得暗暗地打量着他：这个人的面孔很平常，看来老老实实的，但是他的眼睛却总是在忽闪忽闪地眨，在忠厚中又透出几分狡猾的样子。这人和任道谈话，总是不断打量任道脸上的神色，好像总在猜想任道谈话的用意何在。比如任道问王二木："这区署门口挂个山防局的牌子，这是什么意思？别的地方没有见过呀！"王二木听了，不马上回答，眨了几下眼睛才冷冷地回答："听说是防备红军的。"任道又问："这里过去来过红军吗？"王二木的眼睛眨得更快了，过了一会儿，更冷淡地回答："来过。"然后扯一个故就走开了。

任道第二天吃罢早饭，就到场口去看看。从这里才看出王家场是一个十分险要的地方，扼住巴山的出口。从这山口望进去，但见重重叠叠的大山，树林茂密，云飞雾腾，真是一个打游击的好地方。任道从场口走过石桥，看见小山边有一座大庙，他走过去一看，原来小学校就设在这里。任道想起来，他要找的王老师是不是就在这个小学里教书呢？

任道回到客栈后，又和王二木东拉西扯说了一阵闲话。他转弯抹角地问这个小学有没有一个姓王的老师。王二木笑了起来，说："看你说的，这个场叫王家场，哪里不是姓王的？那个小学有好几个姓王的老师，有瘦王老师，有胖王老师，有眼镜王老师，还有白脸王老师，就是因为王老师太多了，才这样叫的。"任道听了很失望，谁知道哪一个王老师是他要找的对象呢？

王家场不逢场的日子，任道就挑起他的书担子到附近的几个乡场去赶

"转转场",一来是怕老蹲在王家场,引起巴山虎手下人的注意,二来可以在赶场的时候,和农民多接近,顺便打听打听。可是他在乡场上只要一想和农民多搭几句闲白,农民就支吾两句走开了,不肯和他多说话。有些农民甚至用怀疑的眼睛望他一下。他相信这里面一定有党员,但是有什么办法呢?他的头上没有刻字,谁认识他?他只好扫兴地又回到王家场。

又轮到王家场逢场的日子,任道把他的书摊子摆到靠近小学的场口去了。生意还是很冷落,一直到了中午快收摊子了,忽然来了两个小学老师,其中一个白净面皮的老师,很有兴趣的样子在书摊上东翻西翻,看到底卖些什么。他很鄙弃地把《万事不求人》《契约大全》和一些小唱本翻一下就扔下了,对另一个老师说:"走,没有看头,尽是些陈古八十年的老古董。"说罢他们就走了。

这一句话引起任道很大注意。他想:"这个老师对这些老古董没有兴趣,莫非是想看新东西吗?"

第二场,任道还是把书摊子摆在老地方,这一回,他在老古董书的下面压了一本新书《家》。果然,快到散场的时候,那个白净面皮的老师单独一个人来了。他在书摊上翻了一阵,终于发现了这本《家》。他很注意地拿起来看看,自言自语地说:"这倒是一本好书。"说着,便抬起头来打量了一阵任道,细声地问,"像这种好书你还有卖的吗?"

任道心里很高兴,却不表露,回答道:"有倒是还有几本,是来的时候,书铺配给我的,说是新书,我怕卖不脱,没有摆出来,放在客栈里。你老师要看,可以到客栈来取。"那个老师很高兴地说:"好极了,请问你贵姓,住在哪里?"任道把他的化名"王从化"说了,又说他现在住在悦来客栈里。那个老师说:"好极了。我也姓王,叫王家盛,我们还是家门人哩。我明天到悦来客栈来取书,这本书我借去看一下。"说罢,把《家》拿走了。

任道回到客栈十分兴奋,莫非真应了"踏破铁鞋无觅处,得来全不费功夫"这句古话吗?这一夜,任道想得很多,他想,要是接上了关系,马上就可以把农民的组织恢复起来,再适当加以发展,搞一两次小斗争,锻炼锻炼队伍，然后就准备搞武装暴动，拉进山里去打游击。在巴山上插起红旗来……真是太美了。

第二天上午，王老师到悦来客栈来了。任道把他让到房里，随便闲谈了一阵。任道见这位王老师温文尔雅的样子，说话很有分寸，又很谦虚，初次接触，便留下了一个相当好的印象。他估计，这个王老师很可能是个进步分子，不然，是不会那么想看进步书的。于是，他取出一本高尔基的《母亲》来给他，说："再借一本你看看，听说也是本时新的好书。"

王老师接过书去，道了谢。他说，他在这个山里，看报纸像读历史，消息十分闭塞，什么新书也看不到，真是闷死人。他问任道："外面有什么大事情没有？"

任道当然不好和他谈起政治来，只是支吾两句。王老师正要起身告辞，王二木却推门进来上开水，在上开水的工夫，他注意地打量了王老师一下，便退出去了。

等王老师走了一会儿，王二木又进来，问任道："你认得这个王老师吗？"任道怕王二木看出他和王老师初次见面就怪亲热地关在房里说话，引起怀疑，就假装说："我们过去就认得，在省里就认得。"

王二木恍然大悟地说："哦！这就是白脸王老师嘛，原来你要找的就是他呀？"

任道回答："是的。"

才过了两天，王老师又来客栈找任道，并且把《母亲》和《家》拿来还给他。

任道说："你看得很快呀。"

"我随便看了一下，书倒是好书，不过，我不大欢喜文艺。"王老师解释了几句，跟着又问，"不知还有什么谈正经事情的书没有？"

任道暗自想，他要谈正经事情的书，莫非是指政治经济方面的书吗？看来越说越投机了。任道问："你说谈什么正经事情的书？"

"就是那些……"王老师欲言又止，很神秘地打量一下任道。任道用似鼓励非鼓励的笑容望着王老师,王老师才说下去:"就是那些……比如说,谈天下大事的书,谈国家大事的书。"

"你是说谈政治方面的书吗?"

"正是,谈政治、谈革命的书。"

王老师居然说出"革命"两个字来了。很显然,这不是一个普通人所能说出来的,看来这个人很可能就是他要找的那个王老师。任道从自己的书箱里又翻出一本《论联合政府》来。当然,为了携带和阅读的方便,书皮已经去掉,夹装在一本叫《社会科学常识读本》的小册子中间。任道把这本书交给王老师说:"这本小册子是谈的国家大事,你可以仔细看看。"王老师拿起书告辞走了。

过了两天,王老师又来找任道,这一回他十分兴奋,一进房间就说:"这本书真是好极了。这是哪个写的呢?"任道心里想:这个王老师连毛主席这本著作都不知道,他也许不是党员,不然就是脱党很久,这地方也真是闭塞得很。任道笑了一下,说:"这本小册子可不是一个普通人写的哟。"

"唔,唔。"王老师似知道不知道的样子点了一下头。

任道和王老师正说话呢,王二木又推门进来上开水了。这个王二木近来也有些怪,对任道上茶倒水十分殷勤,特别是他和王老师谈话的时候。有一次,任道推开房门,见王二木拿了把扫帚假装在门口扫地的样子,好像正在偷听。这真是不能不引起警惕了。

等王二木退出房去,任道谨慎地又重新把门关严了。王老师问:"近来省城有什么重要新闻没有?"

"你指哪一方面的?"

"听说过去的红军现在叫中国人民解放军,又打得很凶,慢慢打过来了,有这样的事吗?"王老师终于问到这样一个重大问题。任道想:"假如你是党员,我可以把在省委听到的形势分析向你传达。那是多么精彩呀!"但是,在没有打通关系以前,任道怎么有权利这样做呢?这是秘密工作纪律所不允许的,他只好含糊其辞地说:"是听说越打越大了,活动到南边来了,隔四川也不多远。详细情况不大了解。"

"那好极了！"王老师忽然说了这样一句。但他似乎发觉自己失言了，马上掩饰地纠正说："不，我的意思是说，能听到这样大的消息，好极了。"说罢，任道和他会心地笑了一下。任道心里说："这个消息本来是好极了嘛，你就说好极了吧。"

任道简直认定这个王老师十有八九就是他想找的小学教员了，他真不想和他老是这样心照不宣地打哑谜了，真想试着和他对口号。但是任道还不敢这样莽撞，他记起临来的时候，武装部长告诫他的话，他搞地下工作也的确没有经验，他应该看一看再说。任道和王老师闲谈时，王老师总像有点什么心事，想说不说，最后他终于转弯抹角地从这个场上的巴山虎多么厉害说起，说到这一带的农民也不是好欺侮的，然后绕到农民反叛和上次农民暴动的事。任道心里高兴，表面上却不敢表现出对于这次暴动过于有兴趣，只好装作无所谓的样子问当时的情况。

王老师马上很兴奋地摆谈起来，说那次暴动是为的什么事，怎样准备的，怎样给巴山虎发觉，遭受破坏，几个农民领袖又怎样牺牲了，简直说得活灵活现。任道听王老师说的和武装部长告诉他的基本一样，甚至，比武装部长告诉他的还要详细一些，显然的，这个王老师要没有参加活动，是不可能知道得这样详细的。

任道还不放心，又试探着问："我来的时候，在路上也听老百姓摆龙门阵，说那次暴动的几个农民遭杀了，但是也还有逃跑了的。听说有一个……"任道欲言又止。

王老师却追问："有一个什么？"

任道仍然含糊地说："听说有一个小学教员……"

"是呀，"王老师迫不及待地说，"是听说有一个姓王的小学教员逃脱了。说不定还在哩。"说罢，用期待的眼光望着任道。任道想：实际上彼此暴露得相当充分了，简直可以开始对口号了。这时，王二木忽然进来上开水了。王老师看来还很懂得秘密工作的原则，看见王二木一进来，就住口不说，随便扯了两句就起身告辞了。

就在这一天晚上,有几个山防局的兵来客栈查号,查到任道那里,问得相当仔细,并且搜查了他的书担子,幸好那本《论联合政府》已经被王老师借走了,没有给抓住把柄。任道想,看来巴山虎开始怀疑起自己来了,这不是一个好兆头!最叫任道不解的是,第二天逢场,当他照例把书摊子摆开来的时候,就有几个不三不四的人来书摊子边蹲下,东翻翻西看看,还和任道瞎扯起来。

任道收了摊子回来,左思右想,自己的处境是不妙的,一定有人到巴山虎那里把他密报了。但是这是哪一个呢?他和王老师关在房里说私房话,只有王二木进来上开水,他好像是在偷偷摸摸地留心他们。这个人貌似很老实,其实很狡猾,一定是巴山虎放在这个客栈里的坐探。

这样看来,他不能再在这里久住下去了。但是他怎么能够离开呢?他的任务还没有完成,而且他也没有地方可去。好在,巴山虎还没有抓住他的把柄,估计一时还不至于坏事。不过,他感到再不能迟疑了,应该赶快和王老师试对一下口号。假如能对上,当然很好;就是对不上,也不要紧,王老师至低限度是一个进步分子,不会坏事的。

任道正想着,王老师又来了,他把昨天晚上被检查的情况和今天上午摆摊子有人来注意的情况对王老师说了。王老师马上很关心地说:"哎呀,这个事情要注意呀,巴山虎这个人凶得很,你还是快点走路吧。我以后恐怕也不敢来了。"

听到王老师这种同志式的忠告,任道十分感动,他决心和王老师对口号了。但是为了慎重,他还是采取试探的办法来对口号,是自己人,一对就对上,不是自己人,也不会引起怀疑。他说:"我是要走了,要回省城去办货去,你要带什么东西吗?那里有个'鸿兴顺'百货老号,硬是货真价实。"

王老师的眼睛忽然亮了起来,说:"啊,'鸿兴顺'老号,我知道,那里我还有一个小同乡哩。"

任道一听王老师回话有苗头,马上问:"叫什么名字。"

"王洪图。"

"哦,原来你也是王洪图的朋友!我正是他叫我来大巴山做生意的。"任道欢喜得跳了起来。"鸿兴顺""王洪图",一来一往,两个口号完全对上了。果然找到了。他迎上去和这个微笑着的王老师握手,说:"正是你。同志,我到底把你找到了!"

王老师也得意地说:"我也到底把你找到了。你一到这里来,我就看出你不是一个一般的书贩子,是有来历的。果然不错。"

任道说:"这就好了。我总算完成了一件大事。"于是他严肃地对王老师(不,现在应该叫王家盛同志了)说,"我是特委的特派员,这次到巴山来的任务,是清理这一带的党的组织,特别是农民中的党组织,准备发动农民搞武装暴动,在大巴山建立游击区,配合解放区战场。"

王老师听了,又是吃惊,又是兴奋,问任道:"那么你来这里清理组织,清理得怎么样了?"任道说:"我连你还没有找到,怎么能开始清理农民中的党组织呢?"

于是任道和王老师约好,下一次见面由王老师汇报这一带的党组织情况,并且提出清理整顿的方案来。王老师听了稍微表现出有些为难的样子,说:"自从上次暴动失败,我就潜伏下来,再也没有敢活动了,和这里的农民同志也没有挂钩。"但是他又打起精神,"我一定还是要去努力清理,不过,能有个人帮助我就好了。你在这里还有认识的党员吗?"

任道说:"这个问题你就不用问了,你自己去努力工作吧。首要的问题是,你去找几个意志还没有消沉的老农民党员来,共同研究清理组织的办法。只要和他们接上头,我就准备离开这里,到农民基层去生根发展。这里看来不能久待下去。他们虽然没有检查到我任何可疑的东西,但是要快点办。"

王老师回去后,一连两天都没有来找任道。任道想:"这些同志,长期脱党,工作到底拖拉些,怎么连这样的事也不赶紧呢?"

在第三天的上午,王老师带了两个同志来找任道。这两个人虽是农民打扮，但是举止却不很像。其中有一个横眉立眼的汉子，走起路来肩膀摇来摆去，倒有几分流氓习气。他一进门来，才经王老师介绍，就把拳头一抱，向任道拱手说："兄弟是才入门的老幺，不懂规矩，还望大哥海涵。"

这成什么话！一个党员初次和上级见面，竟说起这套江湖话来。但是任道也不便一见面就批评，只把眉头皱了一下，就请他坐下了。王老师向这个农民同志暗地愣了一眼，对任道说："这些同志入党后，没有受过党的教育，什么也不懂。这位王占云同志现在在山防局里混事，越发习成一些流氓作风了。"哦，原来是这样，这也难怪。

另外一个同志，据介绍名叫王廷光。他和王占云完全不同，是一个尖下巴，黄黄的脸，疲沓沓的，进门以后，只是用眼睛东张西望，一直不说话。

任道很不满意王老师去找来这样两个同志。他觉得，党组织的根子第一要扎正，如果靠这样两个同志去清理党，那是会有问题的。但是，他又不便发作，只勉强和他们谈了几句，就叫他们先回去。然后，任道严肃地批评王老师："同志！党的组织工作是极其严肃的事情，你怎么只找来这样两个同志呢？难道上次暴动失败后，就再也没有留下可靠的骨干了吗？"

王老师连忙表示抱歉，说："这两个同志是住在这个场上，过去我领导过他们，这几年没有和他们联系，又是在巴山虎的山防局里混事，所以习成不良作风。农村的党组织还留得有，但是我过去没有直接领导过他们，摸不清楚，要慢慢清才清得出来。我明天就下乡去清一下，看清得出几个不。"

"也好，你下乡去清一下，一定要找出几个好的党员，把根基扎正。"任道交代后，王老师就回去了，他答应过三五天后再来回话。

二

第三天天快黑的时候，王二木引进一个青年农民来。任道一看就认识，这不是来王家场的时候给他挑担子的王小堂吗？王二木退出去后，王小堂做出很神秘的样子，告诉任道说："王老师叫我来找你下乡去。"

哦，王家盛同志到底在乡下清出党的组织来了，这一定是派王小堂来叫他下乡去接头。他问王小堂："天都黑了，老王同志在哪里等我？"

"不远，你跟我走嘛，他就是要你晚上出去。"王小堂说。

这话完全有道理。老王同志大概怕自己已经被巴山虎注意，白天不好走，所以叫他晚上偷偷出去。任道把东西收拾一下，想叫王二木锁门，一想，这个王二木一定不是好人，不能叫他摸到底了。于是他叫王小堂先出去在场口外等他，他再叫王二木来锁门，对王二木说："茶房，把门锁好，我要到街上去找朋友喝酒，回来得晚一些。"

王二木笑着说："你去吧。"

天完全黑了。任道机警地避开王二木，从场中间小巷转出场外去，在场口会到了王小堂。他跟着王小堂走，走的尽是小路，走不几里，就弄得满头是汗。但是他还是很高兴，心里说："王家盛同志果然不错，到底找到农民里的党组织了。"

走了约有二十里路，钻进一个山沟沟里去。这里，到处是竹林，黑森森的，眼看是个打游击的好地方。一会儿，走到一个竹林外边，向竹林里头看去，隐约有个草房子。王小堂呜的一声打了一个口哨，就从竹林后边走出两个人来。虽说一时看不清他们的面孔，但这不是王老师是可以肯定的。一个的个子很魁梧，另一个矮矮的瘦瘦的样子。任道问："老王同志在哪里呢？"

王小堂和那个高个子嘀嘀咕咕说了几句什么，那个大个子粗里粗气地回答："往前边走，你就见到你的王同志了。"任道听这个大个子说话，很不舒服，怎么说"见到你的王同志"呢？难道不是他的王同志吗？但是任道想，不应该责备农民同志说话的简单粗鲁。王小堂在前面带路，任道在后面跟着，那个大个子和瘦个子也跟在后面来了。穿过一片小麦地里的小路，走进一片树林；这地方，黑黝黝的看不清，像是一个坟场。

王小堂把任道带到一个坟边。任道看到左边有一个土坑，正莫名其妙。王小堂说："到了。"任道奇怪地问："这是到了什么地方了？"

"这是到了你应该到的地方了！"那个粗声粗气的人说罢，一掌就把任道推进土坑里去了。任道跌进深坑里去，弄得昏头昏脑的，他完全不明白这是怎么一回事。他问："怎么搞的？"

"好狗日的，总算把你诓出来了！"王小堂笑着说。

"噫，你带我出来找王同志，怎么推我下坑来呢？"任道还是不明白。

"滚你妈的蛋！阎王殿去会你的王同志吧。铲土！把他埋了！"说罢，就用铁铲铲土往任道的头上倒下来。

这到底是怎么一回事呢？这几个人又是什么人呢？是自己人？是巴山虎的特务？还是土匪？任道的思想混乱极了，他简直再也没有办法把自己的思想集中起来思考问题。只听到铁铲沙沙的单调的声音，还有那个大汉呼呼出气的声音，一铲一铲的泥土，不分轻重，没头没脑地倒下来，把他的脚背都盖住了。

"慢点，慢点，"任道喊了起来，"我有话说，说完了该杀就杀，该埋就埋。"

"你还有啥子好说的，我们都盯你个把月了，我们晓得你是什么货色。"还是那个粗嗓子在说话。

"也好，就让他说吧，反正他落到我们的手掌心了，还怕他飞了不成。"那个瘦个子说，声音斯文得多了。他低下头对坑里说："好吧，我们也不埋无名无姓的鬼。你就说你的真姓真名，哪个派你到这里来的？到这里来干什么的？你和小学校那个王老师究竟是什么关系？"

"快说！快说！不说我又要铲土了。"王小堂说着，真的又铲了一铲土抛下去。

"我说。"任道支吾了一句。他那被弄得晕头转向的脑子现在才慢慢平静下来。在一瞬间，无数念头流过他的头脑，这到底是怎么一回事呢？这些人到底是什么人？听他们说"到阎王殿去见你的王同志"，这些人可以肯定不是王同志一起的人了，也可以肯定不会是农村的农民党员同志了。他们是不是巴山虎的狗腿子呢？他们是不是奉了巴山虎之命，把我弄到野外来黑埋了呢？嗯，很有可能。可能就坏在王二木手里，我和王老师的会见他都侦察到了，报告了巴山虎了。唉，自己怎么这样粗心，一听说王同志找，就跟着人家出来了呢？

任道一想到这里，再也不敢把自己的真实情况说出来了。

"你说不说？不说就埋了！"那个粗嗓子叫。

任道说："我是一个小书贩子嘛，我一不偷人，二不抢人，没有犯法，你们凭什么要埋我？"

"好狗日的！你以为我们不知道你到这里来捣什么鬼的吗？你三天两头和那个小学姓王的叽叽咕咕，商量些什么？"王小堂问。

"他是来买书来看书的嘛，我们哪里在商量什么？"任道完全明白是王二木这家伙告了密了，但是他还是硬顶住不认账。

"不要问他了！没有问头了！和那个坏蛋拉拉扯扯，不会是啥子好人！"那个粗嗓子说罢，就又铲起土抛下坑去，跟着王小堂和那一个人也铲土抛下坑去。不大一会，土就埋到大腿了，任道的腿感觉麻木起来。他很失悔。既然已经发觉巴山虎派人来客栈查他的号，又在书摊子上监视，王二木又鬼鬼祟祟地在侦察，就应该当机立断，先设法避一下风。当时老王同志也是警告过的，说巴山虎凶得很，可是自己还是没有警惕。大概巴山虎对老王同志本来就有些怀疑，一看自己和他往来亲密，就识破了自己的身份，现在，终于落到他们手掌心里了。眼看是活不成了。虽说自己死了事小，但党交给自己的任务没有完成，却是个大错误啊！而且十有八九，老王同志也会被捕，也要被杀掉。完了，都怪自己粗心大意，性子太急……

任道正在想这些事的时候，土已经埋到他的肚子了，头开始发涨起来，再要埋下去，头上就要充血昏迷。到了最后的时刻了。任道想，牺牲也要像一个共产党员的样子，不能这样一声不响地被埋掉。于是大骂起来："你们这些混蛋，埋吧，总有一天我们要报仇，要你们拿血来还债！"

"哼！你还要我们拿血来还债？你们欠下我们的血债还没有还完哩！"那个大个子说完，更用劲地铲土倒下去。

任道的头有些发昏了，最后的时刻到了，他大声喊起口号来：

"中国共产党万岁！"

"毛主席万岁！"

跟着他就唱起《国际歌》来：

"起来，饥寒交迫的奴隶，

起来，全世界受苦的人……"

三个铲土的人忽然都停止铲土了。那个瘦个子问："他喊的什么？"王小堂惊异地回答："他在喊'中国共产党万岁，毛主席万岁'。"

"埋吧，你们这些杀人犯，共产党是杀不完的。中国共产党万岁！"任道又喊起口号来。

"慢点！"那个瘦个子叫，"怎么搞起的？他是什么人？他说他是共产党哩。"

"我怎么不是共产党？我生是共产党，死也是共产党。"任道还是理直气壮地说。

"慢点！"那个瘦个子又对那个大个子说，"一阵风，你是怎么搞起的？"他低下头来问任道，"你是什么人？"

"我告诉你们了，我是共产党。你们是什么人？"任道反问他们。

"你莫问，你是哪里来的啥子共产党？到这里来干什么的？"那个叫一阵风的大个子问。

"啥子共产党，中国共产党！毛主席领导的共产党！"任道更是豪壮地说。

"胡说！"那个叫一阵风的大个子吼叫，"你是什么共产党？共产党还能一到王家场就和王家盛这个叛徒、巴山虎的这个特务挂上钩吗？"

"啊——"任道的脑子像被一个重锤狠狠地敲了一下，嗡的一声，在眼前的黑暗中飞起一群一群的金星，那些金星一下又变成一个一个的问号了，他差点昏了过去。他勉强支撑起头来，好容易才把自己的意志能力恢复过来，开始考虑问题。这到底是怎么一回事呢？他们说王家盛是叛徒，是特务，这怎么可能呢？他不正是自己要找的小学教员吗？不是接关系的口号都完全对上了吗？……哦，很有可能，后来他已经叛变了……但是眼前这几个人又是什么人呢？为什么要把自己弄出来活埋呢？弄不清这件奇怪的事情……算了，反正到了他们的手中了，我也不怕了，弄清一个问题算一个问题。

任道问他们："你们怎么知道王家盛是叛徒的？"

"他早就叛变了！"那个大个子说，"哼！你还以为我们不晓得？"

"你们？你们到底是什么人？"任道问。

"你管我们是什么人哩！"那个瘦个子说。

任道想，他们不肯说出他们是什么人，又那样恨叛徒，恐怕是共产党吧，他冒问一句："你们是这里的共产党吗？"

"是又怎么样？现在我还怕你不成？"那个叫一阵风的大个子说。

哦，果然他们是共产党，他马上叫："哎呀，同志们，你们闹错了呀，我也是共产党呀。你们要是共产党，就赶快把我拉起来吧。"

他们三个人细声地商量了一阵，那个瘦个子说："他要拉起来就拉起来吧，莫非怕他长了翅膀飞了不成。"

于是王小堂和那个叫一阵风的大个子跳进坑里去，先用绳子把任道反手绑了，然后用铲子把土铲出坑外一些，再用手把土扒松，跳出坑，拉着绳头把任道扯了上去。但是任道在坑边没有站得稳，差点又跌到坑里去，因为他的脚完全麻木了。

"把他弄回屋里去，问明了再说。"那个瘦个子吩咐。于是王小堂和那个叫一阵风的大个子扶着任道慢慢走回草屋里去。那个瘦个子又问他："你到底是什么人？"

"说！你到底是什么人？不说老实话，老子还要把你提到坑里去！"那个叫一阵风的大个子像审问一样问任道。

任道回答:"我硬是共产党,我说了几遍了。我是从省城来的,我来找一个姓王的小学教员,接这里的党的关系的。我说的都是实话。"

"那么你找到这个小学教员没有?"瘦个子问他。

"找到了,就是那个小学校的王家盛嘛。"任道回答。

"你说他是什么人?"

"当然是共产党呀。"

"你怎么晓得的?"

"我们对过接关系的口号,没有错呀。"

"哼!你一定是上了巴山虎的大当了。那个王家盛是最坏的一个叛徒呀,你怎么能和他接上关系呢?"瘦个子说。

"我怎么不能和他接上关系呢?他是上次暴动留下来的党员嘛。哪个晓得他后来叛变了呢?"任道说。

"不对,上次暴动他根本没有在这里,上次暴动没有牺牲的小学教员是另外一个人。"瘦个子说。

"也是姓王吗?"

"是姓王。"

"叫王什么?"

"你先莫管这个,到时候你就知道。"瘦个子说罢,和那个叫一阵风的大个子以及王小堂悄悄地商量了一阵,然后回过头来对任道说,"不管你是真是假,都要把你先关起来,过两天弄明白了再说。"

于是任道就被关进隔壁一个堆柴的小屋子里去。那个叫一阵风的大汉拿一条凳子放在门外坐下守住。任道在这间黑屋子里关了两天,虽然每天都给他递进去两块苞谷粑粑和一壶凉水,让他吃喝,但是他一点也看不到外边,不知道这到底在什么地方。

任道这两天并没有闲着。他细细地回想这次到王家场来找党员接关系的事。他越想越难过,想到后来不禁汗流浃背了。他想,他这次出来犯了一个不小的错误。由于自己急切想找到农村的党组织，赶快发动武装斗争，就忽视了清理旧组织的复杂性，也忽视了这个地区的斗争特点，不了解巴山虎是这样阴险和狡猾，结果竟然落入了他们的阴谋诡计中去，差点糊里糊涂丢掉了自己的脑壳。任道越想越难过，出发的前夜，武装部长还给自己交代，这不是一个简单的任务，但是自己却完全忘记了。现在被关在这间黑屋里，虽然估计关自己的人，很有可能是自己人，不会有大的问题，但是这真叫丢脸。任道感觉自己从来没有这样被动，对于自己的命运也不能掌握了。

第三天上午，任道听到外屋来了几个人，看守的大汉在和来人打招呼："老王，你来了。"来的人在回答："嗯，来了。你又整的什么事情？"

一会，黑屋里小门开了。任道以为一定是那个姓王的来人进屋来了。他抬头一看，不是，还是王小堂。王小堂对任道说："你说你是来找王同志接关系的，你就说出你来接关系的口号吧。说对了没有事，说不对，我们还要叫你下坑哩。"

"请他进来，我们对口号吧。"任道说。

"不行！你在里面说，他在这外面应。"那个瘦个子说。看来他们都是十分警惕的，除开任道原来认识的王小堂外，其余的人白天都不在任道面前露面。那么只好隔着门对口号了。

"我是省城里'鸿兴顺'老号派来这里做生意的。"任道说。

"哦，'鸿兴顺'老号，那里我有个朋友叫'王洪图'，你认得吗？"外面在说。

"'王洪图'，我认得，就是他叫我来和你搭伙做生意。"任道补了一句。

"对了，对了。他就是上级派来找我们的，快把他放出来。"外面来的人高兴地说着，便吩咐王小堂赶快开门。

门开了，任道从小屋走进堂屋里来，堂屋里也有一个人匆匆地想进小屋去，他们两个人的头差一点碰上了。任道抬头一望，大大地吃了一惊，他们叫老王的这个人怎么这样面熟呢？那个叫老王的人也惊异地望着任道，忽然大叫起来："啊，这不是通江口的任道吗？你怎么到这里来了？"

"哎呀，原来是你呀，陈孟光！"任道也大叫起来，跑向前抓住这个叫陈孟光的肩头，狠狠地摇起来，要不是肉的，恐怕都要给摇散了。

陈孟光说："老伙计，你不是跟红军北上抗日去了吗？这十几年你到底在哪里？怎么忽然给我们关在这个黑屋子里了？"

"关了两天不要紧，差一点就给自己人埋进土里去；你来看见是老朋友，祭文都不好写哩。"任道高兴地说。王小堂和那个叫一阵风的大个子听了，都很不好意思的样子。

陈孟光说："是呀，大水冲了龙王庙，不认得自家人了。"他转过身去对那个大个子说，"你是怎么搞起的？一阵风！你大概又刮起一阵风来了吧，怎么总是不听招呼，心血来潮就乱整一气？"陈孟光又转身对那个瘦个子说，"胡永春同志，你是支书，也不按住，又不来给我说一下，听他们乱整。你看，差点整倒自家人！"

"哪个晓得他是自家人呢？看他和叛徒打得火热，又怕他跑了，所以就先整了再说。"一阵风很不好意思地狠狠搓着他的两只大手，好像这都怪这两只手发痒了，他忽然老实地抬起头来对陈孟光说，"现在晓得整错了，老王，你狠狠批评我吧。"一阵风说罢，又转身来向任道赔不是，说，"同志，请你莫怪！我给你赔礼了。"说着，对任道打了一个拱手。惹得大家都笑了起来。

"怎么能怪你呢？"任道高兴地和一阵风握手，说，"不但不怪你，还要感激你这一阵风哩。不是你这一阵风把我刮到这里来，说不定我永远见不到你们了。"

"是呀。老任，你是怎么搞起的？怎么一来就和那个叛徒勾勾搭搭的呢？"陈孟光问。

"说起来真是惭愧。"任道说，"这件事我以后好好向党检讨吧。但是，至今我还不明白，那个叛徒为什么知道你们和上级接头的口号呢？"

"这个口号是我约的，我在暴动前曾经告诉过县委的老吴同志。老吴同志后来也牺牲了。现在看来，十有九成老吴把口号报告上级时，是通过这个叛徒转达的，那时候，这个叛徒王家盛还在县委当巡视员呢。"陈孟光说。

"这样说来，那姓王的小学教员一定是你了。"任道说。

"正是。你不听他们还叫我老王吗？自从你们走了以后，我在家乡待不住，才跑到这一带来活动的。"陈孟光说罢，又问任道，"老伙计，到底是什么风把你吹到这里来了呢？"

"不是风吹来的，是党的命令。我在解放区打仗打得正得劲，忽然要调我回四川搞农民武装。在特委报了到，就被派到王家场来找地下党的老关系，谁知道一来就上了巴山虎的大当，没有想到我要找的就是你这个家伙。"

"好了，好了。你们老伙计见了面，一下也摆不完，饭都弄好了，吃了饭再慢慢摆吧。这位同志这两天就只喝点清水，啃两个苞谷粑粑，大概也饿得不像样了吧。"那个瘦个子把桌子抹干净，摆上碗筷。

"唷，我倒只顾说话，忘记给你介绍了。'梁山兄弟'不打不相识，你们打过了，也该认识一下了。"陈孟光马上给任道引见他们三个人，说，"这瘦个子是胡永春同志，是这里的支部书记。这一位是王大山同志，你还是不记他这个官名吧，就叫他一阵风好了，你一来他就刮过你一阵子了。"

"这一阵风要是对准敌人刮，倒是很带劲的呀。"任道笑着和一阵风握手。一阵风还是不好意思的样子。

陈孟光继续介绍："这一位是我们的小将……"

"我早就认识他了，他叫王小堂。是他把我引到王家场来的。"任道说。

"不对！"陈孟光说，"你上他的当了，那是他在外面混事的假名字。他本名叫丁宗林呢。"他转过来对丁宗林说，"没有想到你倒把用假名字的行家也麻倒了。"

"喂，老王叔叔，你怎么把'同志'两个字都介绍脱了？"丁宗林不满意地说。

"哦，是啦，把'同志'两个字都介绍脱了，这是一个原则问题呀！好，就算你是同志吧。"陈孟光风趣地说。

"怎么算是同志？我硬是同志嘛。我的爸爸是同志，我不能是同志吗？"

丁宗林不满意，纠正王叔叔的话。

"是呀！"陈孟光故作正经地说，"爸爸是同志，儿子怎能不是同志呢？"说罢大家都大笑起来。只有丁宗林还噘着嘴。

这时候，胡永春已经把饭和菜都端到桌子上来了，说："吃了饭再扯吧。"于是大家坐下来吃起饭来。这时候任道才仔细地看了看这三位同志。丁宗林他是熟悉的，一看就是一个聪明伶俐的孩子，不过十六七岁，眼里有光，忽闪忽闪的，好像什么事情你都莫想骗得过他。王大山却完全是另一个样子，头大耳长，眉毛粗得像两把小刀竖在额上，眼睛并不大，却有些突出，显得很紧张的样子。但是，不知道是因为他的一阵风刮倒自家人，有些不好意思呢，还是本来就认为现在讲话没有吃饭来得更实际，他一直埋着头在大口大口吃饭，不说一句话。看来，这是个金子打出来的闯将，顶天立地的汉子。那瘦个子胡永春，看来又不一样，是个农民模样的人，但是却生得那么眉清目秀，看起来有几分温文尔雅的样子。

吃罢饭后，胡永春有意把一阵风和丁宗林引到外面去，只留下任道和陈孟光两个人。任道向陈孟光传达了特委的指示，陈孟光也简单地汇报了一下这一带地下党的组织情况。陈孟光说："自从上次暴动失败后，这里的组织虽然和上级断了联系，但是并没有散掉，留下来的骨干基本上保存下来了。这几年真是把人给憋坏了。依照一阵风这些青年同志的意见，早就要大砍大杀起来了。哪一年他们总要去戳件把纰漏事，都是我挡住，不准乱来，才没有出大事。得不到上级的指示，我们就是不敢大搞，怕再搞失败了，伤了元气。说起上一次的失败，牺牲了几个好同志，还叫人痛心哩。这一下你来了就好了。"陈孟光又告诉任道，"这一带群众觉悟固然高，易于起事，但是这里的敌人也是相当厉害的，特别是巴山虎，老奸巨猾，和我们斗了十几年，警觉性高，有相当多的经验，我们不能不留神。"

"是呀，我来这里，第一个回合就打了一个败仗，不是一阵风把我刮到这里来，说不定我早就变成巴山虎的阶下之囚、刀下之鬼了。对这个敌人确实是不能马马虎虎的。不过我看出这里的同志的阶级警觉性很高，对敌人很仇恨，这一点很宝贵。"

"是很宝贵，你知道这是多少同志的血换来的呀。"陈孟光说。

后来，他们讨论到如何展开工作的问题。陈孟光主张先设置机关和交通站，好让任道安下身来，进行工作。第二步就是整理这一带的党组织，加强战斗力，并且适当发展、准备武装暴动。

最后陈孟光说："我看你不用回王家场去了，从此就在王家场'失踪'了吧。"

任道说："不，我想过了，我还想回王家场去一趟。巴山虎已经知道我们要在他的脚下搞暴动了，可是他们打算怎样对付我们，我们却还不知道，我要回王家场去摸一摸情况。我估计巴山虎绝对想不到我已经找到你们，他还想叫叛徒王家盛来放长线钓大鱼哩。因此，现在不会有什么危险的，同时我和你接上关系，我的眼睛就亮了，不去瞎碰，不会出事，就是摸不到他们的底，我也可以将计就计，杀他一个回马枪。"

陈孟光想了一下，点头说："也好，我叫下面同志多留心就是，王家场我们还安得有王二木，他可以替你把耳朵放长点，眼睛放亮点。"

三

天快黑的时候，丁宗林带着任道回王家场去。在路上，任道对丁宗林开玩笑说："上一回你差点把我带到阎王殿里去了，这一回，可不能把我再往鬼门关里送哟！"丁宗林回答说："那一回是王小堂带的，这一回是我丁宗林带的，两回不一样呀。"

任道又问丁宗林，他们上一回为什么要整他。丁宗林说："我给你挑书担子到王家场，一路上听你问东问西，转弯抹角地打听农民暴动的事，我就有些奇怪：你是一个书贩子嘛，怎的对这些事有兴趣呢？我到了王家场，就和王二木打了招呼，叫他留心你是干什么来的。以后，王二木看到你和王家盛那个叛徒挂上了钩，来来往往亲热得很，还常常关起门在屋里叽叽咕咕地不知捣什么鬼。王二木问你原来认不认得这个白脸王老师，你说原来在省城就认识。我把这件事报告给一阵风和胡永春叔叔，他们判断你一定不是好人，可能是特务，到这一带捣乱来了。一阵风叔叔火了，他下决心要搞掉你，除去一害。王家盛那个叛徒我们早就想搞掉他，但是他鬼得很，他一不下乡，二不进山，对他不好下手，谁知你一诓就跟到出来了，所以就把你往阎王殿里送去了。要不是你喊共产党万岁，真就糊里糊涂给埋掉了。"

任道说："都只怪我没有地下党活动经验，对巴山虎的阴谋诡诈估计不足，找你们太着急，弄出一个大错误。幸亏你们要活埋我，才把我从死路上救了出来。"

他们走了一阵，丁宗林问任道："参加共产党为啥子还要讲年纪多大？"任道还不明白他问的意思，说："怎么样呢？"丁宗林说："我今年十六岁多了，当壮丁都去过几回了。上次我爸爸闹暴动，我也参加了，共产党的事情我哪一样干不得？他们硬是不准我参加，说还要等两年满十八岁才行。你听到的，那天老王叔叔介绍我连'同志'两个字都丢了。我怪不舒服！我爸爸当得党员，我就当不得吗？"

任道听了不禁笑了起来。这是多么好的后生呀，才十六岁，说起话来倒像个老革命的气派。这样好的接班人，只要党一声号令，上山打虎，下海擒龙，都是得行的。说到入党，他的年纪是还不够，不过，从他的觉悟和干的事看来，却早应该是党员了。任道知道他是上次暴动的农民领袖丁德林的儿子，丁德林同志牺牲了，却有这样好的后代，也算后继有人了。但是眼前丁宗林向任道提出这样一个严肃的问题，怎么回答好呢？

任道考虑一下，说："十八岁入党，这是党章规定的，我也没有办法通融。不过，他们谁也没有和你见外嘛，实际上把你当同志在看待，他们搞的活动你不是都参加了吗？"

"是倒是这样，但是他们有时开会就不喊我，给你正式介绍，就不说是同志。"丁宗林还在埋怨。

"好了，好了，"任道说，"我以后要他们叫你同志吧。我就叫你小丁同志吧。小丁同志!"说得丁宗林高兴得笑了起来。"小丁同志",对于他来说,在世界上再也没有比这个更光荣和神圣的称号了。

"不过,我以后还要叫你小丁,叫你小钉子。你真是像金刚钻一样的小钉子,老虎都钉得死的。"任道说罢,看快要到王家场了,对小丁说,"小钉子,说起进鬼门关,鬼门关我是不想进的,所以你还是先进王家场,找王二木去问个虚实,我再进去。"

"嗯。"丁宗林说。

他们到了场口外,天已经全黑了。丁宗林叫任道在沟边竹林里留下,他进场去了。过了一阵,丁宗林回来了,还带着一个人来,任道走近一看,原来是王二木。王二木不好意思地和任道打了一个招呼。任道和他开玩笑地说:"你大概以为我在泥巴里头睡了两天了吧?"王二木细声解释:"哪个晓得你是自家人呢?"

任道把王二木的手紧紧握住,高兴地称赞他:"好同志,你是我们党的好侦察员,我们党组织的好眼睛。你干得对。"

任道问王二木,他走了这三天,那个叛徒来过没有,神色怎样。王二木说:"你走后的第二天他没有来,第三天他来了,他问我,你到哪里去了。我说,你挑担子赶转转场去了。昨天下午他又来了,我说你还没有回来,看来他有点着急的样子,我当时心里还想:去你娘的吧,你的朋友早到阎王殿报到去了。"王二木说罢笑了起来。

任道问:"你看这两天客栈里外,有没有狗腿子乱窜呢?"

王二木说:"我看没有。"

任道想了一阵:王家盛对自己不告而出去赶转转场,虽然有些怀疑,可是他无论如何还猜想不到他的叛徒身份已经被发现了。因此,巴山虎还不至于马上对自己动手。任道把这个估计对王二木和丁宗林说了,他们两个也认为是这样,觉得可以回客栈去。于是任道由王二木带着,偷偷回到客栈去了。

这晚上,王二木对任道特别殷勤,又是上开水,又是打洗脚水。他还总是在客栈内外走动，怕有什么动静。夜已深了，王二木对任道说："你放心大胆地睡吧。"

但是任道没有睡着，他在盘算和巴山虎斗法的事。他忽然想到明天叛徒来，一定要盘问赶的什么场，答对不上，岂不漏了底？他马上起来找王二木。

这时，王二木也正是想起这件事，推门进来告诉任道说："我告诉你，他们要是问你这几天赶的是哪几个转转场，你就说赶的顺河场、永兴场和溪口场。顺河场是逢一四七赶场，永兴场是逢二五八赶场，溪口场是逢三六九赶场。你一天赶一个，三天正好赶三个场。"

任道牢牢记住后睡下了。但是，很久很久他还听到外面有人走动的脚步声，他知道，这是王二木在为他放哨。他感动极了。

第二天一大早，任道起来正在洗脸，叛徒王家盛就来找他来了。他一进门就故意悄悄地说："啊呀，把我担心坏了，你一出去就是三天，又不晓得你到哪里去了，怕你出了事，我真是负不起责任呀。"

任道心里想：你这个坏蛋当然怕我走了，你对巴山虎负不起责任嘛。但是他若无其事地说："我去赶了三个转转场。"

"你赶了哪几个场？"果然这家伙盘查起来了。

"我大前天赶的顺河场，前天赶的永兴场，昨天赶的溪口场。"任道很清楚地回答，日期完全是符合的。

"你这次出去有什么收获没有？"这坏蛋又盘问。

任道显出很失望的样子说："没有。这些农民对我这种斯文打扮的人，好像很不感兴趣，连腔都搭不上一句。"

"是呀，这些农民的疑心就是大。"叛徒觉得说了一句不得体的话，马上改口补充一句，"经验教训嘛，提高警惕嘛。"

任道说："是要提高革命警惕。看来这一带组织的清理要完全靠你，我是人生地不熟，连边都挨不上，没有办法。"任道又用上级检查下级的工作的姿态问这个叛徒，"你这几天有没有进展呢？"

那个叛徒应付说："有些进展，不大，老实的人怕事，不怕事的人你又看不上眼。"这个坏蛋，他还在为上回那两个流氓打掩护呢！叛徒说到这里，又很有意思地问一句："难道这一带再也没有一个接上头的同志吗？光靠我一个人还是慢得很哩。"

看来巴山虎这家伙果真是要他钓"鱼"呢。任道故作神秘地对他说："这里的农民组织虽说没有眉目，我手里还有几个上层关系。这场上就有一个上层关系。但是这些关系将来搞暴动才用得上，暂时保持在我的手里，你不要管。"

这个叛徒对这些上层关系看来很感兴趣，但是看到任道叫他不要管，也不好再问，只得告辞出去了。

第二天下午，丁宗林气喘吁吁地跑来找王二木，叫王二木转告任道说："老王同志带信来，根据顺河场的党员报告，昨天下午，巴山虎坐着滑竿，带着两个狗腿子，提着枪，到了顺河场乡公所，跟到就派两个狗腿子到场上的几个客栈去查号簿，不知道为了什么事。今天巴山虎又坐着滑竿到永兴场去了。看来巴山虎要查号簿，想必是要看你到底住没住过那里的客栈。在号簿上查不出你的名字，你说赶转转场的事也就诓不过他了。恐怕要出事，赶快转移到山里头去吧。"

任道听了，略有几分吃惊，这个巴山虎硬是不简单，诡诈得很，亲自出去找自己的漏洞去了。他想：在巴山虎没有回王家场以前，必须离开这里。看来，这一台戏要幺台了。但是，他考虑，要自己主动唱幺台戏，而不能等巴山虎回来再唱幺台戏。

当天晚上，任道找王二木来问："这个场上有些什么坏人？"

王二木不假思索地说："要说这个场上的坏人，一天也说不完，比臭虫还多，看你要哪一种坏人嘛。"

任道说："大的小的都说几个来听听。"

王二木说："第一个大坏蛋巴山虎，不说你也知道了，他的儿子巴山豹，是个专门喜欢杀人的坏蛋。巴山虎下面，文的、武的，脚脚爪爪都齐全，全都是些'头顶生疮，脚板心流脓'，坏透了的家伙。比如，他的狗头军师外号叫包整烂的包师爷，外号三寸钉的矮子丁师爷，外号血里红的团防大队长薛大爷，还有他的一个枪手，大家只知道他姓仇，叫他臭一路。当然，还有白脸王老师这个叛徒。这些人都是惹不起的。"

任道想，这些人都不合适，问王二木："次一点的坏蛋呢？"

王二木说："次一点的更多，那些'打烂条儿'的，催粮讨债的，放'打打钱'的，开红宝的，粮行掌升斗的，买田地做中人的，当长年领班的，开栈房的，管窑子的，当小学校长的，还有在区公署、山防局里当事的大小师爷和队长，哪一个不坏？"

坏人这样多，任道反倒觉得不好挑选了。他问："我要借个人头，你看哪个最合适？"

王二木说："区公署的文书师爷这个人面善心狠，是个坐地使法的家伙，对我们的一阵风很有些疑心。名字叫吴正品。"

任道说："好，你随便说一个他的远房亲戚的名字。"王二木问："要这个干什么用？"任道悄悄地在王二木的耳朵边说了几句话，王二木脸上发光，笑了起来。任道和王二木在屋里安排了一阵，当晚任道就和丁宗林一块儿偷偷地进大山里去了。

第二天一大早，叛徒王家盛又来了。一听王二木说，书贩子王从化走了，大吃一惊。王二木说："他是今天一大早走的，说是到通江口去拜访朋友，少则四五天，多则七八天，一定回来。"

王家盛马上向王二木盘问："他硬是到通江口去了吗？"王二木说："硬是的，昨天夜里他向我打听到通江口去的路，今天一大早往东边去了，没有错。"王家盛又问："他的行李和书担子呢？"王二木说："没有带走，在屋里。"王二木说罢，就把任道的房门打开了。王家盛进去一看，果然什么都没有动。王二木把门虚掩着，知趣地退出来。王家盛由于自己职业的特别嗜好，忽然想起任道说的上层关系来了。他在屋里翻找，果然在一本小书里抖出一个小纸包。他很仔细地拆开来看，里面什么也没有，一张白纸。他对着窗户照了一下，也看不出什么来。但是他总以为这个纸包不同寻常，他就藏在身上，叫王二木锁好门，赶忙回去了。

他赶到王大老爷公馆，王大老爷到顺河场还没有回来。他找到王大少爷巴山豹。他对巴山豹说，找到一个可疑的纸包，但是只包了一张白纸，恐怕是密写。巴山豹是在外面上过军官学校的，也听说过有密写这一套"科学"，对于这个纸包也大感兴趣。于是王家盛施展出他的本事来，用碘酒在白纸上涂了一下，不一会，白纸就像变戏法一样地凭空现出字迹来。巴山豹大为兴奋，这真是一个大发现。他和王家盛赶忙读起来，上面全是写的名字，名字下写的联系口号，但是却都没有地址。王家盛看了，高兴地说："毫无疑问，这一定是这个共产党掌握的这一带共产党的关系。只是不知道这些人住在哪里。"

巴山豹拿起纸来仔细一看，大叫起来："你看，你看，这上面还有认得的人哩。这个吴正品，不就是我们区公署的吴师爷吗？"王家盛一看，正是他。下面还有约好的口号哩。巴山豹大吃一惊，说："好狗日的，共产党混到我们区公署里来了，这个人常常在这公馆进进出出的，好危险！"王家盛附和着说："对呀！那个王从化告诉我，说这些上层关系都是准备搞暴动用的。真厉害，钻进来了。"

巴山豹越听越生气，大叫："把这个吴正品抓起来给我砍了！"王家盛说："慢点，我们先找个人去和他对一下口号，对合适了，就一定不错，再砍也不迟。"

巴山豹是个火炮性子，说干就干。他和王家盛一起，找了一个街上的流氓来，给他交代怎样去问吴师爷。同时他们又布置了一下，只让这个流氓到吴师爷的屋里去，巴山豹和王家盛却埋伏在隔壁偷听。

过了一阵，他们听到那个流氓在问吴师爷："吴师爷，你认识罗洪学吗？"

"认识呀，怎么样？"吴师爷回答。

"他来了，在外边等你。"那个流氓说。

"他来做什么？在哪里？"吴师爷站起来，走出房来。

巴山豹和王家盛在隔壁听口号完全对上了，确定这个人是埋伏进来的共产党无疑了。吴师爷出房来，巴山豹冲到他的面前，大叫："在这里！"就把枪对准吴师爷的脑壳，说，"好呀，你干的好事！"

"大少爷，你这是干什么？"吴师爷莫名其妙。

"妈的，你还装糊涂哩，给我拉出去敲了！"巴山豹眼睛都红了，大声地叫。马上就有他手下的枪手上来，把吴师爷架了出去。吴师爷莫名其妙地问："慢点，慢点，大少爷，你不要开这种玩笑哟。"他知道大少爷是喜欢杀人的，说杀就杀的。

"哼！谁和你开玩笑。"王家盛说，"我问你，你认不认得罗洪学嘛？"

"认得呀！"吴师爷想，这个人是自己的远房亲戚嘛，多年没有来往，问这个干什么呢？他说："他是我的远房亲戚嘛。"

"好呀，认得就够了，共产党当然是你的亲戚。"王家盛说罢，向枪手们把嘴一努，枪手就把吴师爷拉了出去，不管吴师爷叫喊什么，枪手在区公署门口一枪就把他敲掉了。

王二木在客栈里听到一声枪响，跑出去一看，见吴师爷直条条地摆在区公署门口外的地上，几乎忍不住要大笑起来。

这时候，大家突然跑了起来。原来是巴山虎坐滑竿回来了，大家给他让路。巴山虎过区公署看见一个人被打死在门口，问这是哪一个。手下的马弁回答："吴师爷。"巴山虎不知道家里出了什么事，也无心多问。

巴山虎一走进公馆，就问巴山豹和王家盛："那个书贩子还在不在？给我马上抓来！"

王家盛说："今天早上到通江口去拜访朋友去了。"

巴山虎听了，狠狠拍了一下桌子："糟了，糟了！这个人一定是跑了。费了不少心血，想了不少办法，才把这只雀儿捏到手里，哪个晓得一下子让他飞了。"

巴山虎又问："门口打死一个人摆起，是什么事情？"

巴山豹认为肃清了内部一个潜藏的共产党，是一件大喜事，就向巴山虎一五一十地说了，并且把密写送到巴山虎面前。巴山虎把这张密写仔细看了一阵，问："这上面这几个人，我们能找到吗？"

王家盛说："吴正品就是一个。"

"别的还有认识的没有？"巴山虎问。

"我们一个都认不得，想必不是这个场上的，慢慢来清查嘛。"王家盛说。

"哎呀，你们上了大当了！一定是中了这个共产党的借刀杀人之计。你们没有捉到共产党，倒把自家人砍倒一个了。都是一些木脑壳！"巴山虎气得不得了，不住用手捶他自己的胸膛。

巴山豹很不以为然，他想怎么是木脑壳呢？说："那个吴正品硬是共产党呀，用共产党跟他约的口号'罗洪学'去对过，都对上了。他都承认认得'罗洪学'这个人哩。"

"'罗洪学'是不是真有这个人？"巴山虎追问。

巴山豹下面一个枪手说："吴师爷被拉出去的时候，他叫喊'罗洪学'是他的远房亲戚。"

"唉！完了，硬是上了共产党的大当了。"说罢，巴山虎愁眉苦脸地闭起眼睛来，瘫在软椅上了。

巴山豹和王家盛大概现在才理会过来，知道自己办了一件愚蠢的事情了。巴山豹咬牙切齿地大叫："赶快去追回那个共产党，捉回来老子慢慢一块一块地割。"说罢，他就带着王家盛和几个枪手要跑出去。

"转来！"巴山虎叫。巴山豹转回来了。巴山虎生气地说："追个屁！你想他还在通江口大路上等你去捉？他现在早已不知道钻到哪个大山里去了。"

最后，巴山虎长叹了一口气："唉——看来共产党又送来一个大祸害。这个日子又要过得不能安然了。"

回来了

一

秋天，日子一天天短起来，在这高山的山村里，天黑得更快，太阳一眨眼就落进烟雾弥漫的群山里去了。在农家吃过晚饭（这里农家通常一天只吃两餐饭），不多一阵，天就慢慢黑下来。山村里秋天黄昏的景色是迷人的，我是一个在城市里长大的知识分子，从来没有见过这样美好的景色。初来的时候，每天吃过晚饭，我就坐在农家门外土坝边的豆棚瓜架下欣赏黄昏景色：看那屋前满树夕阳渐渐消逝，天上的几片红霞，一瞬间变紫、变黑，融进青色的天空里去，青灰色的雾像轻纱一样，慢慢从山谷里拉出来，盖住了山村。四围十分寂静，只听到田野里的秋虫在唧唧地叫，远远听到赶牛回家的"呵呵——叱——"的声音。

在这一段要黑没黑的时间，恐怕是农家娃娃们所能找到的最快活的时刻了。他们跟着大人在田地里劳累了一天，却不想马上回去睡觉，而且对于爬进那间黑洞洞的污浊的小茅屋里去，实在没有兴趣。他们到处叫着闹着，在瓜架里，在果树下，在篱笆间穿来穿去，小狗也跟着它的小主人们嬉耍，叫呀跳呀，似乎世界上再也没有什么忧患了。

我简直为这种恬静的田园风光和一种不可捉摸的甜蜜幻想所陶醉了。我并不了解我在书本上读到的阶级斗争知识在农村的现实生活中到底是怎么一回事。我完全不知道在这慢慢浓起来的夜幕后面，掩盖着多少悲伤和眼泪，多少痛苦和仇恨。我几乎忘记了我来这山村的任务正是把这些悲伤和眼泪转化成为愤怒和复仇的力量。只有在几天以后，我和我寄住的农家主人苏老爹谈了许多话，又和其他一些农民有了一点接触，几乎每天晚上都参加他们摆龙门阵，我才明白我这是多么荒唐的一种知识分子的梦幻！

每天傍晚，那些已经把他们一生的精力都贡献给辛苦劳动的老年人，那些正背负着生活重担的成年人，以至那些才稍微懂事的青年人，三个五个、十个八个地坐在那茅檐下边，或者坐在打谷场角的草堆旁，吧嗒吧嗒抽着令人发呛的叶子烟，摆起龙门阵来。在他们的身旁，总有女主人在黑地里呜呜地摇着手纺车，那样如泣如诉，像在把你的心一片一片地撕裂开来。农民却并不厌烦听这样令人难过的音乐，似乎这种哀伤的调子正和他们摆谈的辛酸的故事相协调，成为一种绝不可少的伴奏呢。他们摆的龙门阵是没有预定的题目的，随便一个人叹一声气，说一句话，就开了头。他们谈今年的收成，谈铁板租，谈牛毛捐，谈过去无穷的灾难和将来渺茫的希望，比较达观的人总不忘记在这些苦涩的闲谈中掺进一点有味道的传说和笑话，来排遣大家的辛酸。比如谈谈那些地主老爷们永无休止的丑事，这可以在大家愁苦的脸上引来一片两片满足的笑容，然而近来使大家更为动容，使他们的眼睛在黑暗中能够发亮起来的，是从远方传来的一个不知道是真是假的消息：贺龙又回来了，是从天上飞下来的，他统领着十万红军。老年人听了，直摇头，不大肯信；中年人点着头，半信半疑；年轻人都是眉飞色舞，相信是真的，并且摩拳擦掌，要去投奔红军。然而这样令人兴奋的消息常常不是真实的。这些美丽的传说不过像一颗石子投进水池里去一样，只在大家心里激起几层波浪，慢慢便消逝了。摆在他们面前的仍然是永无休止的辛酸和屈辱的生活。夜慢慢深了，明天还不知道有多少繁重的"活路"在等着他们，于是他们把那些永远没有结果的龙门阵暂时告一段落，把旱烟杆在石头上敲掉烟灰，别在腰上，摸黑路回家去了。

有的农民却连参加摆龙门阵的兴趣都没有，只是独自一个人愁苦地坐在家门口，在黑暗中沉思默想，他们是把自己的痛苦从心里摸出来，一片一片地放进自己的嘴里，慢慢地咀嚼，不想拿去叫伙伴们分尝，因为伙伴们自己的也够他们咀嚼的了。

我借住的农家主人苏老爹就是这样。他吃过饭，也不想理会我，独自一个人坐在瓜架下的一个小竹凳上，吧嗒吧嗒地老抽他的旱烟袋，在慢慢浓起来的黄昏中，火光一亮一亮的，照出他那又粗糙又善良的面孔。今晚上还有点不同，火光还照出他那紧锁着的眉头，和在眉头上面缠着的白帕子，白帕子下面有一个用草药敷着的伤口。他吧了一阵叶子烟，那旱烟杆已经不冒烟了，他还在那里吧嗒吧嗒地吧个不完，一句话也不说。我不知道他到底在想什么心事。

我今晚上没有出去参加摆龙门阵，也坐在一个小竹凳上，隔他不远，也咬住一根旱烟杆在吧；我平常抽烟是不行的，这又焦又辣的叶子烟更是呛得人难受。但是今晚上我也像苏老爹一样坐在那里吧个不完，也是一句话不说，因为我也有心事，烦恼得很。

二

特委派我到这个叫百丈崖的山区来清理党的组织，已经有七八天了。我来的时候，特委给了我和这里党组织接头的暗号，叫我来找一位姓陈名耀光的小学教员。到了这里，我没有找到陈耀光同志，我只好找另一个名叫王大山的农民同志接头。问了几个农民，都说不认识王大山。后来碰到一个老汉，问起王大山，他把我打量了好一阵，才把我引到僻处，轻轻对我说："哦，你说的'歪把式'，噢？你找他啥事？"

我凭我才学到的一点秘密工作知识，当然不能告诉我的来意，我说："我找他问陈耀光老师在哪里。"

"哎？你认得陈老师？"这老汉更吃惊了。

我说："不认得，有个朋友让我带个信给他。"

这个老汉才比较放心，把我引去找王大山。我和他一对口号，就对上了，和他接上了关系。当时王大山同志就给我介绍这个老汉叫苏老爹，要我就住在苏老爹家里。他是一个独户，在山村里面。

　　我在苏老爹家里住了几天，王大山一直没有来找我。我请苏老爹去催，他叫苏老爹回话说，秋收的活路太忙，没有工夫，要我再等几天。我只好住在苏老爹家里等他。

　　苏老爹家里人不多，只有一个儿子和一个儿媳妇，还有一个还不会走路的小孙子。儿子出门去打短工割谷子去了，家里的活路就靠苏老爹一个人干，够忙的。我闲着无事，除开和他天南地北地说些闲话外，也帮他做一点杂活路。我做得虽然很认真，有些活路我却不会，反倒给苏老爹帮了倒忙。苏老爹也不生气，看我认真的样子很高兴，也认真教我做，慢慢我们就混熟了。

　　一连几天晚上，我和苏老爹吃过晚饭，就在坝子边瓜架下闲谈。我问了许多乡下的事，苏老爹都一五一十地给我说了。我从苏老爹的口中才第一次听到农村中骇人听闻的残酷剥削和野蛮压迫。眼前足以引起我多少奇思遐想的山村风光，那徐徐下降的夕阳和夕阳中的悠扬山歌，都引不起我的诗情画意来了。

　　我也摆了一些革命和打日本的道理，可惜讲得太枯燥，文绉绉的一派书生气。他看我在做种种努力，想摆脱说话中的书生气，结果也不过是把"什么"换成"么子"，"怎么样"换成"咋的"，他不禁笑了起来。但是他对我讲的话不住点头，与其说是他相信我讲的革命道理，还不如说是他从和我相处的这几天日子中相信我这个人。

　　王大山同志还没有来找我，我有些着急起来。秋收的活路忙过去了，为什么还不来找我，汇报这里党的组织情况呢？我请苏老爹去催一下，他才来了。他还是三推四推地说要陈老师才晓得，他不清楚。其实我看他总是用那双炯炯发光的鼓眼盯住我，半信半疑地不住打量我这个知识分子的打扮，还转弯抹角地打听我的来历，我知道他是不大相信我。

后来说了一阵，他说可以找他的三朋四友来听我摆一摆抗日的事。我想也好，只要能和大家接触，就好做工作。我相信他说的三朋四友其实就包括了这里的党员，或者还有一些农民积极分子。只要把党中央的抗日民族统一战线政策和大家说清楚，就可以动员大家组织起来，准备在日本鬼子打过来以后，在这大山里打游击了。

三

昨天晚上天快黑的时候，王大山来约我和苏老爹一起到一个山沟里去。我们出发了，在山沟里左转右转，才转到一个竹林深处的茅屋里去。一进门，嘿，二三十人把这间小屋挤得满满的。王大山在前面开路，才把我和苏老爹带到屋中间一张破方桌边坐下。穷苦农民家里除开逢年过节，是不兴点灯的，今夜晚不知道从哪里弄了一盏桐油灯来点着，虽然不很亮，却显出有一个中心了。

我抬头看，周围都是一色的赭红色的粗糙面孔，都在微笑和期待着，看来是想来认真听我讲些什么的，我多少感到有些兴奋。我参加革命不久，今晚上可以说是第一次和贫苦农民像兄弟一样地挤坐在这间小屋子里，我第一次闻到他们的汗臭气，感觉到一种幸福，我怀着和他们要长期同生死共患难的愉快心情。

自从王大山通知我要和大家见面后，我对和农民同志要讲些什么，做了充分的准备。根据上级指示，当然是宣传党的根本政策——抗日民族统一战线政策。关于统一战线的一些基本文件，我都熟读过了，许多重要文句几乎都能背得出来，并且我来的时候，还把有关的文件带来了，今晚上也带在我的身边。我相信今天晚上能够准确地传达这些文件的精神，大家一定会为这些文件而大大鼓舞起来，投身于抗日救国的伟大斗争中去。当大家在微笑着期待我的时候，我也微笑着向他们点头，对于他们的鼓励表示高兴。

王大山开始说话了："伙计们，党里头派来一个张同志，今天晚上要和大家见见面，谈一谈，这就是张同志。"他只这样简单地介绍了一下，准备让我讲。大家听了，都兴奋地小声议论起来。王大山说："大家雅静一点，听张同志讲话。"大家都不说话了，十分雅静，只听到坐在我旁边不远的几个农民出大气的声音，那桐油灯一闪一闪的，增加了肃静的气氛。灯光虽然不强，却照出那样多闪闪发光的期待的眼睛，似乎想把我讲的每一个字都吞进去。

于是，我照着我预先准备好的腹稿讲了起来。我尽力保持一种从容不迫的态度，并且尽力想讲得通俗一些，可是除开在讲话中生嵌进去几个这几天才学到的本地的土话外，还是满嘴的知识分子的文明词儿。比如说"日本帝国主义向我们中华民族展开了空前规模的进攻，它想灭亡中国，中华民族到了最危险的关头，每一个中华儿女都有做亡国奴的可能性。所以现在是民族矛盾超过了阶级矛盾，阶级矛盾退居到次要的地位去了。我们要联合一切不愿做亡国奴的中国人，向敌人展开决死的斗争……"

起初大家都竖起耳朵听，生怕漏了一个字。屋子里除开我讲话的声音，别的什么声音都没有，连窗外溪边的流水声，屋外夜风摇动竹梢的声音都听得见。可是我才按照我的计划讲了头一条，可以说才把我准备的腹稿说了一个帽子，还没有进一步深入分析，却忽然听到一个同志叹了一声气。我抬头看了一下，当然并没有意思想去追寻这一声不礼貌的叹气声从哪里发出来的，只是随便抬头看一下，我才看到许多双眼睛都莫名其妙地望着我。很明显地看出来，他们简直无法接受我这一段逻辑性很强的语言，一下就把我的腹稿打乱了。我开始有些慌乱起来。原来准备好的背得很熟的句子都不知道飞到哪里去了。在屋角开始出现细声的议论，坐在桌边的几个农民为防止被我的话催眠，摸出铜头旱烟杆来装上叶子烟，在灯上点火吹起来。有一个坐在我旁边的青年农民，明显不耐烦地用旱烟杆在桌边上敲烟灰，敲得咚咚地响。我越是慌乱，越是说得不顺畅，连有意识嵌进去的一两句本地土话也不见了，我的喉头并没有塞上什么东西，却总想干咳一声两声，想起一点镇定自己的作用。看来效果不大，因为从窃窃私语变成嗡嗡之声了。王大山也是那样莫名其妙地望着我，还用手挖一下耳朵，以为是自己的耳朵有毛病，听不进去一样。我不得不向王大山求援了，用眼睛望着他，他明显看出我的窘态，只好帮我维持秩序。他说："哎，你们像打破了的蜂桶，嗡嗡地叫啥子，好生听到嘛！"屋里的嗡嗡之声小起来了，又平静了。

我继续讲下去："所以……所以我们党发起组织抗日民族统一战线。什么是抗日统一战线呢？抗日统一战线就是……"我的话才开始比较流利，却忽然被坐在我身边的那个青年农民的一句问话打断了，他粗声粗气地问："呃，你莫说那样多，你说到底红军咋样了？现在在哪里？"

他们对于红军的下落有兴趣，当然不奇怪，我正要谈红军的下落。他打乱我的秩序，我虽然不高兴，但是提前说了也行。我回答说："红军长征胜利地到了陕北，现在已经改编成八路军了。"

"啥子八路军？"王大山也不明白，他问。

我回答说："这就是因为我们刚才说的抗日民族统一战线的缘故。在全中国已经组成抗日民族统一战线，一致对日抗战，共产党和国民党又合作了……"

"啥子？"

"哎？"

"呃？"

"……"

忽然从四面八方像怒泉一般射出来怀疑的声音。王大山的声音最大，他的眼睛发红，狠狠地盯住我，像头一回和他接关系的时候一样。

我说的都是事实，我有什么可怕的，我沉着地解释："是这样嘛，国共合作了嘛。我们同意不搞赤化暴动，不打土豪，不分田地；国民党同意不再围剿我们，红军改编成八路军，开赴抗日前线……"

"你胡说！啥子国共合作！"

"哪个说的不搞暴动，不打土豪了？"

"哪个说的不分田地了？"

……

又是一片像暴风雨一般的质问声，落到我的头上。我还没有来得及再解释，王大山在桌子上一拍，把桐油灯都震得跳了一下，他恶狠狠地望着我，大声说："哼！我就是看到不对头哩，果然！你叫我喊大家拢来，就是听你说这一套吗？共产党跟国民党合作？你倒说得怪好听，你在哪里贩来的这个混账主意？"

"呃！你可不能这样说哟！这确是我们党中央……"

我还想解释，他又打断我的话，说："党中央，党中央，哪个党中央？是'刮民党'中央还是共产党中央？我不相信共产党出这个投降主意。"

"怎么能不相信呢？真的是……"我还想解释。王大山霍地站了起来，把一只脚踏在条凳上，用手指着我的鼻子，对大家说："伙计们，你们看，党里派来这样一位'先生'，"他把"先生"两个字说得很响，"要我们去和陆阎王合作，还要和陆阎王那个办刮民党的儿子陆歪嘴去合作，你们说这个主意出得多好呀！哈哈哈哈……"

大家也跟着哈哈大笑起来。

我简直有些生气起来，怎么可以这样乱哄乱闹呢。我还是坚持解释，我说："同志们……"

"滚你的，哪个是你的同志？哪里有和'刮民党'合作的同志？"我旁边那一个农民高声大叫。

我还是坚持说服，并且迅速地从怀里摸出中央文件来："同志们，你们可不能这么说。抗日民族统一战线是党的政策，你们不信，这里还有党中央的文件，白纸黑字……"

"去！去！少拿那些本本来吓唬我们这些睁眼瞎子吧，我们不信！"王大山又打断我的话，大家也闹了起来。

"说的怪新鲜，要我去和陆阎王手下背枪的混蛋肩膀靠肩膀打日本呢，把我的头割了，我也不干！"

"你到底是哪个党派来的，嗯？"

"说不定又是陆阎王派来玩啥子花样的吧！"

……

大家议论纷纷，乱哄哄地闹得一塌糊涂，我简直连一句话也插不进去了。大家气势汹汹把我围住，简直要把我吃了似的。说实在的，我完全没有预料到会陷进这样的困境，一时不知道要怎么办才好。

幸亏苏老爹出来才开了交。我住在他家里，和他多谈了一些话，不管他相信不相信我说的话，至少他总看出我是一个好人吧。他把手扬一扬说："呃！莫打岔嘛，听他说吧，是真是假，难逃众人眼呀！"

"听他说，听他说。"另外几个老实老汉支持苏老爹的意见。

我又开始说了："同志们，我的确是共产党派来的……"

"你是哪一个共产党派来的？"王大山又刁难我。这简直是对于党的侮辱！

我不高兴地回答："中国只有一个共产党，怎么说哪一个共产党呢？"

另外一个大汉说："我们这里就出过两个，陆阎王还派来过他的共产党哩。"

"我是真共产党呀，我是毛主席的那个共产党派来的，抗日民族统一战线就是毛主席提出来的。日本鬼子打来了，光靠我们一股力量还不行，要把抗日力量都联合起来……"

"那么陆阎王那个'刮民党'你联合不联合？"王大山又盯住问我。

"这个嘛，那要看情况。"我说。

"你莫这个那个的，你说清楚，陆阎王那个'刮民党'你联合不联合？"王大山咬住不放，要我回答。

"他抗日，也要联合，国共合作嘛。"我勇敢地这样照原则回答。

几乎所有的人都轰动起来，王大山的声音最大。他说："兄弟们，你们听到了吗？来了这样一位共产党'先生'，要我们去联合陆阎王和他的'刮民党'啰！"他说罢大笑起来，那声音可以使人感到毛骨悚然，但是我并不害怕。

"叫他去联合陆阎王吧，到阴曹地府里去联合陆阎王吧！"

"我看他就是陆阎王派来的，啥子共产党？"

"叫他说清楚，他是哪里派来的。"

……

又是一片叫声，责骂声，我简直弄得听不清谁在说什么了。但是我不认为可怕，我还想解释几句。但是说不下去，大家乱七八糟地打岔。忽然有一个人噗的一声就把桐油灯吹灭了，另外一个人吹了一声口哨"唧——"接着就在黑暗中有人叫："打死他狗日的！"说时迟，那时快，一个拳头就落到我的头上了，跟着一个烟杆脑壳打在我的头上，起个大包，因为头发厚，算没有打破。我叫喊："同志们，不能这样胡闹……"坐在我旁边的苏老爹把我的头抱住，就往他的怀里一按，用自己的身子把我掩护起来。接着就听到许多拳头打到苏老爹的头上和背上。苏老爹大叫："不要乱来，不要乱来！"

王大山也大叫："是哪个把灯吹灭了？点起来！莫非他长翅膀飞了不成。"

灯点起来了，我从苏老爹的怀里挣扎着抬起头来，就看到苏老爹的左前额在流血了，很显然是坐在我旁边的那个青年用铜烟杆把脑壳敲破的。我很难过，但是我来不及安慰他，我必须赶快防止大家再打起来。刚才我挨的那一拳头，把我打得清醒一些了，这场打是因为我刚才说的"陆阎王要抗日，也要联合"的那一句话引起的。这一句话在原则上当然是正确的，但是和这里的特殊情况是不符合的，所以大家被激怒了。陆阎王是这一方的大恶霸，我来的时候路上就听说了。这种人根本不可能抗日，日本人来了，第一个打旗子欢迎"皇军"的一定是他。我必须进一步说明，来平息众怒。

我大声地说了："当然，像陆阎王这种人是不会抗日的，日本人来了，他会去当汉奸的。他要当汉奸，我们就杀他的脑壳！"

王大山说："对啰！这还像说的一句人话。"

另外一个大汉说："不管他抗日不抗日，先取他的脑壳来祭旗，我们再去打日本鬼子。"

这一句话显然是不全面的，但是我再也不敢去纠正了。

另外一个又说："啥子抗日，还是打土豪分田地最要紧。"

这一句话更明显地违反党的政策，却居然得到许多人的附和："对呀，对呀！"

我也不敢去纠正了。我想，算了吧，今晚上是再也谈不下去了，从明天起，我挨一挨二找人个别谈话，先说通几个，再来开会。特别是要说通王大山。从今晚上的情形看来，他在农民里的威信很高，大家都肯听他的话。于是我建议："今晚上算了吧，明天我找几个人谈谈再说吧！"

"走哇，走哇，哪个来听你说'降书'。"

"明天要他说清楚来历。"

于是大家都散了。

这天晚上，我和苏老爹两个回来，在路上一句话都没说。我闷闷不乐地睡了，在床上不住翻身。第二天一整天我都在想，要怎样才能把党的正确政策解释给农民同志们听呢？

四

今天晚上吃过晚饭，我和苏老爹仍旧坐在土坝边瓜架下，山村黄昏的景色还是那样迷人。田野里的秋虫还是在唧唧地叫，远处仍然听到赶牛回家的"呵呵——叱——"的声音。但是我再也不为这种牧歌式的秋天景色所陶醉了。昨天晚上挨了打，我的良好情绪再也没有了，只是愁闷不已。我不知道怎样来完成我的任务。我叫苏老爹今天去叫王大山来谈谈，王大山也一直没有来。

我问苏老爹："王大山为啥这时候还不来？"

苏老爹迟疑一下，回答说："他说他今天白天忙，晚上才能来找你。"

两个人又沉默不语了。那远远村子里谁在吹牛角，呜呜地越发令人难受。过了一会，我把今天对苏老爹已经说过好几遍的话又说起来。我说：

"同志们不信任上级派来的人是不对的。难道他们怀疑我是陆阎王的脚爪爪吗？"

苏老爹想了一下，回答说："这也难怪，你看你昨夜晚说的那些话，哪一个听得进去？我要不是这几天听你摆的多了，又看出你是一个好人，我也不信。"

"我是党派来的，口号也对得上，平白无故怀疑我，为什么？"我埋怨地说。

"咋的是平白无故？"苏老爹说，"前年暴动失败后不久，陆阎王就派过一个叛徒来这里接过头，他自己说是县委派来的，也拿得有口号。歪把式就和他接上头，并且把他带去找陈老师。幸亏陈老师机灵，察觉这个人来路不明，盘问一下，露出了马脚，才没有上当。"

我说："原来是这样。"又问，"哪个陈老师？"

苏老爹回答："就是你来这里要我找的那个老陈。那年暴动就是他一个人跑掉了。因为他去县委接头，迟回来一天，不然也和老丁他们一起牺牲了。"

"他现在跑到哪里去了？"

"他过大山那面去了，起初听说在江口场教书，后来就不晓得到哪里去了。"

"他没有回来过吗？"

"他哪里敢回来，陆阎王扯起网子在等他哩。"

我又问："那个叛徒呢？"

苏老爹说："这号人还能叫他活着害人？给歪把式几个青年小伙子拉去审问清楚，就收拾了。"

我说："这种家伙是应该惩办的。"

苏老爹却什么话也不说了，老是吧他的烟杆。又过了一会儿，他突然说："我看得出你是一个好人。"

苏老爹无头无脑地说出这样一句话，我莫名其妙，我也没有在意。

过了一会，苏老爹叹了一口长气，又慢慢地像是在自言自语："你是一个好人……"

这一下才引起我的注意。我问："你这话是什么意思？"

苏老爹吞吞吐吐地说："没啥意思。"过了一会说，"我看你还是回去好。"

"回哪里去？"

"从哪里来，回哪里去。"苏老爹说。

我不以为然，说："我还没有接上头，任务没有完成，我回去干什么？"

苏老爹说："没有人信得过你，留在这里也是枉然，说不定还会出事。"

我满有信心地说："出什么事？就是陆阎王晓得我在这里活动，他也把我莫奈何，现在是国共合作了。"

苏老爹摇头说："陆阎王才不管你啥子合作呢。不能明杀，他就暗杀。……不过我说的不是这个，我是说……"他忽然停住了。

这时在远远对面山的山坳坳里出来两个火把，慢慢向山沟走下去了。这里的人走夜路就兴用干竹篙压碎点燃当火把，又照亮夜路，又防野兽。苏老爹站起来看了一下，说："他们就要来了。"

我问："哪个他们？"

"就是歪把式几个青年人。"

我知道他说的歪把式就是王大山，这里的人都这样叫他，我看他昨天晚上对我那样粗鲁，那么歪，这个诨名硬是取得合适。我想那正好，今晚上要好好和他谈谈。我要批评他这种对待上级的态度。

我说："他来了正好。"

苏老爹有点着急的样子，说："我看你还是快走的好，离开这里。我信得过你是一个好人，才这样对你说的。"

我问："你这是啥意思？"

苏老爹迟疑着不回答，忽然看到山沟那边山坡坡上又现出了火把。

苏老爹像火烧屁股似的跳起来，说："哎，他们就要下沟了，我信得过你，就告诉你吧，他们今天晚上要拉你去审问。"

我听了非常奇怪，审问这两个字怎么能落到我的头上来呢？我怀疑是听错了，问："什么审问？"

苏老爹说："审问就是问案子，把你押起来，问你的话，问一句，你说一句，不说就整你。"

我奇怪了，他们对一个党员怎么可以这样无理，特别是对上级派来的同志？我说："他们这样无理吗？"

"什么无理，对付敌人就是这样。"

"我是敌人吗？"

"他们反正不相信你是上级派来的就是了。"

我说："那怕什么，真金子不怕火来烧，我是真共产党，还怕他们盘问吗？"

苏老爹说："我看你是个读书人，不懂这里的事情。我怕你还是用昨夜晚你说的那些话和歪把式去顶，顶出祸事来。你不晓得歪把式是我们这里有名的粗人，说不对就动手动脚，有时还动刀动枪。在这山沟沟里，杀个把人，算得个啥子？我怕你撞到他刀口口上，要背时。"

我生气地说："怎么，他敢杀我不成，他敢杀上级派来的同志？了得！"

苏老爹说："他要真晓得你是上级派来的同志，那有啥子说的？他会乖乖的啦。你要他的心子，他都能给你掏出来。如今他不信你了，他很疑心你是陆阎王派来的人。他今天就叫我看住你，今晚上要提你去审问。我和他吵一阵，他也不信，他们几个都不信。风头不好哩，你还是躲过他这一回吧。"

我听了苏老爹的话，不能不吃惊，不能不考虑了。看来歪把式就是粗鲁得很，昨夜晚他掌握会场掌握得那样糟糕，今夜晚恐怕比昨夜晚还要坏，不杀我也要整个半死，那太糟糕了。我不能不考虑苏老爹的一番好意了。我问他："你说怎么办？"

"你还是马上走了的好，回去吧。"

我怎么能回去呢？我到这里来没有完成任务，还这样狼狈地落荒而逃，回去说起来也羞死人了。我说："我没有接上这里党的关系，我不回去。"

这时那火把走过沟底，开始上这一匹山上来了。苏老爹看到了，更加着急。他说："这左邻右舍都没有你躲的地方……"他想了一下说，"这样吧，你就翻过大山到江口场那些地方去，碰碰看能否找到陈老师。"

对了，我这次来接头主要是找陈老师，没有找到他，倒惹这些麻烦来，不如去江口场找他试试看。我同意了，苏老爹把我的小包袱拿出来交给我，给我指路说："你从这右边绕过去，慢慢摸黑走。下了沟就顺沟朝东去，路上有栈房。你今夜歇一晚，明天从那里上山。你千万莫向左边走。"

我匆匆地背起小包袱，顺着他指的方向走了，我竟忘记向苏老爹告辞。才走不过一根田埂，他又叫住我，他进屋拿什么东西去了。一会儿，他又出来了，撵上了我，在我手里塞了两个苞谷粑粑，说："明天过大山，一百多里，带两个粑粑路上垫肚子。"他说罢就匆匆地回转去了。

我接着那两块热烘烘的粑粑，不觉掉下眼泪来。不是伤心，苏老爹越是对我这么好，越叫我感到惭愧。想到我自己现在的处境，我是多么无能呀！

我匆匆地顺着山腰走下去，还没有走到山腰转弯处，就看到来的两个火把一闪一闪地慢慢地走上来，同时又看到从苏老爹屋门打出一个火把，匆匆地跑过去迎上那两个火把。不多一会就听到有声音在叫喊，好像是在争吵。过一会，三个火把都顺着左边大路追下去了。大概是苏老爹带着歪把式追我来了。

我看着那愈去愈远的火把，我真的坐在路旁石头上伤心落泪了。我也不知道这是为什么。

天上的寒星在战栗，好似在为我而伤感。山林的夜风飒飒吹过，也好似在为我而叹息。我呀，我呀……

五

我走了三天，才翻过那匹大山，走到了江口场。这里已经不是在大山里头，却是起伏不平的丘陵地带，物产富饶得多，人烟也比较稠密，江口场就坐落在一条从大山流出的小河上，看来却也繁华。我进场找一个小栈房住下，就打听好小学校的位置。第二天一早，我就到那个小学去打听陈老师的下落。我在门房问那个传达："你们这里的陈老师在学校里吗？"

那个传达略微有些奇怪的样子，暗暗地上下打量我。我心里想，莫非陈老师在这里已经出了事情了吗？那个传达回答："陈老师早就不在我们学校了。"

我问："他到哪里去了？"

他回答："不知道。"说罢，便忙别的事去了，不再理我。

我走回栈房，很失望，一时想不出一个主意来。晚上我想，陈老师假如没有离开这一带，他总不外是教书，我就在这一带小学校挨一挨二去问他个遍，看找得到不。好在现在已经开始抗日，国民党再不那么盘查森严，不会有人来找我的麻烦了。

我跑了几天，问了几个小学，都说没有姓陈的老师，我越加失望了。怎么办呢？回百丈崖去，当然不行；回省城去，更没有脸，只好坐在栈房里发愁。自己过去读了许多书，现在简直一点也帮不了忙。

第四天，我吃过晚饭，在栈房堂屋里闲坐，向人打听回省城去的路。一个住在隔壁房间里姓张的房客也出来闲坐，我们就闲聊起来了。他是跑点小生意的，他问起我的职业，我只好说是小学教员，到这里来找一个姓陈的朋友介绍职业的。我说找了几天没有打听得到，我没有办法，只好回省城另打主意去了。他就给我出主意："他既然在那个学校教过书，有时恐怕也会转回到那个学校来耍。你何不留一封信在那里，碰碰运气，他的熟人看到也会转给他的。"

没有别的主意，只好这么办了。第二天一早，我写了一封短信封好，送到小学校去交给传达。传达起初不肯收，我说万一陈老师回来就交给他吧，他才收下了。我在信里用一个普通的朋友的口气写的，但是从信里完全可以看出接关系的口号来。我回栈房准备再等两天，不行就只好回省城去了。

奇怪得很，就在第二天，我上街后回栈房，栈房伙计交给我一封信，说是刚才有一个人送来的。我打开一看,真是喜出望外,陈老师果然收到了我的信了,而且我昨天去留信,今天他就回了信,看来陈老师一定就在这个场上,说不定还是在那个学校里。那个传达害死了我,叫我这几天到处打听,跑了不少冤枉路。我真该感谢隔壁房间里那个做小生意的人,多亏他给我出这个只有万一希望的主意。但是他昨天已经走了,不然今天告诉了他,他也该高兴啦。

我又把那封信仔细看了一阵,却又是奇怪。估计陈老师就住在这场上,他却在信中要我到五十里外东皇山里清虚观去,叫我在庙里去找一个叫胡道人的,便知道他的下落了。这到底是怎么一回事呢?我不过是一个新党员,对于党的秘密工作,几乎完全不懂,既然他叫这么办,我也只好照办,除此以外,我再也没有别的办法了。

第二天一大早,我起来草草梳洗罢,吃了一点东西,就出发到东皇山去了。这一天天气十分好,冷雾慢慢散去,血红的太阳穿过薄雾生气勃勃地升上来了,身上马上感觉到暖洋洋的,怪舒服。其实这恐怕未必是这晚秋的太阳有这样大的力量,却是因为我的心情愉快,感觉热烘烘的缘故。我这次到山里来清理组织一直不顺当,要不是遇到苏老爹这个好人,还差一点给自己的同志当作特务整一顿。多亏苏老爹指点,叫我到江口场这里来找陈老师。谁知道到这里来又不顺利,陈老师不在,找了好久找不到。又多亏栈房里萍水相逢的那个跑江湖的小买卖人指点我,留下一封信,才找到陈老师的下落。这一下就好了,只要在清虚观找到胡道人,就问得到陈老师的下落了。找到陈老师就不愁说不通统一战线政策,就不愁接不上百丈崖的党组织了。

一路上,我经过了多少竹篱茅舍,多少小桥流水,在幽静的山道上听到多少小鸟在歌唱,特别是看到一片两片枫林,那霜叶在太阳光下,红灿灿的,十分耀眼。我简直又开始为这美丽的山景所陶醉了。那些不切实际的幻想又跑出来了。我幻想:要是在革命胜利之后,到这小桥边,竹林后的小茅屋里来住上一些时候,读上一阵书,在山上观赏一回,在山间小道上尽情地歌唱,唱得累了,走得乏了,就在那石桥边小饭铺里吃上一个"冒儿头",吃上一碗辣辣的菜豆腐,弄得满头大汗,和那些背背架儿的老乡说着笑着走回去，该是多么愉快呀……

"站住！"一声大吼，才把我从那些美妙的幻景中唤回来。在前面山口上猛然站起来一个兵，拿着枪，把我喝住。他叫："检查！"我才看到在这个兵的后边还有几个兵，凶神恶煞的样子。他们在几个老乡的背篼里乱翻，在裹着破衣服的身上乱摸，把背篼里的东西翻得满地都是，在有一个背篼里翻到了一些梨儿，他们就毫不客气地各拿几个，有的就放在嘴里得意地咬起来。可怜那个老乡，却什么话也不敢说一句，他明白他要再表示一点不欢迎的意思，那一背篼梨儿大概都过不了这一个关口了。有一个兵对一个小生意人模样的人特别有兴趣，在他身上摸了一阵，两个就扭起来，那个小生意人被另一个兵用枪托敲了一下，就坐在地上去了。

有一个兵走上来问我："干什么的？"

我回答："教书的。"

教书的谁都晓得是穷光蛋，没有油水，连检查也免了，放我过去了。我从城里来，从来没有看到过这种白昼行劫的事，不免有几分愤愤然，刚才那一脑子美丽的意境，全没有了，才明白在这风景美丽的山里，仍然是一个人吃人的世界。我丢掉幻想，急急忙忙赶我自己的路去了。

到了东皇山脚下，有一排店房，大约有十几户人家。在那里吃了一点东西，问明到清虚观的去向，就上山走向清虚观。

走了大约十几里路，在山弯弯的森林里隐约看到一个庙宇。走拢一看，山门倒塌，长长的石阶上长满了青草。这个庙看来也有些年代了，是一个久已断了香火的深山野庙，到处静悄悄的。忽然听到"哇"的一声，把我吓了一跳，抬头看却原来是一个老鸦在高树上向它的同伴们发出警告，接着噗啦啦地都飞走了。我真怀疑在这种野庙里还住得有人。但是既然来了，自然要进去看看的。我推开庙门进去，阴森森的没有一点声音，庭院中一棵枫树红艳艳的，满地都是枫叶，没有扫除，这哪里像有人住的样子。但是我猛抬头，看到阶前却有三两个土花盆，有几株菊花寂寞地开着，这倒是有人住在这里的证据。我大胆走上石梯，走进空朗的大殿，还是不见一个人。甚至除开在屋角上张着网子的蜘蛛外，连有生命的东西似乎也没有看到。我真有些害怕，很想快点跑出山门，走下山去。忽然在殿旁侧门外，听到几声挖地的沙沙声，我谨慎地推开侧门一看，这里却完全是另外一番景象，真是别有天地。一个小园子还种满萝卜，有一个道人在挖地。走廊阶沿再不是杂草丛生，却是干干净净的。走廊里几间房子虽是破旧了，窗格子却糊着白色窗纸，上面还画着兰花，题着草字呢，这倒像个雅致的地方。那个道人似乎并没有听到我推门的声音，仍然锄他的地。我走到地边叫一声："道师。"他才抬起头来，也不打招呼，也不说一句话，只望着我。

我问他："道师，请问胡道人在庙里吗？"

他看了我一阵，问："你找他干什么？"

这一句却把我问倒了，我没有思想准备，真的，一个凡人到这深山野庙找一个不相识的道人干什么？我只好临事支吾："哦，是这样的，他有个在俗的朋友，托我带个口信给他，我是从这里过路，顺路来看他的。"

这个道人慢吞吞地说："哦，是这样，他不在，出山去了。"说罢又低头锄他的地，再也不想理会我了。

这真是糟糕，胡道人不在，我就找不到陈老师的下落了，怎么办呢？这是我能找到的唯一线索，自然不肯放弃，我又问："请问，他什么时候能回来？"

那道人还是低着头锄地，回答我："哪个晓得？说不定这两天就回来，你改天来看吧。"

这有什么办法呢？我只好退出小门，走下大殿，走出山门。我的运气总是这样坏，东碰西碰，总是不巧。但是没有找到胡道人，找不到陈老师的下落，我绝不甘休。我决定到山下小场镇的栈房去住一两天，再上山来问。

六

这个小场叫五家店，虽说不只五家人，也多不了多少。有一个小客栈，也不过够过往小客商歇歇脚罢了。我走进客栈，找伙计在那通铺上安了一个铺位，就准备洗脚、吃晚饭。这个客栈很冷落，我算是今天来歇脚的第一个客人。

我正洗脚呢，有一个住客栈的农民走进来了。我抬头一看，大吃一惊，这不是苏老爹吗？怎么他到这里来了呢？我叫起来：

"苏老爹，你来了！"

"哦，哦，老师你到哪里去？"苏老爹支吾着问一句，也不准备听我的回答，就走进通铺屋里去，叫伙计给他安铺住去了。我也不洗脚了，拖上鞋子就走进通铺屋里去，一把抓住他叫："苏老爹！"我简直难受得想哭起来。我出来这一趟，到处不顺利，只是碰到苏老爹这个好老头儿。现在见到了，真像在他乡流落的人，偶然逢到亲人一样，把他抓住，生怕他跑了似的。他很冷淡地摆脱我的手，说："老师，你洗脚吧，洗了我们说话，真是好久没有看到你先生了。"

我这才把我的感情压住，退出房，继续洗脚。他拿着一双草鞋出来，坐在我旁边小凳上，一起在木盆里洗脚，趁这时候没有旁人，他轻声地说："怪不得陈老师说，你这个人是个老实人，就是不懂得规矩。"

他劈头盖脸地给我说这样一句话，我莫名其妙，但是"陈老师"三个字却把我大大地吸引住了，我大声问：

"陈老师？你看到陈老师了吗？"

他用眼睛看着我，制止我大声地叫，他小声说："你看，这是说话的地方吗？"他再也不说第二句话了。

唉，我多憋得慌呀，陈老师，陈老师……我心里老是念着，这好像掉在茫茫大海里，忽然看到一个救生圈一样。

我闷着吃罢晚饭，准备找机会跟苏老爹说话，他却从通铺屋里拿出一件汗褂出来问伙计："这沟后边有水吗？我想去洗一洗汗褂。"同时看了我一眼。我总算明白了，我说："哪里有水？我也去洗洗袜子。"我拿起我才脱下来的汗臭袜子，跟着苏老爹去了。

我们才走出客栈，我就迫不及待地问苏老爹："你说陈老师说什么，你找到陈老师了吗?"

他并不忙着回答,慢吞吞地走到小溪边,在一块石头上坐下来,把汗褂丢进清水里,认真地洗起来。他这才回答:"难道你没有找到陈老师?"

"我哪里找到了?"我把到这里来跑了多少冤枉路、没有找到陈老师的经过对他说了。他笑了起来,也不说话,只顾洗他的汗褂。我有几分生气,把汗袜子丢进水里使劲地搓,把水溅得我一身,表示不满。

他又笑了一下,才说:"其实你早见到了。"

苏老爹这些没头没脑的话,使我更莫名其妙。我说:"我要见到了,我还跑到这里的冷庙里去碰一鼻子灰干啥?"

苏老爹说:"你在江口场栈房里碰到的那个姓张的小买卖人就是……"

"是谁?"我着急了。

"那就是陈老师。"

"什么?"我不等苏老爹说完就打岔,"姓张的小买卖人怎么会是陈老师呢?"

"咋个就不可以是陈老师呢?"苏老爹大笑起来,把水打得哗哗地响,好像把一个人作弄成功了,感觉十分痛快的样子。

我愣住了。

苏老爹说:"唉,真是的,陈老师说你果真是个老实人。"

我像被侮辱了一样地难过,低下了头,生气地在水里搓自己的臭袜子。我不知道我是在生谁的气,对苏老爹吗?不是的,我在这里看到了苏老爹是多么高兴呀,怎么能生他的气呢?生自己的气吗?自己跑了这样多冤枉路,已经够委屈的了,还生什么气呢?生陈老师的气吗?也许是的吧,他为什么当面见到了却不承认呢?害得我东奔西跑地瞎闯一阵呢?跑点路倒也罢了,要找的人却一点影子也没有找到。

我对苏老爹说:"他真是陈老师,为什么当面不认我呢?我给他的信里把接头口号都说清楚的呀!"

"他不晓得你是真是假,咋个敢随便承认呢?光凭口号就行,那么歪把式何必捉你去审问呢？这种事不是作耍的，弄不好就是一串串的人头落地哩。陆阎王就是用什么接头口号来整过我们的，要不是陈老师机灵，我们就吃大亏了。"苏老爹就把那一次叛徒用口号来破坏组织的事从头到尾给我摆了。

最后，苏老爹说："陈老师到栈房来和你摆龙门阵，那就是来盘查你的嘛。"

嘿，却原来是这样。我倒说这个小买卖人倒也乖巧，和我谈起来很投机，还以为这是一个很懂得抗日道理的生意人呢，谁知道是我到处寻找的陈老师呢？

我问苏老爹："那么，他盘查了，总该认我了，为什么又叫我当面错过了呢？"

"他不是给你出了一个好主意吗？"

"是呀，可是他为什么又自己走了呢？"

"他哪里走了，不是又给你送一封信回来的吗？"

"说起这封信我还生气哩，当面不见，却叫我跑得老远，到这个深山野庙来找个什么杂毛老道。谁知跑到这里来，这个老道偏又出山去了。这两天还不知道回来不回来，叫我哪里去问？"

"那么，你就过两天去嘛。"苏老爹说罢又笑了起来，笑得那样开心，把已经扭干了的汗褂，无意地又浸到水里去，又猛然发觉搞错了，提了起来，却不说话。我不知道我又有什么叫他这么好笑的。

苏老爹把汗褂重新扭干，站起来说："天不早，回去吧。"

我提着湿袜子和他一块回栈房去了。

晚上，苏老爹和我两个睡在通铺上。他年纪虽然不小，睡觉却睡得很贴实。我却不行，天不亮就醒了，想东想西，越是睡不着了。我想了许多事情，一想到陈老师和我捉迷藏的事，心里就老大不高兴，这未免太过分了。我找到了他，是要狠狠提点批评意见的。

我想来想去，我忽然想到，苏老爹到这里来到底是干什么的？怎么知道那个姓张的小买卖人在江口场栈房和我攀谈过的事呢？他说那是陈老师，那么他为什么不直截了当地告诉我，陈老师在哪里呢？何必再叫我过两天去找冷庙的老道呢？对呀，对呀，我竟然弄得晕头转向，糊里糊涂的了。

于是我去摇醒苏老爹，问他："苏老爹，你到这里干什么来的？你怎么晓得在江口场有个小买卖人和我谈过闲话？你怎么知道他就是陈老师，他在哪里？何不……"

"慢点，慢点，你一问就问一大把，一起塞在我的耳门口，一个也没有钻进我的耳朵里头去，你一件一件地塞嘛。"苏老爹打断我的话。

我自己也觉得好笑，于是一个一个地问他："苏老爹，你到这里来干什么的？"

"专门来找你的。"他回答。

"哪个叫你来找我？"

"陈老师。"

"你硬是见到陈老师了吗？"

"怎么没见到，昨天我到这里来以前还见到的，是他叫我到这个小栈房来找你的。"

这真是说神话了。陈老师一直没有跟我见面，他怎么就算准了我要到这深山里鸡毛店里来歇夜呢？我说："我不信。"

苏老爹说："说起来你不信的事还多呢。"这时天已明了，苏老爹起床了，我也跟着起来。他一面收拾他的背篼，一面说："你昨天在清虚观见到一个老道，你说是哪一个？"

我怎么知道呢？昨天不过一面之缘，也没有说几句话，甚至他的面孔我也没有看清楚。我猜测着问："是哪一个？莫非就是陈老师叫我去找的那一个道人吗？"

"不是。"苏老爹说。

"那么是谁呢？"

"那就是陈老师。"

"什么?!"这简直把我弄得更糊涂了。照苏老爹说的,这陈老师,前几天我在江口场客栈里见到过,明明是一个做小生意的买卖人嘛,怎么一下又变成一个老道呢?怎么我明明当面问过那个老道的话,却一点也认不出来呢?

"正是他。"苏老爹说,"一时说不清,我们还是办正经事吧。"苏老爹从他的背篼里翻出一个纸条子来递给我,说,"陈老师叫我告诉你,要你今天就跟我回百丈崖去,他再过一两天也要回来,再来找你。"

我莫名其妙地打开那张条子看,果然是用约的口号写的,意思和苏老爹说的一样,我真不知道怎么办才好。苏老爹说:"走吧,这里也不是久留的地方。"

看来我没有别的什么主意了,只有这么办了,我就跟着苏老爹上路了。才跨出门我猛地想起来,我怎么能回百丈崖呢?歪把式不是要整我吗?我把这个意思告诉苏老爹。

苏老爹说:"不要紧了,啥子都弄妥了,陈老师已经给歪把式当面说过了,不敢把你怎么样了。"

这又是怪事。陈老师总不是神仙,他怎么这样神通广大?他一会在江口场见我,一会在这深山野庙当道人,一会又飞到百丈崖去找歪把式说话去了。

我又说:"我不信。"

"你不信,你总信得过陈老师的亲笔信吧,你总信得过我这老汉不害你吧。"

说的确是道理。我又跟着苏老爹上路了。

走了一程,我问苏老爹:"苏老爹,你一个人翻山过岭到这面来干什么的呢?"

苏老爹回答:"还不是为了你。"

"为我?"

"正是。"苏老爹说,"从你走了以后,歪把式他们追了一程没追上,他们转来好骂我,说我生生地把一个坏蛋放走了。他们几个商量一下,决定派歪把式翻山过岭来找陈老师问个究竟。他们前脚走，我就后脚跟了翻过来。我怕他们在江口场碰到你，那怎的得了？那不是哪里碰着就在哪里'发财'吗？"

我不懂得他说的"发财"是什么意思，问："怎么发财？"

"怎么发财？就是要命。"苏老爹说，"歪把式那几个青年人手脚毛糙得很，动不动就是这样整的。"

歪把式这个同志我算是领教过了，幸喜在江口场没有碰到他。我说："他们来找到陈老师了吗？"

"找到了，还是通过小学那个门房找到的。那个门房姓吴，是自家人，他把上面来了人的事告诉了陈老师，陈老师到江口场就和歪把式碰到了。我也是这样找到陈老师的。陈老师把我安排住到清虚观，免得碰到歪把式，后来听陈老师说，歪把式把你来我们那里的情形一五一十地说了，他说你是假的，大概是陆阎王又派叛徒拿口号来诓我们来了。陈老师半信半疑的。那个时候你已经到江口场来了，也找过陈老师了。陈老师听歪把式这一说，也不敢来见你。他把歪把式打发回去后，就化装成小买卖人到客栈来调查你，要想知道你到底是一个什么人。后来陈老师对我说，盘查起来，你这个人一定不是坏人，不过是个老实人。我也把你来百丈崖的事谈了，把歪把式要整你的事也谈了。陈老师决定把你支到清虚观来让我看看，到底是不是你，所以才回信叫你来清虚观的。"

我说是怎么搞的哩，陈老师和我捉迷藏，把我指到东指到西干什么呢？却原来是考察我的。但是到了清虚观就应该见到陈老师了，为什么还是当面错过？我问苏老爹这个缘故。

苏老爹说："我还没有看到过你，哪个晓得你是不是到我家来的那一个人，他当时怎么敢认你？是你走了一会，我回清虚观，陈老师才赶快叫我赶出山到王家店来看看，到底是哪一个。"

苏老爹这样一说，我才把到这里跑了这么多冤枉路的原因弄清楚了。我才明白，他们为了接头，打这样多的麻烦，真是未免过于谨慎了。我说："你们把我弄得够麻烦的了。"

苏老爹不同意这个说法，他说："这个就算麻烦？要弄错了，叫敌人钻进来破坏，把我们的头割了，那才叫麻烦哩。"

我对于秘密工作，说实在的，完全是外行。抗战才开始，国民党还不敢对共产党怎么的，我们更是不大注意秘密工作。对于他们这样做，觉得有些太烦琐了。我对于直到今天还没有正式会到陈老师，简直有几分不高兴。我说："那么，现在陈老师还不出来见我？"

苏老爹解释："陈老师说了，他在这里不便换俗人衣服，道士和俗人见面，也不大好，他说反正决定过两天就回百丈崖去。他这两天在这一带还有些事情要安排，今天一早他就出山去了。"

我对于这个道理是接受的，但是陈老师定要扮成一个道士，有什么必要呢？我问苏老爹："陈老师是共产党，扮成道士干什么？"

苏老爹说："我也问他了，他不是当小学教师吗，后来为什么当了道士，来守这个深山的野庙呢？他说，这也是没得法子的事，他在这一带农村里活动一阵，就变成'红人'了，"刮民党"捉他，他靠了本地的同志想办法，才把他弄到这个深山破庙来化装躲藏起来，才得以在这一带坚持搞下去。听他说，这一带搞得比我们那些山里头还好得多，所以他舍不得离开。"

苏老爹这样一说，才把我对陈老师的不满情绪消除了。这是多好的同志，他一个人到这里来，一个人坚持做党的工作，哪怕守破庙，做道士也要干，警觉性又是这样高。我出来除开碰了一大串钉子，什么事也没有做出来，才叫惭愧哩。

七

我和苏老爹回到百丈崖，仍住在苏老爹家里，哪里也没有去，不敢出头露面。第三天的下午，我正在苏老爹家里休息，突然听说歪把式来了。我是一个有根底的共产党员，本来不应该害怕，可是一想起他上次的粗鲁做法，今天又听说他又来了，还难免有几分胆战心惊哩。苏老爹忙着跑出堂屋去和他打招呼。我在门缝里看他们。

歪把式说:"苏老爹,陈老师回来了,他叫今天晚上到官山开会,我特地来通知你的。"

苏老爹当然知道陈老师回来了,可是为了掩饰自己,不得不对陈老师回来了这件大事表示惊异,他故作惊喜地说:"哎呀,陈老师回来了?"

歪把式说:"回来了,他还叫你今晚上带个啥子人也一起去。"

"啥子人?"苏老爹故意问。

"说是从江口场来的。"

"哦,哦。"

歪把式问:"这是一个做啥子的人?"

"我怎的晓得?"

歪把式却冷笑一下说:"陈老师虽没有说,我倒猜到八九分,总不外是上级真的派来人找他来了吧,不然陈老师回来做啥?"

苏老爹不声不响地笑笑。

歪把式对苏老爹说:"这个人在哪里?叫我看看。"

我简直想推门到堂屋去,叫他认识认识,好叫他明白,他想找的上级派来的人正是他曾经粗鲁对待过的人。我正要推门,不知道苏老爹作什么打算,却推却说:"他出门去了,要天黑才转来。"

歪把式没有比其他的同志更早看到上级派来的人,有几分惋惜,只好走了。到了门口还回头打招呼说:"晚上莫忘记带他去哟!"

晚上,我和苏老爹按时前去。秋天的月亮特别好,用不着打火把,路都看得清清楚楚的。

官山,是一片溪边竹林后的山地,有数不清的重重叠叠的坟。我们走到的时候,在官山的一角,已经聚集了不少的人,黑压压的一片,大概上次到的人都来了。

我们还没有走进人群,就有三两个人从人群中迎了过来。打头的一个走拢来,一看就知道是歪把式,粗眉大眼的。跟在歪把式后面的是一个戴着毡呢小帽穿着长衫的中年人，走拢一看，好面熟，我马上想起，这不是在江口场客栈里和我摆龙门阵的那个姓张的小本买卖人吗？这自然就是陈老师了。歪把式一见是我，的确有几分吃惊，他叫起来："咋的?！是你?！"

我几乎同时对歪把式旁边的那个小买卖人叫起来："果然你就是陈老师！"

"是我，一点也不错。哈哈哈。"他笑得那样爽朗。他把我的一只手用双手紧紧地抓住，不住地摇，用感慨的声音说："到底又回来了。"

"在江口场栈房里要知道是你，我就少跑多少冤枉路！"我又高兴又带几分埋怨的口气说。

"这种冤枉路看来是非跑不可的。"陈老师说罢，就把我引向歪把式说，"怎么，梁山的弟兄，不打不相识，你们打了，就相识了，不用介绍了吧？"

歪把式把他那高昂的头垂下来了，他的脸上是什么表情，在月光下看不真切，但是听到他的低低的声音："哪个晓得是他呢？"

我明白他表示心里不安，我却并不觉得怎样，倒十分欢喜这样的同志。再说，我是一个没有斗争经验的人，这次的误会和我的工作方法也是有关的，怎么能怪他呢？

我赶快走拢去，一只手捉住他结实的肩头，一只手抓住他的大手，高兴地说："好大哥，好同志，你给我上的这第一课，我永远不会忘记。"

歪把式才微微有些笑意，也狠狠抓住我的手，细声地说："哪个晓得是你？我们盼星星盼月亮地盼上级派人来联系哩。"

"是呀，是呀，盼得我们好苦。"另外一个同志附和说。我抬头一看，那就是和歪把式左右不离的那个青年。那天晚上他嚷嚷得最厉害，苏老爹头上挨的那一下铜烟脑壳不轻，想必就是他打的。他现在在嘴里咬着的那个铜烟脑壳，在月光下还闪闪发亮呢。

为了缓和气氛，我转身对他打趣地说："不过，老兄弟，下回再开那种斗争会，说是说，骂是骂，可不能用你这白铜烟脑壳当作武器，往人家头上敲呀，那样会敲死人的哟。"

大家都哈哈大笑起来。

"好了，好了，我们还是到那边开会吧。"陈老师招呼大家走到坟场的一角去。我和陈老师、歪把式走在前面。走到一片坟场边停下来了。我不明白为什么一定要到坟场里来开会。在屋子里开会不是更好些吗？

陈老师大概看出我的怀疑来了，他用手指一指我们站的坟场说："这里就是我们上回散的地方。"

我还是不明白，问："什么散的地方？"

陈老师说："上一回暴动失败，好些兄弟被陆阎王拉到这里来杀了。你看，这一片就是。"他用手指着眼面前一大片土堆子沉默了。

那一片土坟上的草已经开始发黄，风在呼呼地吹着。

苏老爹接着陈老师的话说："第二天夜晚，歪把式带了暴动组织起来的一二百青年小伙子，也有我们这些老头，大家拿着梭镖、土枪、矛子，在这里向死去的弟兄们宣誓，要为他们报仇，准备马上去冲打陆阎王的寨子，和他们拼了。多亏陈老师赶了来，劝我们不要去拼命，那是明摆的上刀山哩。陈老师跟我们说：'现在我们就暂时散了吧。就是说化整为零，等待时机。我在这里站不住脚，只好出去了。但是共产党是杀不完的，我们还要回来。'那天晚上就是在这里这样散了的。"

哦，原来是这样，怪不得陈老师要挑这样的地方来开会。

陈老师站在一个土坟的旁边对大家说："同志们，伙计们，今天夜晚我们又到这个地方开会来了。上一回我们是在这里散开的，这一回还是要在这里聚拢来。"

大家都唧唧喳喳地小声议论开了。许多人都在说："是呀，是呀。"

陈老师更提高嗓子说："上一回我们散的时候，大家还记得我说过些啥子话吗？"

许多声音回答：

"记得，记得。"

"哪能忘记呢？"

"那一回我说过,共产党是杀不完的,我们还要回来。是不是这样说的?"

许多声音回答:"是呀,是呀。"

"那么,我们现在又回来了。"陈老师把我推到前面,继续说,"我们的党又派人回来了!"

许多声音在说:"回来了!回来了!"

陈老师向着那一大片坟说:"我们今晚上还来告诉埋在这地下的同志们说:我们又回来了!"

大家都沉默了。我看到歪把式站在我的旁边,用拳头擦眼泪。苏老爹也是一样,用手背擦眼泪。我的心里充满着一种悲壮的激情,很想举臂高呼:"我们又回来了!"

陈老师打破大家的沉默,问大家:"伙计们,我们回来了没有?"

从沉静中像突然暴发的春雷,大家都举起手来,兴奋地大叫:

"回来了!"

"回来了!"

……

我想叫,没有叫出声来,我的喉头被一种东西堵塞住了,眼泪不住涌了出来。

这声音传得很远,听到山谷在回响:

"回来了!"

那树林在回响:

"回来了!"

那流水在回响:

"回来了!"

那所有跳动着的心脏都在回响:

"回来了!"

"共产党又回来了!"

西昌行

一　任务

地下党特委书记老王约张子平在饮泉茶厅见面。他们才在茶厅一个角落的茶桌边坐下，老王就低声地对张子平说："特委决定派你作为特委的特派员，马上赶到西昌去，执行一项紧急任务。"

茶倌过来，把盖碗茶泡好。他们装得像两个老相识的小商人在一起喝茶的样子，随便剥着瓜子，随便闲谈。

老王向四周随便看一下，判断这里没有长着"三只眼"的人，才细声地对张子平继续说下去："我们在那里乡下准备暴动的事，据我们从敌特内部得到的消息，已经被那里的特务发觉，报告了省里的特务机关，他们已经命令西昌行辕的特务站加紧侦察，企图把我们在那里的同志一网打尽。这是十分危险的，必须立刻通知他们转移到金沙江一带去活动，暴动暂时推迟，等把情况搞清楚了再动。同时，中央最近的重要指示也要你亲自去做口头传达。"

张子平的手里拿着一支香烟，慢悠悠地吸了一口，喷了一个烟圈。他听到特委给他这么一个紧急任务，一点也不觉得紧张。他是特委的一个老交通员，接受这样的紧急任务也不是一回两回了，就是奉命从敌人的虎口中救出同志来，也不过才是几个月前的事。他也许出于自己的职业习惯，并不多说什么，只是轻声地回答："是，我明天就出发。"

老王却一反他过去布置工作的简单明快作风，仔仔细细地——甚至张子平感觉是絮絮叨叨地说明这一趟旅行要注意的事项。他说："你要顺利完成这项紧急任务，不会是轻松的事。首先是路途遥远，交通不便，除开成都到雅安一段还可以坐'老爷'汽车外，以后到西昌这一千多里路程，完全要靠你的两条腿走去。并且听说雅安过去，'烟匪'横行，在凉山一带，奴隶主们也设关安卡，不好通过，搞不好就被抓去当'娃子'。至于西昌，那是蒋介石的行辕所在地，城市很小，特务却很多，你在那里活动，也不如在这里大城市里那么方便。但是时间却不容许你多耽搁，一定要赶在敌人行动的前面。"

张子平还是那么简单地表示决心："我一定克服困难，保证完成任务。"

老王认为张子平对于这趟旅行的艰巨性还是缺乏认识，不大放心，又补充说："你是第一次到那里去，一定要找一个熟悉那边情况的老交通员陪你前去。我们已经通知雅安的老陈替你安排了。老陈是你老相识，你到那里跟老陈研究吧。"

张子平点了一下头。

老王进一步提起张子平注意："我们在那里的活动，为什么事先被敌人发觉了，我和'十八子'（张子平知道这是指埋伏在敌特机关里的老李）分析，很有可能有敌人潜入我们内部来了。到底在哪里，潜入多深，我们并不了解，甚至那里的领导同志还根本不知道这回事呢。你这次去的另外一个任务，就是要把这个隐患除掉。"

张子平对这个听得特别仔细，点一下头，还补充一句："坚决完成任务，除掉隐患。"

老王发觉，也许由于自己过于严肃，引起张子平感觉对于他的能力的不信任吧，于是笑着补充一句："当然，特委是信得过你的，再困难的环境，再危险的任务，你是知道该怎么办的。"

张子平并不因为老王这么说而有不同的反应，他把烟头灭了，端起茶碗来，一连喝了几口茶，就打算起身告辞。老王说："别忙，还有话。你在那里办完事，扮成收土产的商人，直接从那里坐飞机飞到重庆去吧。我下一个月要去重庆，我们在那里碰头。"

张子平点一下头，站起来习惯地看一下周围，动身走了。

二　老太爷车

张子平好不容易通过"黄牛党"① 买到了一张到雅安去的汽车票。他抓紧时间把目前形势和任务的传达提纲背熟了，把伪造的证件搞好，把自己打扮成一个行商模样，一大清早，赶到汽车站去，按时上了汽车。汽车里挤得喘不过气来，要想伸伸腿，根本不可能，连想伸直腰杆，也是困难的。有个旅客在埋怨："这简直是沙丁鱼盒子。这车老板怎么没有想到把我们打横起来，捆扎得紧紧地塞进车里来呢？那样可以多装几个人，多赚钱了。"

张子平无心听那些旅客的无穷无尽的怨言和"在家千日好，出门百事难"的种种感叹。这种话他听得够多了。他现在的任务是为他的双脚能够踏踏实实地落在车厢的实处而努力奋斗呢。

按照挂的牌子上说的是上午八点钟开车，可是到了快九点，还没有看到一点动静。那个司机还正在和一个胖胖的商人站在一旁，不慌不忙地捏袖筒子，讲价钱呢。看，到底说好了价钱，那位胖子舒舒服服地坐进司机台上那个宽大的位子里去了，司机也坐上他的位子。车子经过司机的反复发动，却没有发动起来，他的徒弟用铁棍伸进车头死劲地摇，还加上他的呼喊："老太爷，该上路啦！"这才唤醒了这位老太爷似的车。它老人家又是咳嗽，又是打喷嚏，过场做够了，才算动弹了，上了公路，在那东一个坑坑，西一个洼洼的公路上慢腾腾地走起来。张子平想，特委书记老王那天说的话并不准确，他说坐"老爷"车去雅安，其实这不是"老爷"车，还是那个徒弟说得

---

① 黄牛党：国民党时代，专门抢买车船票、戏票等，转卖给客人，索取高价，从中牟利的投机倒把分子。

对，是"老太爷"车。你看它走起来东摇西摆，浑身都在发抖的样子，你听它全身到处发出吱吱哎哎的叫苦声和那呼哧呼哧的喘气声，就知道他老人家的确已经到了日薄西山，气息奄奄的年纪，实在不堪负担了。到了爬坡的地方，它老人家真是拼了老命，还是爬不动，只好趴下不动了。

"下去几个人。"司机在叫。

旅客似乎早就熟悉司机的叫声的含义，下去了几个人，不等司机指挥，就自动地在车后推起车来，可是一点也推不动。

"都下车。"司机又发命令。

"呵——"大家都感叹一声，只好下车，听候命运的摆布了。

"反正，"一个小商人模样的人对张子平说，"出门由路，今天到不了，还有明天；明天到不了，还有后天，这个月到不了，还有下个月嘛！"

张子平对于他的这种乐观主义，实在不敢赞同。自己身上担负着重大任务，巴不得"老太爷"把气歇够了，今天还能上路。

"哎，老太爷大概是鸦片烟瘾发了吧，能让他老人家抽几口，提提精神就好了。"有一个旅客忽然说出这么一句聪明的话，并且自己得意地笑了。"打吗啡针更方便些。"另一个旅客提出新的建议，并且绷着脸，很认真的样子。

于是大家都为这两句解嘲的话笑了起来。不过那是无可奈何的苦笑。只有这种苦笑，才算是大家在这种伤脑筋的旅途中能够享受的一种精神调剂品，不然，再怎么有修养的人要气不死，也会闷死的。

司机下了车，打开车头，拿一把扳手东敲西打一阵，又钻进汽车肚子里去给"老太爷"做了诊断。也不知道司机给"老太爷"动了一点什么手术，是不是真的打了吗啡针，他爬上驾驶台一发动，居然呼的一声吼了起来。虽说那声音听来是有气无力的，时断时续的，但是司机一招呼大家上车，却叫许多旅客喜出望外地欢呼起来。

三　刘大爷的王国

汽车又在崎岖的山路上爬行了。真像一个才打了吗啡针受到精神刺激的人一样,"老太爷"忽然展劲地跑了起来。不过在上坡的时候,听到它老人家呼哧呼哧直喘气,不无几分担心;而当它老人家走下坡路的时候,那么不由自主地横冲直撞,简直想把大家带进无底的深谷里去,却不能不叫大家捏一把汗。

"叭!叭!"大家正在提心吊胆,忽然听到汽车的前方响起两下枪声,马上就看到在前面公路当中站着两个歪戴礼帽身穿紧身衣的人,他们手里提着匣子枪,凶神恶煞地叫:"停下!"

大家都紧张起来,不知道要发生什么事情,这一带历来是行凶抢人的好地方。车上有的商人下意识地叫起来:"糟了,怕是碰到'棒老二'① 了。"有的人在身上摸来摸去,进行必要的紧急措施。但是司机却一点也没有惊诧的神色,顺从地把汽车停在那两个凶神的面前,似乎还带几分笑容地问:"咋的?"

"刘大爷有事到雅安,要搭车!"

哦,大家松了一口气,原来是我们的车子已经走进了刘大爷的独立王国,他要坐车,谁敢不依?这两个"歪人"自然是刘大爷的贴身马弁了。

一个马弁用枪指一指驾驶台上坐着的那位胖子说:"把这个位子给刘大爷腾出来。"

那胖子有点不高兴,因为他在成都车站和司机捏过袖筒子,额外付了外水,才坐上这个舒服的位子的。他望着司机,要司机拿话来说。司机望一下车前的"歪人",又望一下胖子,露出无可奈何的样子。

"下来!给我挤到后面去。"马弁把驾驶台的车门打开,动手要拉扯胖子。司机赶忙给胖子递眼色,好像说:"你知趣一点吧。"

旅客中有一个有经验的老者开口劝胖子:"过来吧,到了哪一国,只有说哪一国的话了。"大家都附和:"对头。"本来是这样,你到了刘大爷的王国,他就是这一带的无上权威,生杀予夺的大权全操在他的手里,他要把你

---

① 棒老二:土匪。

拿来红烧，你是不敢要求清炖的。

胖子莫奈何，只好下了驾驶台，挤到沙丁鱼盒子里来。人就是有弹性的，塞进来一个胖子，好像也没有把车厢挤爆。

"等一等。我去请刘大爷。一会会儿①就来。"一个提枪的马弁说了，就离开公路，走上小路，向远远的一个大院子走去了。另外一个马弁还提着枪站在汽车旁边守住。

大家沉默地望着远远的那个大院子——那该是这个王国的京城了，盼望着国王刘大爷快快从京城里走出来。

但是等了好一阵，还是不见一个人出来。中午的天气特别热，一丝微风都没有，大家感到身上挤出油来了。有的人在低声埋怨："咋搞起的？"并且带来一阵嗡嗡的议论。还是那个有经验的老者，生怕对这个王国做出不礼貌的议论，被那个提枪的人听去，给刘大爷奏上一本，生出别的事端来，那就"汤水"②了。他劝大家："耐心地等吧。"他还自我解嘲似的加上一句，"刘大爷能搭我们这一趟车子，是大家的福气，我们就会一路福星，平平安安到雅安了。"

张子平虽说没有走过这一路，但从自己过去走别的路的经验，这老头儿说的恐怕倒有几分道理。有刘大爷坐在这车上。一路上再不会有"棒老二"来拦路打劫了；因为在他的国界里，哪一个"棒老二"不是他的兄弟伙呢。张子平还想出一个好处：刘大爷今天要赶到雅安，大概就不会让司机在半路上的幺店子里歇夜的。这样，便不会耽搁了。

刘大爷独立王国里的时间概念，大概也有它的独立性，和大家的时间概念是不同的。说的是"一会会儿"，可是已经等了两个钟头，还不见刘大爷的影子。有人实在耐不住，劝那个守车的马弁："你回去催一下吧。"

这个马弁没有动。但是大家看到，远远地走来了刚才回去请刘大爷的马

---

① 一会会儿：当地土话读"一哈哈儿"。即很短的时间，一会儿。
② 汤水：麻烦。

弁。他走到车子跟前对大家说:"快了,快了。刘大爷正在搓麻将①。今天手性好,连坐了几个庄,已经打到第四圈,马上就完了。三姨太再烧几个烟泡子,给大爷过一下瘾,再吃点点心,漱漱口就出来。你们再等一会会儿。"

这有什么办法呢?大家只有叫阿弥陀佛,但愿在打第四圈的时候,刘大爷不至于再坐几个庄;还希望三姨太烧大烟泡时,手脚麻利一点。但愿刘大爷的这新的"一会会儿",不至于又比前面的"一会会儿"忽然又自动延长成为三个小时。

大家又耐心等待刘大爷的"一会会儿"。谢天谢地!不过两个小时,刘大爷前呼后拥地出来了。他大模大样地坐进驾驶台,舒舒服服地伸一下懒腰,打一个响嗝,才下命令:"开车!"

那两个马弁提起张开机头的手枪,站在驾驶台的两边踏板上,威风凛凛地望着前边。

我们的"老太爷"车很知趣,虽说还是那么东摇西摆,却是奋勇地向前跑去。谢天谢地,那位老者说的话没有错,一路上平平安安的,在天快黑的时候,到了古城雅安。

四　老交通员

老陈在联络站见到了张子平,劈头一句话就是:"老兄,你这一趟旅行,恐怕要辛苦一点哟。"

张子平听了,并不惊诧,他早知道这千多里路程要靠双脚开步走,当然要辛苦一些。不过这算不了什么,他回答说:"我虽说还没有练出一双'神行太保'的飞毛腿,可也算得一双铁脚板了,千多里,小意思。"

"我说的不是这个,"老陈指一指自己的腿,然后又指一指自己的脑壳,"我说的是这个要辛苦一点,要伤点脑筋。"

---

① 搓麻将:又叫打竹牌。赌博的一种。

"怎么啦？"张子平问。

"成都通知我们，敌人已经猜出我们要配合解放区在各地发动武装斗争，所以各个通道口子上都把守得紧。你去西昌是一条独路，恐怕要费些周折，才能过关。"

张子平不在乎地说："墙头上骑得马，刀口上行得人，只要有路，我总过得去。"

"恐怕就是没得路。"老陈说。

张子平奇怪："怎么会没有路呢？"

老陈才详细地解释，雅安前往富林这一路，那些独立王国的大爷们为了运鸦片烟要利益均沾的事，正在打仗，一路上商人都快绝迹了。"没有一点道行，过不了关。"老陈最后说。

"这倒是一个麻烦。"张子平说。

"也没有什么，我们已经替你安排了，准备叫你冒名当一个调解委员，专门调解这些地头蛇运鸦片烟扯皮的事。你只管坐上滑竿，带上跟班，大摇大摆，抖着威风去。真调解委员还正在这里说包袱，天天大宴小宴，估计十天半月上不了路，你只要走在前边就行。你就扯起旗号说是专程前往富林，去请杨总舵把子出来'拿言语'的。"

张子平过去在各路走动，装行商、走贩、教员都干过，当"委员"却没有干过，他有点为难的样子。

老陈宽慰他："这一路你不熟，我们找一个老跑这一路的交通员陪你去吧。"

"是一个老交通员吗？"张子平回想起在成都出发前，特委老王告诉他要找个老交通员带他去的话。

老陈点一下头："算得上一个老交通员。

"好。"张子平很高兴在这里将要遇到一个老同行，而且要和他一起走这来回的一千多里路程，要和他一起去面对许多危险和克服许多困难，可以在实践中交流经验。交通员，对于地下党说来，就意味着光荣和危险。他们作为上下级党组织联系的纽带，传递重要的文件和情报，必要时还要代表上级党组织当机立断，处理各种复杂的问题。由于他们认识的上级和下级的党员比较多，又老是在风口浪尖上行走，所以敌特对他们的兴趣特别大，认为这是破坏地下党的突破口。他们要和社会上的三教九流打交道，要随时面对许多意外的情况（比如哪里党组织突然遭受破坏了，或者出了叛徒了），因此不仅要有特别的机智，还需要有特别的勇敢和果断；当然，更需要特别的坚强和不怕牺牲，有随时准备不声不响地为革命献出自己的生命的精神。张子平以能作一个老交通员，出生入死地战斗了许多年而感到光荣。现在又将在这里遇到一个老交通员，怎么能不高兴呢？但是张子平得遵守秘密工作的纪律，不能要求老陈马上让自己和这个老交通员见面，或者了解他的姓名和情况。

第二天，张子平和老陈在一个商人进进出出的大茶园里坐下，商量着怎样装扮成为一个"委员"的事。正当谈到要雇一乘滑竿，还要带一个跟班，就是带一个小勤务兵的时候，来了一个十六七岁的青年，挨着老陈坐下了。张子平一眼望去，在稚气的红润的圆脸上强嵌上几分过早成熟的庄重的神情，那眼神叫人一看就知道是一个机灵鬼。从他走过来时，装得若无其事却又分明在机警地观察着周围的一切的神态，更显得出来。

"来，来，正说你哩。"老陈介绍给张子平，"这就是给你找的跟班小孙。"老陈又回头对小孙说，"小孙，这就是罗调解委员，一路上你要好好服侍他。"

小孙没有答话，甚至连表示同意的点头也没有一个，他用心地观察坐在他面前的这个"委员"，像是在品评一个就要出台去演戏的演员，看这个"委员"的脸谱和服装怎样。他毫不含糊地向老陈发表他观察的结果，说："老曾，这位'委员'化的装恐怕还出不了台吧？这一身打扮就不行。并且……"小孙把出口的话又咽回去了。

张子平不能不服这个未来的勤务兵的眼力，他从成都到雅安这一路本来是打扮成行商来的，和一个官方派出的"委员"的打扮，自然是不一样的。

"并且怎么样？小孙。"老陈问。

小孙似乎不好在"委员"面前直说，小声地附在老陈耳朵边嘀咕了两句。

老陈粲然笑了，说："小孙，你不要在鲁班门前耍开山①哟。"

"怎么啦？老——曾。"张子平知道老陈在小孙面前化名姓曾的，所以也改口叫老曾。

老陈还在笑，对张子平说："你的跟班不仅认为你的打扮不合适，并且认为你的仪表也不配当一个'委员'呢。"

张子平更高兴，也笑了起来。他当然明白，要出台去扮演一出《委员出差记》的戏，他现在的打扮、派头和神态都还不像的。但是他现在在这个茶园里是和老陈扮演行商讲买卖的戏，他只能以一个行商的打扮，表现出一个行商的面孔来。

不过张子平对于这个跟班的观察力是欣赏的，他还故意装作不明白的神态问小孙："你说，委员该是怎么一副面孔，怎么一个派头呢？"

小孙和张子平不熟，还是只在老陈耳边说两句。老陈替他对张子平回答："他认为你的架子不够大，样子也不够'流'。"

"怎么不够流？"张子平问。

小孙只好直说了："罗委员，你这一路打交道的都是那些掌红吃黑的舵把子，你那么规矩老实的样子，咋个把他们抹得干呢？"

"好，好。"张子平真的对小孙有几分敬佩，说，"对头，是该多几分流气，才好和流氓头子打交道。不过我对这一路的袍哥大爷很不熟，连他们的黑话我也不懂呢。"

"这个，你放心。"老陈说，"小孙熟，事事多由你的勤务兵出头，你摆起大架子，少开腔就是了。你在这一段路上多听他铺排吧。"

"是，得令！"张子平对小孙抬一抬手，用袍哥的习惯架势说话。

老陈对小孙说："你马上去安排上路的事，把行头搞好，赶快出发。"

小孙起身告辞。老陈又叫住他，对他说："我把这个同志交给你，回来

---

① 开山：斧头。

的时候他要掉了一根汗毛,我都是不依你的哟。"小孙笑着点一下头,又不露行迹地看一看周围的茶座,走出茶园去了。

张子平又和老陈商量伪造委员身份证明文件的事。老陈说:"这个我这里已经办好了。不过单靠这个官方文件还不行,在路上最吃得开的还是成都总舵把子的飞帖。"

"这个我在成都办好了。"张子平说,"我已经仿造了成都总舵把子林总爷的名片和去富林找杨总爷的介绍信。"

老陈说:"那就好极了。你在路上少和那些小舵爷纠缠,只求平安通过就行了。"

他们两人要分手了,张子平最后问老陈:"你昨天说还有一个老交通员陪我一起去,啥时候我们见面呢?"

老陈笑一笑说:"刚才不是已经见面了吗?"

"哎?"张子平起初吃惊,继而恍然大悟,"哦,就是我的小勤务兵啰?"

老陈点一下头:"你莫看他岁数小,他却算得是一个老交通员呢。他是烈士的后代,完全可靠。"

张子平也满意地点一下头。

五　调解委员

"罗委员,上路啰。"小孙带着一乘空滑竿走进张子平住的旅馆,在他的房门口叫他。

这两天小孙忙着替张子平张罗一切,向张子平介绍这一路袍哥大小头目的情况和他们之间的冲突,还教张子平说几句不可少的黑话。小孙嘱咐说:"你一路少开口,装模作样,叫他们摸不着你的底子。总之,你越深沉,他们越害怕。这些土地主、土恶霸,在本地是歪捆了[①],但是他们见世面见得

---

① 歪捆了:形容非常霸道、蛮横。

少，好对付，不过假戏要真做。"

"反正这一路我听你摆布吧，只要平安通过就好了。"张子平说。

"没得那么撒脱①。"小孙说，"我还想从这些土老肥身上刮点油水，作为我们下一段路程的开销哩。"最后小孙开玩笑说，"罗委员，明天就请大驾上路了。"

现在小孙带着滑竿来请罗委员上路来了。张子平早已打扮停当，走出来看，穿戴一新，再不是头戴罗宋帽，身穿蓝布衫，手提帆布袋的行商打扮，而是头戴黑呢帽，手提文明棍，鼻架金边镜，肋下夹一个黑色公文皮包，气宇轩昂，似乎老是把眼睛放在额头上，一切都不看在眼里。说起话来嗯呀呵的，不知道有多大来头。小孙一见，不觉笑起来：果然好气派，像个委员。

张子平看小孙也改了打扮，穿一条草绿色裤子，上身是中式密扣短衫，脚蹬麻耳子草鞋。最别致的是手里提一个镶嵌云母花片的黑漆小匣子，这是这一带老爷们出门必须携带的鸦片烟匣子。这既是高贵的摆设，实用的工具，又是身份和地位的权威证明。

张子平和小孙走出门口，滑竿已经在那里"矮起"②。小孙对张子平谦卑地说："委员请上滑竿。"

张子平有一千个不愿意，也只好摆架子，坐上滑竿，让两个轿夫抬起走。滑竿一闪一闪地走出街口，上了大路。随着滑竿的每一次闪动，张子平都像一个"千斤"压在自己的心坎上一样的难过，哪里有一点一个委员老爷被抬在别人肩头上应该感觉到的那样无上快乐呢？莫奈何，要装样子，只好坐一段。只要一见上坡下坎，他就借故下来步行，心里才安然一些。两个轿夫乐得轻松，抬着空滑竿在他身后跟着。小孙认真地像一个跟班应该办的那样，很乖巧地跟在张子平后面走。

一路走来，山清水绿，风景十分动人。可是现在正当五月春耕大忙

---

① 撒脱：容易。
② 矮起：抬滑竿的半蹲半起，使滑竿离地不高，以便乘轿人易于上去。

节，却看不到什么人在田里做活路，许多田地荒芜了。他们走到一个幺店子，在门口小凳上坐好，叫了两碗茶，两碗开水，叫轿夫喝水。小孙拿出烟卷来替张子平点上火，又送了两支给轿夫抽。轿夫对于这个委员一路上不是把他那一百多斤始终压在自己肩膀上，却甘愿下来走，本来就觉得奇怪了，现在又给水又送烟，敌对的气氛不免就减少了，于是和委员的跟班小孙搭起白来。

抬后边的那个轿夫姓王，看来四五十岁了，一路上只顾低着头抬起走，不多说话；他和这样的委员和跟班有什么共同的语言呢？他老像有无限的心事，又像是把世界上什么事都看透了，反正是人骑人，人抬人嘛，还有什么可说的呢？抬前头的轿夫姓李，年轻得多，不过三十岁，身强力壮，腿肚子起棱起线，像铁柱一般。看样子没有尝够人世的辛酸，眼睛亮亮的，显得有几分乐观。他很肯说话，而且对于他所看到的事情，喜欢发表自己的看法，是一个很好的评论员，甚至比那些大报纸的评论员要中肯得多，至少张子平是这么感觉的。

小孙是一个很随和的人，更喜欢和这样的下人交朋友。他问老轿夫："老王，你原来是干什么的呢？"

"问我？"老王迟钝地看着小孙，只摇一摇头。老李替他回答："他是在乡下背了一身阎王债，在泥巴里爬不出头，才到城里来卖力气，还是当牛作马。"

"你呢？"小孙问老李。

"差不多。铁板租背不起，拉壮丁整得鸡飞狗跳，哪个还有心思种庄稼？嗯，这个世道，又是兵，又是匪……"

这个评论员正要发挥的时候，他的伙伴显然对于这样的委员是有戒心的，故意打岔说："今天还有几十里，上路吧。"

"好。"张子平明白，不能希望和他们谈更多的话，站起来要开步走。小孙说："委员，坐上走。"张子平不愿意，小孙小声对他说："前面到了一个关口了，坐上的好。"

张子平只好坐上滑竿。听任那"千斤"一下一下压在自己的心坎上。

前面小山垭口，有一个草棚棚。在那里站着两个穿着普通老百姓衣服，却背着枪杆的人。张子平看出，这就到了一个独立王国的国界了，那草棚就算王国的具体而微的小海关，那两个拿枪的人既是镇守国境的武装司令，又是向入境者征收人头税和买路钱的税官。你看在山口的大风里，站着长长的行列，那些小商贩和农民打扮的人，正在诚惶诚恐地接受盘查和交纳入境税。有钱交钱，无钱就抽实物。除开你身上的皮子剥不下来，不算数外，你带有什么东西就抽什么东西，有杂货拿杂货，有鸡蛋拿鸡蛋，连洋芋也可以抓几斤，蔬菜也可以提几把的。至于抽多少，就要看收税官当时的喜好和情绪，还要看交纳者装出的心悦诚服的态度如何。

张子平的滑竿越走拢去，越是听到一片诉苦声和哀求声，还夹杂着收税官的斥骂声。滑竿还没有到关口，小孙已经走在前面，只见小孙从身上摸出盖着大红官印的公文在那两个未必识字的"官儿"面前一亮，口里念念有词，那两个家伙就持枪立正，恭迎恭送委员过关。张子平坐在滑竿上，连看也不看一眼，大模泰泰地过去了。这么顺当地过关，是张子平过去作为一个商贩或教员过关所没有经历过的。

这一天就这么过了几个独立王国，晚上在一个集镇上过了夜。

第二天，早早地上了路，走到快中午时候，又到了一个关口。这个关口看来比较大，把守关口的不是通常的两个穿便服的持枪人，而是穿上草绿色军装的四个像兵模样的人。说他们只像兵的模样，这是因为他们的草绿色军装穿得实在不像样，也没有任何番号和符号，甚至作为蒋委员长的兵士必须戴的军帽上的青天白日帽徽也没有。这里还多了一个真正的"官儿"。他抱着一个盒子枪坐在一条凳子上，也是那么无精打采的样子，睁一只眼闭一只眼看着这尘世的一切，毫无一点兴趣。

小孙还是像昨天一样，走前一步，把有大红官印的公文取出来亮一下，以为这样就可以平安通过了。

"慢着。"一个兵拦住小孙，不叫过去。

"咋的?"小孙略微有点吃惊。

"干啥的?"

小孙有点发火的样子,训他:"你认不到字,总认得到这个红疤疤吧!"他用手指一指公文上的大红官印。

"认不到。叫他马上下滑竿,我们要检查。"那个兵用手指一指路旁凳上坐着打瞌睡的人,"你有话找我们当官儿的说去。"

这时,那个坐在凳子上打瞌睡的"官儿"被吵醒了,站起来走了过来。

小孙马上走拢去,把公文送到他手里,拿言语了:"哥子,山不转路转,石头不转磨子转,请您高抬贵手。"

这个"官儿"大概认得几个字,也见过一些"红疤疤",他很吃力地在细声念着公文上的字和仔细端详那颗红印。然后抬头问小孙:"啥子委员?"

小孙指一指说:"上面写得明白,省政府的调解委员。"

"委员?认不到那么多。我们区长吴舵把子昨天才下的令,不管你是啥人,都要下来检查,看夹带得有枪支和鸦片烟没有。"

这家伙开"黄腔"了。这个王国看来要大一些,是一个区。这位区长兼吴舵把子,或者吴舵把子兼区长,为了表现王国的无上权威,看样子坚持要检查,纵然你是坐滑竿的委员,带着有大红官印的公文也不行。

这时张子平坐的滑竿已经到了跟前。他知道这些土霸王,就是当了政府的区长,也认不到啥子省政府、县政府,但是作为袍哥大爷,却会记得总舵把子。他想,在这种人面前不能软,更要盛气凌人才压得住他,他坐在滑竿上不动,问他的勤务兵:"干啥子不走?"

"他们要检查,不叫走路?"小孙回答,用眼睛示意:"要唱双簧才行。"

张子平明白,于是大声地斥责,装作打官腔的调门:"他们,哪个他们?他们是什么东西?"

"他们是这里区长吴舵把子的人。"小孙说。

"区长?这吴某人是区长,是省政府、县政府的下级,他身为区长,不认得省政府的官印,不认得省政府派出来的委员?岂有此理!"张子平楞眉楞眼看住那个拿盒子枪的"官儿"。

那个"官儿"不睬祸事，还坚持着："两国交兵，各为其主，反正吴舵把子交代，不管走路的，不管坐滑竿的，都要检查。"

张子平看这个家伙不进油盐，只好使出他的撒手锏，从身上取出林总舵把子给富林杨总舵把子的名片来，给了小孙，说："他认不得官印，他认得这名片不？认得杨总舵爷不？"

小孙把名片给这"官儿"照了一下，说："哥子，你们大爷是哪杆旗的？成都的林总舵爷他不认得，总认得富林的杨总舵爷吧？我们就是杨总舵爷的客人。你回去问他，他还想在江湖上走不走路？"

这几句话非常灵验，那个家伙看看名片，虽说不晓得成都的林总舵爷，但是富林的杨总舵爷，隔这里只百把里路。他的吴舵把子常常提起的，那是几百里宽的地界里，一呼百应，山摇地动的总舵爷。得罪了他老人家那还得了？一下他就软了，对滑竿上的张子平毕恭毕敬地站着，又对小孙说："这位小兄弟替我美言两句：我吴二有眼不识泰山，冒犯了委员，得罪得罪！"

"哼，什么东西！走！"张子平发火了。

小孙对那"官儿"说："我劝你把眼睛睁大些。你不信，好，你回去叫你们吴大爷到杨总舵爷府上拿话来说吧。走！"

张子平依然坐着滑竿，一摇一闪地走过去了。那个"官儿"和四个兵都吓得目瞪口呆，望着滑竿抬了过去。

六　吴大爷赔罪

张子平正坐在滑竿上向下一站走去，他庆幸用诈唬的办法闯过了这一个大关。前面问题就少一点了吧。

他们走了一程，小孙忽然跑到滑竿边对张子平说："你看，这是咋的了？"说罢，用手指着远处。

张子平望过去，好家伙，在远远的大路上有十几个人，都提着手枪，向滑竿跑了过来。他们到底要干什么？

张子平想，要逃走是不可能的了，只有临机应变。小孙也说："没有过不去的火焰山！"

"慢着，慢着！"这一群人一边吆喝着，一边跑了过来，走在最前面的就是把守关口的那位"官儿"。他们跑到张子平坐的滑竿的前边，一字摆开，拦住去路。轿夫只好停下来。奇怪，这十多个人都像木鸡一般呆呆地站定，并且把头低垂下来。还是那个"官儿"走到小孙身边，低声下气地说："小兄弟，适才哥子回去报告了吴舵把子，吴舵把子说冒犯了杨总爷的贵客，他亲自来赔罪来了。你给委员美言两句吧。"

哦，原来是这样，这台戏就好演了。张子平在滑竿上板起面孔，不理不睬。那个吴舵把子走近滑竿，低着头说："我吴某见疏识浅，不知委员光临敝地，冒犯了大驾，我吴某特来请罪。海水不用斗量，望乞海涵海涵！"

张子平没有说话，还是板着面孔。小孙上前答话："这位吴大爷把话说明了，委员就话明气散了。都是一家人，好说好说。"

吴大爷扯住小孙，望着张子平说："小兄弟，你美言两句吧。"

"说清楚了就算了。要好好管教下边跑腿的，我倒没有什么，要是杨总爷过路，也是这样，那还得了？"张子平也说了话。

"好，我吴某承教承教。委员好不容易到了我们这一方，务请委员赏光，到寒舍休息休息再走。"

这却叫张子平为难了。原说只要能闯过关去就行了，现在却反而要留下。他想还是不留下好一些，怕露了馅，便说："兄弟还有要紧公务在身，要赶到富林向杨总爷候教，这次就不到府上打扰了。"

"不行，不行，再忙也要请委员赏光。"他回头对那位"官儿"吆喝，"吴二，你妈的还像个木桩桩立在那里干啥，还不给委员引路？"

小孙眼见不留下"赏光"是不行的了，他同时还有个想法，便走到张子平滑竿边递了一个眼色，回头对吴二说："好，吴二哥，带路。"

吴二在张子平的滑竿前面引路，吴大爷在后面跟着，一路上前呼后拥，向远远山边一座大院子走去。

这是这一带最常见的地主庄园。前面有一个八字大朝门，进去是一个大厅，两旁是客房，再进去是一个大石坝，几步台阶走上去，在一丈宽的阶沿里便是正房，当中是堂屋，神龛上供着祖宗牌位，后墙有"天地君亲师之位"的金字牌。在客房后便是后花园，穿过花园的水阁凉亭就到了花厅，这是迎接贵宾的所在。张子平就被安排在花厅的特别客房里。

张子平在客房才落座，吴大爷和他的红黑旗管事，坐五排六排的弟兄伙都来参拜。幸喜张子平从小孙那里学到一点起码的走江湖的知识，热炒热卖，总算没有露馅。晚上，有小孙在一旁招呼和临时指点，又总算把大宴对付过去。接着便是吴大爷在花园客房里的大床上摆上鸦片烟灯，和罗委员对卧着，一面烧鸦片烟，吞云吐雾，一面躺着促膝谈心了。小孙和吴二两个总是不离左右。吴二在里外张罗，一会儿是冰糖珍珠圆子送来了，一会儿是银耳汤送来了。小孙总是注意张子平和吴大爷的谈话，必要时为张子平圆场。张子平总是保持不即不离的庄重架子，只是嗯呀呵地好像是同意又像没有肯定对方的话。最叫他头疼的是吸了几口上好的"云土"，把他弄得醉醺醺的，不大好受，却又不好拒绝主人的殷勤招待。他总算接受小孙的事先指导，尽力不把烟子吞进肚里去，才稍微好过点。

吴大爷听说罗委员是拿着成都林总舵爷的名片去找富林的杨总舵爷的，更是分外地巴结起来。他说："我也出去跑过几天江湖，成都那是一个大码头，可惜我没有福气去拜会林总舵爷。啥时候到成都去，一定要托委员的福，请委员替我引见一下。"

"嗯，那是当然的。"张子平一口答应下来，并且胡乱说一个街道门牌，说，"老兄到成都，一定请到舍下来赏光。"

"一定，一定。"吴大爷喜出望外。

吴大爷又问："富林杨总舵爷也是委员相熟的吗？"

这个，张子平却不敢胡吹牛皮，因为他根本没有见过这个杨总舵爷。不过还是做了合乎情理的夸张："杨总舵爷是久闻其名，林总舵爷这次就是叫兄弟专程拜访他老人家，请他老人家出来说句话，打个招呼，你们这一带为运鸦片烟扯皮的事，都会顺利解决的。我这调解委员回去也好向林总舵爷回话了。"

"那是自然。"吴大爷说，"这一带不管你是龙是凤，是虎是狼，是人是鬼，哪个敢不听杨总舵爷的？只要他老人家站出山堂来，喊一声'儿娃子们'，再难办的事情都搁平了。"

张子平没有想到这个杨总舵把子在这一带有这么大的势力，解放后要锄掉这个大恶霸，恐怕还要费点力气呢。

吴大爷想的和张子平想的完全不一样。他是想巴结好这个委员，请他这回去在杨总舵爷面前美言几句，他就可以在这场争端中间，讨到不知多少便宜。但是他并不需要向罗委员言明，那样做就太笨了。只要吴二在他的跟班小孙面前下功夫，多塞点包袱就行了。他请罗委员早点安歇，告辞出了客房，找吴二吩咐去了。

果然吴二拉小孙在另外一间客房里摆上烟灯，烧起鸦片烟来。他们称兄道弟，明来明往，好说话得多。没有费多大工夫，交易就说妥了。小孙满口答应在罗委员面前说好话，同时两百块白花花的银圆和一包上等鸦片烟土塞进他的包袱里去了。他想推辞也办不到，这个油水倒刮得利落，来回的路费不用发愁了。

第二天吃罢早点（说是早点，其实还是大宴，连难得的斑鸠蛋也吃上了），罗委员上路了。吴大爷告诉罗委员，已经派人在前面打前站，对他所管地区的关口都打了招呼，通行无阻。他还坚持要罗委员坐上滑竿，并且亲自带手枪队步行送到大路上去。作为将要给吴大爷带来种种利益的罗委员能够拒绝吗？当然不能。于是又前呼后拥地出发，真够得上耀武扬威了。

告辞主人，走上大路，张子平简直想大声笑一场，小孙也想笑，他们却都忍住了。小孙后来意味深长地说："这个毛猪，算把他烫好了。"

但是在两个轿夫身上却得出完全相反的反应。年纪大的老王，抬过不知道多少这样的委员，一见这里土霸王对他这么亲热，就更沉默寡言了。那个喜欢评头论足的年青的老李，也忽然发现，看起来多和气的罗委员，也原来是和这些杀人不眨眼的恶霸称兄道弟的家伙，从此一路上再也不肯多说一句话，发表对于各种事情的评论了。

七　魔镜

张子平和小孙到了富林，先在一个茶馆里落了脚，喝点茶，吃点点心。同时把这两个轿夫开销了，让他们去"写"抬回雅安的买卖去。虽说两个轿夫在"罗委员"面前紧绷着脸望着，好像还在说："你不是好东西！"但还是因为从这个委员手里得到比较多的脚力钱而向他道了两声谢，拽起空滑竿走了。

这时候，张子平和小孙才认真地研究起今后怎么办的问题来。他们分析，真正的调解委员估计在雅安还没有上路，他们冒充委员到杨总舵把子的公馆里去混他两三天是办得到的。他在成都仿造的林总舵把子的名片做得天衣无缝，在杨公馆也拿得出去。如果能把杨总舵把子的真名片混到手，以后走西昌这一路就可以通行无阻了。

"但是也有危险。"张子平想了一阵说，"富林是交通要道，电报电话都有，杨总舵把子这号人是很狡猾的，要是他叫人挂个电话到雅安省政府去问，或者发个电报到成都林总舵把子那里去查，那就会露馅了。不妥。"张子平下了结论。

小孙也完全同意。而且他担心张子平那一点跑江湖的本领，要和杨家的人打交道，恐怕对付不了。那些家伙都是吃人不吐骨头的，稍微露点破绽，引起了疑心，他们可以随便下毒手的。因此小孙说："不管前面多麻烦，恐怕只有改成行商上路才行。"

张子平不同意："我看还是改扮成教员上路吧。因为我认得西昌技专校长的亲戚，这次托他写了一封去西昌技专找那个校长谋事的介绍信，货真价实，经得起问，经得起查，在西昌也站得住。"

小孙也同意用最硬邦的证件，但是他问："我这个跟班改成什么？谋事的穷教员总带不起一个跟班嘛。"

"你就扮成跟我去西昌找专求学的学生好了。"张子平认为这个并不难。

富林的五月，实在热。张子平趁宽衣的功夫，把体面的外罩衫脱下来，改穿上褪了色的旧蓝布长衫。礼帽收捡起来，戴上一副近视眼镜。衣帽神情一换，真有几分穷知识分子的酸味道了。小孙把密扣短上衣脱下，只剩下中式短衫，也就可以了。

他们走出茶馆，到街上找一个小旅馆安顿下来，在登记号簿上登记成姓王的教员，带上侄儿去西昌谋事的。然后小孙上街去打听到西昌去的行商队伍什么时候出发。

为什么要打听这个呢？因为去西昌这一路要通过彝族人住的凉山地区。这个地区都被彝族奴隶主按家支切成一段一段的势力范围。抓汉人去当娃子，运到凉山深山区去卖掉，是奴隶主最赚钱的买卖；单个人或几个人是根本不敢去的。只有行商找了通司，去沿途打通了关节，出了买路钱，才能成群结队，由保人带着通过。就是这样也不保险，因为有的奴隶主不在他自己所管的地区抓娃子，却趁黑夜偷偷跑到别的奴隶主的地区去抓娃子。小孙在这一路走的回数多，有经验，所以一住进旅馆，他就出去打听去了。

但是他抱着失望回来，他对张子平说，大队伍前不久已经走了一帮，下一帮还要等十几天。这两天只有一个小帮走，十几个人，不如大帮走安全，该怎么办呢？

张子平斩钉截铁地说："小不安全总比大不安全好，跟小帮走吧。"接着张子平对小孙解释，他去西昌有紧急任务，不能拖久了。再说，他们一路冒充委员，要是真委员跟着上了路，在吴大爷那里就会发现有人冒充委员来过，并且会马上追他们。这里住了国民党一个宪兵连，要清查起来，岂不坏了大事？所以还是这两天跟小帮出发的好。

小孙马上又出去找保人交了保钱，约好第三天就上路。小孙回来休息一会儿，和张子平到小饭馆里吃了饭回旅馆，天黑下来了。张子平问："这里查号是什么时候?"

"天黑尽了就开始。"小孙回答,"怕要来了。"

"有件要紧事你办了没有?"张子平问。

"早办妥了,哪能等到这时候?"小孙猜准了张子平说的要紧事,他回答说,"我把你的'委员装'连同那鸦片烟匣子包成一个小包,找个地方藏起来了。回来的时候,我得便去取回来,取不回来丢了算了。还有……"

正说话呢,查号的来了。这里是宪兵队来查号,这些家伙都准是特务,诡得很。稍微答对不清,就扣起来审问。对携带的东西都要拿出来翻看,对证件和身份更是要看了又看查了又查,问了又问。

但是张子平没有被留难,顺利得出奇,连小孙都不大相信。翻看了他们的包袱,只有几件旧衣服和一两本闲书,路费也只有不多的几块钱。张子平觉得怪,小孙这家伙把从吴大爷那里弄来的两百块钱和一包鸦片烟土藏到哪里去了呢?当宪兵查看张子平的证明文件时,这回又轮到小孙觉得怪了。为什么只看一看张子平带的介绍信,问一问去西昌找谁,就不再问了呢?

宪兵走了以后,小孙就问张子平:"你那张证件有这么硬邦?"

张子平不回答,先问小孙:"你把那值钱的东西放到哪里去了?"

小孙笑着回答:"商人要带着鸦片烟土,也要被没收的,你这么一个穷书生还能带烟土?你这么一个去找饭碗的穷教员还能带二百块大洋?我下午就包得扎扎实实的,拿出去了,找保人交钱的时候,托一个同路的行商,装在他的马褡子里去了。"

"你这家伙,真鬼!"张子平满意地笑了。

"你还没有回答我的问题呢。"小孙追问。

"这个没有什么稀奇,"张子平说,"我带的介绍信上要找的西昌技专校长是国民党省党部的委员,有名人物;写介绍信的也是一个地方实力派。他们一看去找这种人物的人,至少也是三民主义的信徒,自然是可靠的了。"说罢笑了起来。

第三天他们跟一个小帮上了路。因为有保人带路,一路上守住关口的彝族人，经他一说，都让过去了。上路的第二天，歇在雀子窝。这是在山里头一个汉人开的孤零零的鸡毛店。吃罢晚饭洗了脚，店老板就对大家打招呼："夜晚起夜解手的，屋角摆得有尿桶，千万莫开门出去，抓走了我不负责。"

大家都规规矩矩地睡下，但是却有几分提心吊胆。过了半夜，张子平和旅客们都被门外山边的叫喊声惊醒了："救命啦，救命啦！……"

老板爬起来问："是哪个出去了？"一清查果然有一个行商因为下午掉了队，到得晚一点，没有听到老板打的招呼，半夜起来去屋外解大手，被埋伏在山边的奴隶主抓走了。

"哦吙，他只好当一辈子的娃子了。"小孙感叹地对张子平说。

"不见得，凉山的娃子也要解放的，要不了好多年。"张子平细声回答。

第二天，他们一起到了野鸡洞歇夜，下午三四点钟就到了。才在店子里安顿好，等着吃晚饭呢，就来了几个奴隶主模样的人，还带来几个背枪的娃子。这几个奴隶主很讨厌，在旅客中间东张西望，不知道要干什么。但是保人打招呼说，这几个都是本地的，不会抢本地客店的过路人，大家才稍微安心一些。可是当一个奴隶主走到张子平面前，老望着张子平鼻子上架的眼镜，却叫张子平大不安心。那奴隶主一伸手就把张子平的眼镜抓过去了。

这家伙拿起眼镜当稀奇，东看西看，然后照张子平那样架在鼻子上。但是这是近视用的眼镜，这个不是近视眼的奴隶主一戴上，在他的眼睛面前一切都发生了变化，人忽然变得小了。他害怕了，抓下来往地上一抛，叽里呱啦叫起来。幸喜是泥地，没有摔坏。另外一个奴隶主也好奇地去捡起来戴上看看，也像着了魔似的乱叫起来，把眼镜取下来，好像才免除了灾难。他还没有摔，第三个奴隶主又接过去戴，效果自然是一样的。这是一个什么魔鬼的法宝？几个家伙都吱哇哇地乱叫起来。小孙明白了。他从那个奴隶主手里拿过眼镜，还给张子平，然后对他们用彝话说些什么，还指一指张子平。那几个家伙马上站住，低下头，服服帖帖地说几句什么，扭头就逃出店外去了，那几个背枪的也一起逃走了。

张子平莫名其妙，问小孙："你捣什么鬼？"

小孙笑着说:"我说那是魔镜,眼镜客会法术,要给你一指,就脱不下来了,一辈子看不清东西了。他们不晓得我们这个戴眼镜的魔术师还会什么法术,说不定会使定身法,把他们钉在地上,所以赶快逃走了。"

说得张子平和旅客们都哈哈大笑起来。

这一夜晚很安静。那几个奴隶主大概怕魔镜会发现他们,所以远远地离开了店子。而且第二天一直走到汉人地区的大桥,再没有碰到什么麻烦,小孙取笑张子平:"看来大家都要感谢你这副眼镜呢。"

"还不是你这家伙捣的鬼?"张子平反击他。

八　特别病人

离西昌只有两天路程了。张子平开始注意和他碰到的基本群众交谈,看看民心所向。几乎都是一样的表情,对于现实生活的痛恨和对将来生活的希望。虽然大半还不明确这将来的希望会给他们带来怎么样的生活,但是对于现实生活的强烈不满引导出不管怎样不能再忍受了的思想,而且认为无论换来的新生活怎么样不好,也不会比现在更坏了。这到处埋伏着的干柴,正等待着星星之火。这星星之火便是我们党将要点燃的武装斗争。但是张子平也分明看到,越走近西昌,越是看到国民党的统治者对于自己的灭亡特别敏感,神经衰弱到了极点。一路上,他看到很多无缘无故就被抓起来的"危险分子"。他和小孙特别留心,不要因为偶然的疏忽给自己带来麻烦。正因为这样,小孙对张子平建议,要张子平在后面慢慢走,他先一天赶到西昌去看看,到底那里有没有发生什么问题,然后带着那里地下党的领导到离西昌不远的小庙来迎接他。张子平同意小孙的建议,让他前面走了。

张子平一面走着,一面在思考:特委老王说,西昌党组织已经有坏人钻进去了,一定要加以清除。这并不是一个简单的任务,坏人脸上并没有刻字,怎么从这么多的党员和党的外围进步群众中把坏蛋挑出来,而不会在内部引起混乱呢?武装暴动就要开始了,清除坏蛋必须在行动以前完成,时间是十分紧迫的。就是在这种伤脑筋的思考中,两天的行程对于张子平说来,仿佛不过是一忽儿的功夫,看看已经快到小庙了。

他走了十多天的路,在五月的阳光下晒得脸上都脱了皮,脚上也起满了泡,走起路来越来越慢。为按时赶到小庙,他在从过街梁到小庙的路上,雇了一匹马骑着走。但是那小马对于它背上的负担是并不满意的,而且它发觉背上的新主人并不是一个能够驾驭它的老手,它就调皮起来:在快到小庙的一个下坡路上,它把屁股一撅,轻而易举就解除了背上的负担。张子平从地上爬起来,再也不敢爬上马背去,怕被它第二次摔下来,只好一跛一跛地在马前向小庙走去。那小马却是那么轻松地在后面走着。

"嘻,你咋个搞的,弄得这么狼狈。"小孙迎过来了,后面跟着这地区地下党的领导老汪同志。——但是张子平并不认识他,只是小孙介绍的,这并不算数。张子平和老汪一块走着,一面对着口号,都对上了,张子平才放心地和老汪亲热地谈了起来。

张子平说:"你看我想玩一个格,骑一回马,结果把我腿也摔跛了。你看我这么个大花脸,一跛一跛地在西昌城里街上去表演,那不是去示众吗?这怎么好活动呢?"

小孙在一旁却笑了起来:"你这样子正好用不着化装和装假了。"

张子平莫名其妙,老汪说:"小孙说得对,我们给你找好一个住的地方,天主堂医院,正发愁你无病无痛,怕医院不收你呢。现在你这副样子,有把握住得进去了。"

哦,原来是这样。

小孙在小庙街上又叫了一匹比较驯的马,并且由他亲自牵着,把张子平驮进西昌城的天主堂医院。老汪早已和那里的熟人说好,给张子平草草检查一下,便开了入院证,让他搬进一个独院的小楼上一间单身病房里住下了。

老汪说:"今天你好好休息,明天我来看你,慢慢聊。"

小孙说:"这里是最安全不过的了。不过那护士无论给你什么药,你都要收着,并且装作你都已经吃了。"

张子平由于职业的习惯，在老汪和小孙去了以后，就开始认识自己的环境。这是一个天主堂医院，隔壁有一个天主堂，那也是一座"医院"，专门医治人们的灵魂的。"好心"的帝国主义为了拯救中国人的灵魂免于坠入地狱，派出他们的灵魂天使，深入这种穷乡僻壤来，用解除人们肉体痛苦的医药事业作为桥梁，然后请天使们进入你的灵魂，只要占据了你的灵魂，那便什么事都好办了。张子平简直没有想到，帝国主义势力竟深入这样边远的地方来了。

特别使他惊异的是这个清静的独院住着一批特殊的病人。看到好几个病人，连他这样外表上可以装出有点病的样子也没有。那身体明显是健壮的，面色红润，步履轻快，而且和护士们谈笑风生，毫不疲倦，吃饭是头等的饭量。张子平想，也许是病已治好快出院的病人吧。但是出乎他的意料，有两三个都是最近几天才进来的。这到底是怎么一回事呢？莫非他们都是一些在进行特殊事业的人物吗？这一点老汪知不知道？这却是大意不得的。不过在这里有一种明显的好处，张子平是感觉到了的。直到晚上临睡，再也没有警察、宪兵、特务和乡保来查号了。这是他从成都出来的一路上，每天晚上都要碰到的麻烦。

"我可以在这里久住吗？"第二天上午，老汪来了，张子平马上向老汪提出这样一个问题。

"当然可以。"老汪十分肯定地说。

"但是我发觉这里住了一些特殊的病人。"

"呵，你倒注意到了。"老汪说，"这不碍事，河水不犯井水，各干各的。"

于是老汪向张子平做了环境介绍："这个天主堂和医院名为宗教慈善事业，实在是帝国主义在这里活动的一个据点，是一个藏垢纳污的地方。他们把收买到手的土匪恶霸、鸦片烟贩子、贪赃枉法的人暗藏在他们的教堂里，或者装成病人塞进这个特别病房，替他们干坏事，像运鸦片烟、偷买山货、贩卖人口等，却不受刑法的惩处。国民党的宪兵、警察、特务害怕高鼻子外国人,是不敢到这里来的。因此你住在这里就像放进保险柜一样的安全。我们是通过这里一个进步分子替你安排的,他们大概把你当作私运鸦片的人了。就是你的左邻右舍,据我们的朋友讲,也有替外国人私运鸦片的,也有逃出来的武装土匪头子。你尽量少和他们交往,最多谈谈今年鸦片烟的收成行市,半吞半吐的,叫他们摸不着你的底细。"

"原来是这样。"张子平说,"你们能想到利用这个地方作掩护,太妙了。特务们哪里想得到。"

九 毒蛇在哪里

张子平向老汪传达了中央关于《目前形势和我们的任务》的指示和特委号召发动武装斗争以及要老汪立刻转移他们的武装力量到金沙江一带去活动的指示。老汪谈了一下本地区准备武装斗争的情况。他说:"我们正在发动党员和进步群众到农村去,到少数民族地区去开展工作,准备发动武装斗争……"

"毛病恐怕就出在这里了。"张子平插话说。

"什么毛病?"老汪不明白。

张子平把特委发现这里泄密的事告诉了老汪,并且传达了特委的指示:"不除掉心腹之患,武装斗争是会失败的,组织也可能被敌人破坏掉。你们必须想办法把混进内部来的坏蛋清除掉。"

老汪听了,大为吃惊,说:"我们简直还没有察觉呢。只是我们有一位埋伏进西昌技专三青团里的同志报告,最近特务的活动多起来了。"

"现在你当然还觉察不出来,因为他们还不到动手破坏的时候。但是一当我们行动的时候,他们是一定要破坏的。必须在我们行动以前,一定要想办法把这条毒蛇找出来。而且要不声不响地搞,不能打草惊蛇。"

"这是当然的。"老汪把手掌紧紧地一握。

张子平说:"我想,这条毒蛇总不出你们要准备武装斗争的传达范围。"

老汪为难地说："我们传达得相当宽，连外围进步群众组织的一些积极分子都传达到了的。"

他们两人都沉默了，直到老汪告辞回去，都没有想到一条清除内奸的办法来。然而时间是十分紧迫的，说不定敌人已经在准备动手了。

这一夜张子平简直没有睡着。隔壁那个"病人"深夜又老在和另外一个"病人"一边吸鸦片烟一边叽叽咕咕谈话，这更使他想到有一条毒蛇正在暗地里爬过来，却还找不出办法来抓住它。他越想越烦恼了。

早晨起来，张子平在病房小院子里散步，有一个护士正在用筛子筛药，不断地把药末筛下去，把粗渣子倒出来。张子平的脑子里突然一亮，自言自语："对，用筛选法，一层一层筛下去，总筛得出来。"

早饭后，老汪又来了，从他那浮肿的眼皮，张子平断定，老汪昨夜晚肯定也是为这条毒蛇一夜没有合眼了。但是从他那闪光的眼里，似乎又看出了希望。是的，老汪才一坐下，就对张子平说："我们来一个假发动，看看各个地方的敌人反应怎么样。哪个地方敌人在动，一定是在哪个地方走漏了消息了，毒蛇就在那里找。"

"对。"张子平说，"我也想到只有用筛选法把毒蛇筛出来。不过不是用假发动的办法，而是用传达中央指示的办法。当敌人从内奸那里得到了我们的传达，一定以为是来了重要人物，会在那里大肆搜查，而我们就从那里去抓毒蛇。"

"可以，不过，"老汪担心地说，"那样，你的活动就会受到限制了。当然，敌人怎么搜查，也查不到这个外国医院里来的。"

张子平觉得并不可怕，在敌人张开的网子里活动，是他的正常生活。他补充说："首先只传达到支部委员这一级，然后再传达到党员，最后才传达到党的外围积极分子中去。如果传到支委这一级，没有发现敌特的特别反应，就证明支委以上没有问题；如果传到党员这一级，还是没有发现敌特的特别反应，那就证明党内没有问题。那就在党外进步群众中去找。"

就这么办了。首先把中央的最新指示传达到支委。过了一个星期，老汪来告诉张子平，看不出有什么特别反应。于是进一步传达到党员。又过了一个星期，老汪又来告诉张子平，还是没有特别反应。张子平和老汪都感到宽慰，看来敌人还没有能够钻进党内来。于是决定传达到党外进步群众中去，并且在每一个地方的传达内容中故意讲得有一点不同，这样好判别到底是从哪里漏出去的。

好，传达后不过三天，在西昌城里就看出了反应：不仅街上的特务明显地加多了，对于旅馆饭店的查号也特别严格，并且抓了一批他们认为可疑的人。这说明在西昌党组织的什么外围群众中潜入了敌人。又过了一天，据西昌技专学校党支部报告，技专的特务活动特别猖獗，学校在检查宿舍里住的人和检查信件，而且有的党员明显地受到三青团分子的暗地监视。这说明这条毒蛇就潜伏在技专党的外围群众组织中。

老汪和张子平研究，当然可以把技专的党员全部撤退走。从此就切断了敌人的线索。但是把一大批进步群众丢掉，也是不允许的，何况这些进步群众都是到农村去发动群众的好种子……怎么从这几十个进步群众中挑出这个坏蛋呢？

正在这时候，西昌技专支部的老易同志报告说，我们埋伏进三青团部的小张同志秘密告诉他，三青团的头头给他布置任务，要他监视一个党员小杨。

"这是非常重要的情报。"当老汪把这个消息告诉了张子平后，张子平判断说，"可以肯定，敌人就埋伏在和小杨有联系的几个进步群众中。这一下就好办了。"

怎么处置混进来的内奸，老汪知道的办法当然不比张子平的少，用不着张子平再多说什么。老汪回去后，找技专党支部的老易做了安排。

十　引蛇出洞

暗藏的毒蛇的下落已经找到。张子平和老汪商量，他们可以放心地到各县的基层去传达中央的指示和研究武装斗争的问题了。张子平和老汪首先到准备发动武装斗争的县里去。根据特委的指示，把这地区武装暴动的重点移到金沙江一带去，那里背后是云南，是地方军阀统治的地方，西昌行辕管不着。这样干起来回旋的余地大得多了，而且可以和云南北部地下党的武装取得联系，互相支持。

张子平和老汪把这些工作安排好后，又回到西昌来。张子平准备买飞机票从这里飞到重庆去和特委老王在那里碰头。小孙接受老汪的任务，到附近几个县去临时出差，也完成任务回来了。他正准备一个人回到雅安去，却被老汪留了下来。老汪对他说："小孙，给你一个好差事。你去把那条混进来的毒蛇查出来，加以消灭，然后你再回雅安去吧。"

"好。"小孙笑得连嘴都合不拢了。能让他担负这个锄奸任务，真是太痛快了。他的心里有多少从小就积累起来的仇和恨呵，他要一股脑儿倾倒到这条毒蛇身上去。

"小孙，你要注意，要掐死这个毒蛇是并不困难的，可要想办法从他的口里挤出他所知道的一切情况，却要下点功夫哟。"张子平似乎看出小孙的复仇心理，怕他简单从事，便先打了招呼。

"嗯。"小孙也自己感到有些感情用事了，暗地下决心，要好好动动脑筋。

老汪和张子平把他们商量好的锄奸办法告诉了小孙，小孙高高兴兴地走了。

小孙突然去找技专学生小杨，把三青团布置人监视他的事告诉了他，并且和他一起分析，和他联系的进步分子中是不是有可疑分子。

"没有呀。我联系的几个人都是进步分子，和我一块儿办读书会，读进步书籍的嘛。"小杨简直不相信小孙告诉他的话，而且对小孙这么一个半大人说的话半信半疑，要不是他来接头的口号完全对上了，还不肯相信他是党派来的人呢。

"那么你明天下午约他们几个到邛海，但是你要临时找到他们，并且马上和他们一块儿到海边，租上一条船沿海边向东划过去。只说你们要开重要的小组会，不要说上边有人来。我自己会来找你们。"小孙这么机警而有条理的安排，叫小杨感觉惊异，小小年纪，倒像个老搞地下工作的人呢。

第二天下午，小杨在学校里找到他平常联系的三个同学，突然说："我们到海边去开小组紧急会去吧。"

一个叫田伯仁的同学说："你们先去海边等我，我还有一堂课，一上完课就赶来。"

小杨照着小孙的安排说："不，马上一起去，有要紧的事商量。你要不去就算了。"

田伯仁考虑了一下，说："好，我去就是。"

四个人一起到了海边，小杨又照小孙安排的临时租了一条游船，坐上船划进邛海去了。划了一会，小杨也不说到底开什么会，就顺着海边向东划过去。几个同学都问："到底有什么要紧事要商量？"

正说着，从柳荫里划出一条小划子，划船的那个人正是小孙。小孙把小划子划过来靠拢小杨他们的小船，和小杨打了招呼，跨过船来了。小孙才坐定，小杨照昨天和小孙商量好的对三个同学介绍："这是上面派来的。"

三个同学都发愣了，上级？这么一个娃娃是上级？他们总想"上级"的意思就是党派来的人，党派来的人一定是年岁比较大的，很老成持重的样子，而且一定有几分神秘的味道……这当然都不过是心造的幻影，因为他们根本没有见到过党派出来的人，也无法知道是什么样子。但是不管怎样，说这么一个半大不小的少年是党派来的上级，总难免有几分怀疑。

小杨把三个同学都做了介绍。介绍到田伯仁时，田伯仁不信任地问："上级？什么上级？你是党派来的吗？你从哪里派来的？请问贵姓大名。"

小孙严肃地对他说："这些你都不用问。你没有权力提出这样的问题。"

田伯仁开始一愣，马上就显出明白了的样子："哦，哦。"

"好吧，我来传达上级的重要指示。"小孙一本正经地说，"你们都听到过中央关于在国民党统治区开展武装游击战争的指示了吧？我们决定在这个地区发动武装暴动，欢迎技专的进步同学参加游击战争。"

四个人都显得十分兴奋，眼睛发亮，一直盼望的事就要来了。田伯仁最激动，问："我们在什么时候，什么地方发动武装暴动呢？

"这不是你应该打听的。"小孙说,注视田伯仁一眼,他不是不高兴,而是很高兴。

田伯仁也知道自己失言了,马上就改口:"对、对,我是太兴奋了。"

小孙说:"你们这一个小组由我带走。为了安全,你们分开走,彼此不准打通关系。你们按照这纸条上规定的时间到指定的地方去,有人来和你们按规定口号接头,告诉你们到哪里去集合。"于是小孙给他们四个人一人一个小纸卷,并告诫他们,"回去看了以后就毁掉。"

四个人都谨慎地把小纸卷藏在身上,对这个上级派来的人有条有理的布置听得很仔细,早已忘了这个上级不过是一个半大人。

小孙传达完了以后,又跨到他的小划子上,轻快地划走了。

他们四个人虽然都着急地想靠岸回去,打开那张神秘的纸卷看看,可是小杨还是照小孙先就布置了的,在邛海里又划了一阵,等小孙上岸走了,他们才划了回去。

小孙回去马上向张子平和老汪做了汇报。张子平说:"和这三个群众分头接头的时候,一定要留心周围有没有可疑现象,敌人是不是在暗地里活动。"

小孙特别提出田伯仁两次奇怪的发问的事。张子平十分注意,说:"这当然不能用幼稚来解释。因此,你不要出面去和这个人接头了,另外派人去暗地侦察一下。你和这个姓田的人约在什么地方接头?"

"在东河场。"小孙回答。

"好,"老汪说,"我另外派人去东河场看看。如果那里敌人有异常活动,就证明可能这个田伯仁有问题。你设法通知他单独去土桥镇,到了土桥镇,我自有办法。"

十一 巧设陷阱

小孙派小杨按照规定的时间、地点和口号去和那两个同学接头。事后,小杨告诉小孙说,没有发现有什么人注意他们。小孙向老汪汇报了,断定这两个同学没有问题，就叫小杨带着他们两个向土桥镇出发了。

小孙和老汪派来的另外一个党员老罗，都打扮成小商贩，向东河场前进。半路上小孙停下，叫老罗单独进东河场去看看。老罗进去后，到镇头一个客栈住下，马上就感觉情况不对。有几个早已住下的客商，鬼鬼祟祟的样子，一看不是正一路人。另外有一个学生模样的人住在对面一个房间里，老罗无意地去那客栈的号簿上查看一下，果然就是那个田伯仁。田伯仁好像有点不耐烦，老在门口张望：规定的时间已经过了，但是预计要来会他的人并没有出现啊！直到晚上，老罗去乡下转一圈回来，田伯仁还不时地在门口张望。一会儿，那两个形迹可疑的客商，钻进田伯仁的房里去了，叽叽咕咕，不知道说些什么，然后回房睡了。老罗已经完全可以判定田伯仁就是混进来的那条毒蛇。他半夜里起来，从田伯仁的窗洞里塞了一张纸条进去。这纸条上写的是："见字速往土桥镇利义客栈见面。"天一亮老罗就上路走了。到了半路上，小孙迎上来了，把老罗接进他住的客栈。老罗说："你要一去，可能就会见面大发财了。"

小孙说："果然是这条毒蛇。你把他引出洞来了吗？"

老罗说："引出来了。叫他到土桥镇见面。不过不要忙，我们在这里再看一看。"

快到中午，小孙、老罗在客栈的小窗口看到田伯仁急急忙忙地走了过去；在后面不多远，跟着那几个客商，也是匆匆忙忙地走了过去。他们都朝到土桥镇的大路走去了。

小孙说："好，我们就慢悠悠地跟在他们后面，到土桥镇去会他吧。"

到了土桥镇已经快天黑了。还是老罗先进利义客栈去住，果然看到田伯仁住在一个小房间里。田伯仁偶然从房间里出来，和老罗打了一个照面，好像有些面熟地望了一眼，就匆匆地出去，到对街另外一个客栈里去，显然是偷偷地去和住在那里的三个跟着他来的"客商"碰头。一会儿，他又回到利义客栈，等着来接头的人。

使他非常高兴的是，他一回到利义客栈，就看到了小孙刚刚住进这个客栈，而且使他更高兴的，和小孙住在一起的，就是他刚才碰到，感觉面熟的老罗。

田伯仁才回到自己的小房，小孙就进去了，并且按照规定的口号和田伯仁接上头。田伯仁高兴地问："你为什么不在东河场来见我呢？"

"我托人给你送来一张条子，你看到了吧？"

田伯仁点一下头，并且自作聪明地补充说："就是和你住在一个房间里的那位吧？我在东河场客栈里见过他。"

"你不必知道的事，就不要多嘴。"小孙说。

"哦，哦。"田伯仁努力掩饰自己的过度兴奋。

小孙又说："告诉你，小杨他们三个也来了，我们这个小组算是到齐了。"

田伯仁真是喜出望外，不想在这里又找到了小杨他们。他原以为只能找到小孙一个人，现在加上小杨他们三个，还加上和小孙住在一起的一个，一共五个。这真是一笔大买卖呀。他急不可耐地问："他们住在哪里？"

"别问，我们吃晚饭后去看他们。"小孙说。

小孙和老罗慢腾腾地吃罢夜饭。田伯仁却是几口吃完，就来约小孙去会小杨。小孙带田伯仁一直走进对街的那个客栈，果然和小杨他们三个同学都见到了，那高兴劲儿是不用说的了。同住在这个客栈的三"客商"走出来，看着他们的那个高兴劲儿，似乎被传染一样，也高兴得笑得合不拢嘴了。小孙完全懂得田伯仁和三个"客商"在交换眼神中的无声的语言。他和老罗也交换了无声的语言。

小孙、老罗和田伯仁一块回到利义客栈。不多一会儿，乡公所团防队来查号来了。小孙、老罗都有货担子，一看样子就知道是小买卖人，问一下就过去了。唯独问到田伯仁的时候，问得十分详细，老问他一个学生跑到这山里来干什么。田伯仁只说是过路的，总说不脱。过一会儿，几个团丁又带着小杨他们三个人过来，向在这边的队长报告："这三个学生也怪，支支吾吾的。他们都是一起来的。"

"也是过路的吗?"队长问。

"我们是过路的。"小杨回答。

"怪了,你们这回过路都过到一起来了。给我都带走,到团防队去说清楚了,再过你们的路吧。"

田伯仁和小杨他们三个一起,被带到团防队,不问青红皂白,都关了起来。一个一个地提出去审问。

还没有问到田伯仁的时候,他听到上房里又是打又是骂的声音:"哼,一定是来参加共产党暴动的!"

"不说,老子枪毙你们!"

田伯仁一听,哦,原来是这样。他没有听清楚小杨他们怎样回答的。

一会儿,团丁来把田伯仁提上去,一个凶神恶煞的人坐在上首,劈头就是一句:"你快招了吧。你们都是技专学生,到这山里来参加共产党游击队活动的,是不是?"

"不,不是。我是,我是……"田伯仁真的不知道该怎么回答了。

"妈的,你说清楚,什么不是又是的?"上首那个人很生气的样子。

旁边那个人指着田伯仁说:"老子专等你,等了好多天了,你今天送上门来了。"

"我不是来参加游击队的。"田伯仁说了实话。

"哼,田伯仁先生,莫打哈哈了,他们三个都说出你来了,还是招了的好,免得我动大刑。"

田伯仁还是那一句老实话:"我的确不是来参加游击队的,我是来……"

"混蛋!不叫你脱层皮,你是不说实话的。"上面那个人拍桌子叫,"给我吊起来打。"

旁边两个人像擒小鸡一样,捉住田伯仁,几下就把他在房梁上挂了起来,接着噼噼啪啪的鞭子就像雨点一般落到他的身上去了。

"哎呀,哎呀,莫打呀,打错人啦!"田伯仁呻唤。

"狠狠给我打,打的正是你这号人!"

又一顿鞭子没头没脑打到田伯仁身上。

"莫打了。"田伯仁大叫,"我不是共产党,我是来捉共产党的;我不是来参加游击队的,是来破坏游击队的。"

"什么?"上首的人问。

田伯仁又说了一遍。

"胡说!"旁边的人叫,"那三个人早说了。"

田伯仁一下说不清,只说:"他们不知道我的底细。你们把我放下来再说吧。"

"好,放他下来,谅他也飞不出去。"

田伯仁被放下来,松了绑,他才说:"我是行辕二处的,是打进共产党里头去破坏他们的。"

哦,原来是这样,坐在上首的人点一下头,一切都明白了,不禁笑起来说:"你这么一说,倒是误会了。但是,你口说不为凭嘛。"

田伯仁十分放心了,他说:"我没有带符号,怕暴露了。可是还有三个跟着来的二处的人,住在对街客栈里,你们去把他们请来,就弄清楚了。"

"嗯,这件事是要弄清楚。去请他们来。"坐在上首的人发号令,那个队长就带人出去了。

不多一会儿,队长带着三个客商打扮的人走进来。他们在客栈里亲眼看到团防队来捉走了住在同栈房的三个学生。后来又听说,对街客栈里又捉走一个学生。他们当然知道就是田伯仁。他们知道田伯仁身上没有证明,正打算进乡公所来保田伯仁,乡公所就派队长来请他们来了。

上首坐的那个人对他们三个人一拱手说:"有劳三位动了大驾。"等他们坐下后,又说,"共产党在这里搞暴动,凶险得很。听说有些学生要来参加。我们正在这里等他们来上钩。果然今天来了四个,都抓住了。这一个就是。"他指一指田伯仁。

田伯仁十分高兴,对三个"客商"中的一个说:"王兄,他们乡公所已经替我们把共产党捉了,你替我证明一下身份吧。"

那个姓王的对上首坐的人一拱手，说："误会，误会，这是大水冲了龙王庙，一家人不认识一家人了。这位田先生的确是我们行辕二处的。"说罢，他就从身上取出一个梅花形状的徽章和一个本本，交给上首那个人看。

不错，是行辕二处的特务徽章和证件。他又指那两位问："这二位呢？"

"我们是一路的，办一个案子的。"那两个人也取出徽章来照了一下。

"好，我们捉的这几个共产党明天就交给你们带回西昌去归案吧。你们四位今晚上就住在乡公所里，这里比客栈要好一点。"

大家都赞成。不过田伯仁却说："莫忙，还有两个共产党住在利义客栈里，刚才查号的时候，你们让他们混过去了，这是一个案子里的人，快去捉来归案吧。我认识，我带你们去捉。"

"好，你们带两个人跟他去，不要叫他们跑了。"上首坐的人吩咐队长。

队长马上带两个人跟着田伯仁出去了。

田伯仁带着人走进利义客栈，他一个人去拍开小孙住的房间。

"两位请吧。"那位队长跟进去，对小孙和老罗用手一扬，很客气地说。

"干什么？我们是小商贩，刚才查号查过了嘛。"老罗说。

"什么小商贩，你们贩的啥东西，我早知道了。"田伯仁讽刺地指一指小孙说，"这位小兄弟，忘了你在邛海给我们做的传达吗？"

小孙恨恨地说："哼，无耻的叛徒！"

田伯仁大笑："我还没有福气得到这个光荣称号哩。我不是共产党，根本当不成叛徒，我是专门捉共产党的。你只要不顽固的话，我倒可以给你奉送这顶光荣的帽子。"

"特务，该死的特务！"小孙叫。

"你们说对了。至于谁该死，明天回西昌到我们二处，就见分晓了。"

"骑驴看唱本，走着瞧。"小孙回了他一句。

一杯茶还没有喝凉，田伯仁就把小孙和老罗捉进乡公所里来了。上首那个人看了一下很高兴地说："好，都捉到了。关在一起，明天发落，要好好招待他们哟。"

那位队长把小孙和老罗带走。田伯仁和那三个特务，被安排在西厢房里安歇了。

半夜，忽然在乡公所外边，响起了紧密的枪声。田伯仁他们四个特务被惊醒了，爬了起来，不知是怎么一回事。枪声越响越近，听到人声在喊："莫叫他们跑了。"

一会儿，团防队长带了两个兵跑来，对田伯仁他们说："快走。"

田伯仁问："咋个了？"

团防队长说："游击队昨夜晚打进来了，乡长正在顶住他们打。叫你们快跑。"

田伯仁说。"那几个共产党呢？"

"还关在那里。"

"我们把他们抓起走吧。"姓王的特务说。

"来不及了，游击队来的人多，走迟了就走不脱了。快跟我走。"

看来顾老命要紧，只好如此了。四个特务跟着队长摸着漆黑的路，从乡公所的后院小路走。到了墙边，开了小门，钻了出去。

"站住！缴枪不杀！"一群人一下围了上来。几个特务想要开枪抵抗，"叭！"一下就被敲掉了一个。田伯仁想退回来跑，可是背上被一支手枪顶住了："田先生，我说过"'走着瞧'吧？"。

田伯仁回头一看，是小孙。旁边一个人上来缴了他的枪，把几个特务押起走了。

田伯仁和另外两个特务被押到山边一个小院子里去，已经天亮了。一走进堂屋，田伯仁大吃一惊。在上首坐着的还是昨天在乡公所里审问他的那个人，旁边坐着小孙。下面站着的正是来救他们的团防队长。

"上当了！"头一个跳进田伯仁的脑子里的念头就是这个。

"田先生，请坐吧。"上首那个人笑着说，"今天还是轮到我来审问你们了，真对不起。"

"你们到底是什么人？"那个姓王的简直搞糊涂了，居然在这种场合发出这么可笑的问话。

小孙一笑说:"现在不是我们来回答你们的问话,是该你们老实地来回答我们的问话了。"

上首那个人很严厉的样子叫道:"你们要想活命,就老实回答他的问话。不然,哼!"

几个特务一下就吓软了,田伯仁更是像一个泥塑的呆像,一动不动。

田伯仁只好把他怎么接受行辕二处的布置,在技专装作进步,读新书,办壁报,和小杨结识;他怎样听到小杨的传达,在这里要展开武装游击战争的指示,他密报了二处,他又怎么接受命令,一定要钻进来,到游击队里潜伏,把游击队的活动报告给行辕。他一一地把这些精心设计的阴谋诡计都说了出来。他还说出小孙那天来传达和带他们小组走的时候,要他单独在东河场接头,以为是受了怀疑。因此,如果小孙在东河场决定不带他去游击队了,就准备把小孙抓了。后来小孙没有来,却送来一张条子,他们决定跟到土桥镇来,准备抓人。

这些,小孙都早知道了,没有兴趣。他想知道的是行辕特务对这地区地下党活动有些什么阴谋。

那个在行辕二处工作的姓王的特务提供了一些有用的情报,但是最有价值的是他供出这样一段话:"不久以前,雅安报告,有人冒充政府委员到了富林,我们又从田伯仁那里得到了共产党的传达记录,可见这个假委员已经到了西昌,因此决定把几条路把紧,把飞机场也守住,在西昌和各地严密搜查。上峰来了严令,一定要捉住到西昌来的这个大共产党。"

小孙听了十分吃惊,这样看来,敌人已经发觉特委特派员张子平到了西昌,他怎么平安地回去,倒真成一个问题了。他和老罗商量以后,决定连夜赶回西昌去,向张子平和老汪报告。

十二 声东击西

"这件事看起来有点棘手。"张子平在听了小孙的报告后,一面为内奸的被清除而高兴,一面却也为敌人设下天罗地网来捉他感到担心。但是他在外表上一点也不显得紧张,在他看来,这也不过是有点"棘手"罢了。

"但是你往哪一路走出去呢?"小孙担心地问,"你还敢到飞机场去冒险吗?"

张子平离开成都的时候,特委老王告诉他,要他在西昌办完事情后,就坐飞机从西昌飞到重庆,他们在重庆碰头。

这里坐飞机的人很多,要在半个多月前就去登记,并且要找铺保,交照片。他是以一个进来采购山货叫王子金的经纪人身份登记的。这些事都由老汪去替张子平办妥了,再过几天就要轮到他起飞了。但是现在敌人十分注意飞机场的检查,要有个三长两短,就不好了。坐飞机还是不坐飞机走呢?不坐吧,要兜大圈子拖一个月才到得了重庆;坐吧,又怕在飞机场落进敌人的罗网。到底怎么办才好呢?张子平身上带得有确实可靠的身份证明文件,他是重庆贸华土产公司的采购员,就是特务打电报到重庆去查,也不怕,在那里不仅确有贸华土产公司,而且的确有王子金这么一个采购经纪人。如果没有叛徒的告密,敌人能把他怎么样呢?所以张子平还是决定坐飞机往重庆走。

但是老汪匆匆忙忙跑了来,送来一份电报,张子平打开一读,马上就改变了主意。张子平看到的电文是:"渝号亏折倒闭,速将货转运成都。"这就是说:重庆出了毛病了,党组织遭到敌特的破坏,叫他不要再去重庆,马上回成都去。

"坏了。"张子平惊呼,"重庆出了事,我不能再到重庆了,并且我带的重庆贸华土产公司的采购经纪人的身份证也不能用了。如果出了叛徒,是会供出贸华土产公司的。"

老汪说:"最严重的是你已经在这里登记了飞机票,就是用的贸华土产公司采购经纪人王子金的身份登记的,不仅写了铺保,还交了照片。如果敌人察觉了,铺保要受到牵连,并且要按照片捉拿你,那就很危险了。"

小孙说:"那么,快点去把飞机票退了,把贴着照片的登记表退回来吧。"

"飞机票是不容易登记的,没有充分证明,随便去退票,恐怕更引起特务的注意。"张子平倒真的有些担心起来,如果照片落入了敌特手里,他想马上走出这个城圈圈去,恐怕都十分困难了。

老汪想了一下说:"我看只有冒险,就把这一封电报拿去,作为退票的理由,是说得过去的。就怕敌人已经破坏了重庆的贸华土产公司,并且通报各地捉拿这个土产公司的人,而飞机售票处又有特务发现了,那就十分危险,去退票就会落入他们的圈套里去。"

"去退票有危险,但是不冒险去退票,不取出照片和登记表来,就更危险。"张子平感觉两难了。

"我去冒这个险吧,你们都准备离开吧。"小孙自告奋勇。

"我自己去退吧。"张子平说,他告诉老汪,"你告诉做铺保的同志,准备撤退。"

"不,你要不能回成都,在这里出了事,就会给成都带去大麻烦。还是我去退票好一些。"小孙坚持。

"也好,"张子平说,"你要放机灵一点。"

下午,小孙去飞机售票处退飞机票,老汪也去了,但装作不认识,看小孙会不会遇到麻烦,以便马上采取紧急措施。还好,售票处看了电报,信以为真,就把登记表和订钱都退给小孙了。

小孙回来把登记表交给张子平,张子平心上的一块石头才落了地,他马上叫小孙拿去烧了,再不要留任何一张照片。但是到底怎么才能安全地通过敌人的严密封锁,回到成都去,还没有想出好办法来。

第二天,张子平等老汪和小孙来了以后,对他们说:"有办法了。"显然这是他昨晚上一夜没有合眼的结果,从他那肿泡的眼皮就看得出来。

"什么办法?"老汪十分关切。

"你把这封电报拿去发了吧。"张子平拿出一张写好了的电报稿,交给老汪。

老汪接过去看了一下，马上明白了："果然是一个声东击西的好办法。"

"给我看看。"小孙要过电报稿去读，"重庆贸华土产公司赵经理，此回货办妥，即转往昆明采购。陈兴发。"他读了还是不大明白，问，"这咋个算得是声东击西呢？"

张子平说："这就叫出敌不意，叫特务听我们的调遣。如果重庆的贸华土产公司已经遭受破坏了，特务必然要埋伏进这个公司，准备张网子捉人。这时他们收到我从西昌打去的电报，一定以为是西昌发去和党联系的，而且从电文看，他们十有九成要猜想，发这个电报的人正是他们在这里下决心要捉拿的所谓大共产党。而且他们会分析，既然这里还在向贸华土产公司发电报，那就是说还不知道这个公司已经被破坏了，因而会得出这样一个结论：他们要捉拿的大共产党要往昆明跑了。这样就必然把特务的主要力量调到去昆明的南路一线，而去成都的北路一线就好通过了。"

"妙法！"小孙为张子平的斗争经验倾倒了。

"这样吧，小孙，还要劳苦你一番。你到南路走一两个站，看特务是不是加强活动了。如果加强了，那就证明我们已经把敌人调动了，我们两个马上就往北路大摇大摆地走吧。"

"得令！"小孙高兴地走了。

第二天下午，小孙回来了，向张子平报告说："果然十分灵验，特务活动得很厉害，到处在搜查，我看到捉了不少稍微有点可疑的人走了。"

"好极了。事不宜迟，明天我们就动身从北路回成都吧。"张子平叫小孙快做出发前的准备工作。

十三　巧过难关

张子平和小孙依然装扮成行商上路了。这一次他们不走老路，决定从泸沽进山，经过越西到富林，再从富林往东翻大山蓑衣岭出乐山。一路上晓行夜宿，并没有碰到太多的麻烦，特务们显然是全力以赴，在从西昌过金沙江、去昆明的这一条独路上,张下天罗地网了。就是在北路,大概也是把特务放在穿过冕宁、农场去富林这一条公路沿线,准备拦截共产党的"要人"。特务们想不到这个"大共产党"却从泸沽进山,过彝族地区往富林去了。这是一条山路,土匪很多。这种土匪,其实就是当地的袍哥大爷和恶霸放出来的"棚子"。什么叫放"棚子"? 就是地主恶霸、袍哥大爷们除向农民重租勒索外,还把带着枪的弟兄伙东放几个,西放几个,在别的恶霸或袍哥管辖的地区的要道口上,向来往商人勒索买路钱。有时干脆抢夺东西,甚至把过路的抓起来,通知家里拿银圆或鸦片烟来赎取。这就叫拉"肥猪"。再往前走,到了彝区,就更有抓娃子的奴隶主在等着零星过往客人,一抓去就运往深山去卖掉。国民党的特务认为,他们也不敢从这一条路走,共产党怎么敢走呢? 他们哪里知道小孙跑过多次,一路上碰着恶霸袍哥,多少可以扯一扯把子①,混得过去。到彝区更不怕,这一回是请少数民族的党员带的路,所以顺顺当当地通过了。

张子平和小孙一路上还是不敢慢走。他们知道,调虎离山之计,只能混过一时,当特务在南路捞不到一点油水,是会想到可能上了当了,马上又扑向北路来扎口子的。最麻烦的就是富林这个口子,无论你往东路走,往西路走,都要经过这里,而且必定要在这里过夜,因为前后几十里没有可以过夜的站口。

张子平和小孙到了晒经关,马上就要经大树堡,过大渡河到富林了。他们在晒经关上坐下来歇了一阵,一方面是因为等到傍晚进富林,少惹人注意一些,一方面是要想出一个在富林平安过夜的办法来。这里是总口子,来往的客商多,比较杂乱,这是好的地方,但是驻了一连国民党宪兵,搜查很严,不大好混过去。

张子平问小孙:"富林有僻静的小街巷吗?"

小孙回答:"有,有一条后街。"

---

① 扯把子:虚张声势。

"那里有客栈吗?"

"没有,那里有一些鸦片烟馆,还有开幺门子①的。"小孙说。

"去抽鸦片烟的和逛幺门子的商人多不多?"张子平问了这么一个怪问题。小孙过去虽说从后街过过路,看到过一些烟馆,听说有半掩半开门的幺门子,却从来没有进去过,他不好回答这个问题。但是他过去在旅馆里住的时候,常常看到那些行商,吃罢晚饭,如果不打麻将,不去喝茶冲壳子,有些就约起三朋四友,到后街去享受去了。小孙只好回答:"大概总有一些吧。"

"好,"张子平很满意地说,"这就有办法了。我们去后街躲过查号。"

天还没有黑,张子平和小孙进了富林,他们仍旧以行商的身份住进上次他们住过的客店。因为在那里,小孙还藏着一坨鸦片烟和一套烟具要取出来,明天拿走呢。

张子平写了号簿,住进房间,小孙就去他藏东西的地方,偷偷取出鸦片烟匣子和鸦片烟来。他把鸦片烟收拾好,那是可以当作货币用的东西。他又把鸦片烟具擦得干干净净的,亮光光的,摆在床头上。叫人一看,这是一个很有资格的鸦片烟"瘾客"。

他们两个出去吃了晚饭回来,叫茶房打来洗脚水洗脚。

张子平正在洗的时候,故意问茶房:"伙计,这里有什么好耍的地方吗?"

茶房把眼映了一映,故意做出几分神秘的样子,对张子平说:"有,有。后街有漂亮的'云雾山庄',上好的南土,还有'枪手'。你要找更好耍的地方,还有'夜来香'。"说罢又带有几分怂恿的神情说,"客家过富林,不去后街,枉过一回。"

张子平没有说话,洗完脚回到房间,穿戴齐整,走出房来,叫一声:"茶房。"

---

① 幺门子:私娼。

还是那个茶房来了，张子平大大咧咧地说："把我的房门锁好。我们出去耍一耍，回来恐怕要晚一点。"

"是，是，请。"茶房对于自己的推荐直接产生的效果是满意的。因为他的老板在后街是入得有份子的。

张子平和小孙上街来，慢慢转过小巷，往后街走去的时候，已经是初更时候了。他们在小巷口就听到大街上有叭叭的整齐的皮靴踏步声，显然的，是到各个旅店查号的宪兵队出发了。

张子平和小孙只在后街走了一圈，不要说什么"夜来香"，连"云雾山庄"也只是看了一眼，没有进去。他们两个又转出大街来，到小吃店玩一下格，慢吞吞地吃了不少好点心，出来又上一个临街的茶楼里去坐着泡茶，其实就是泡时间。

街上的人慢慢少了起来，茶楼上的茶座也只零零落落地坐了不多的茶客，但是查号的宪兵队还不见噔噔噔地从大街走回去，这是不能叫他们放心回到旅店去的。他们只好又出茶楼来，但是又不便在街上老走动，没奈何，只好转进后街，走进"云雾山庄"，找了一个包房。他们一进去，早有茶房端来漂亮的烟具，把烟灯点了起来，问张子平："要枪手吗？男的？女的？"

张子平摇摇头，表示不要，就和小孙两个对卧着，慢吞吞地烧起烟泡来。那吞云吐雾的味道在那些进进出出的"瘾客"看来，真是云里雾里，如上天当神仙一般快活哩。可是张子平却在遭罪！他们两个慢吞吞地烧一阵，还是没有能够把端来的两盒烟烧完，只好把一盒偷偷刮下来，扔到床背后去。

当他们两个走出烟馆，回到大街上时，街上的行人寥寥无几了。走回旅店，叫茶房来开了房间。张子平很有几分醉意的样子，坐下来泡茶喝。茶房探询地问小孙："这位小哥，到那里去了吗？"他把嘴一努，指的后街的方向。

小孙点一下头。

"夜来香的味道好吧？"茶房又问。

小孙还只是点一下头，没有说话，他知道这是不宜于多嘴的。

张子平打岔说："云雾山庄的摆设还差不多，南土的劲头也很过瘾。"他一面说着一面摆弄他自己的漂亮的烟匣子。

茶房笑了，说："客商你知道那是哪一家开的？"他不等张子平回答，自己就回答了，"宪兵连的张连长就是大股东，那还用说；也没有人敢去肇事的。"

张子平满不在意的样子问："查过号了吗？"

茶房说："查过了。我跟他们说，你们到后街去了。他们一看你这个精致的匣子，就晓得你们到哪里去了。"说罢又神秘地一笑。

张子平没有一点反应的样子，继续摆弄他的烟匣子。

小孙听了，几乎忍不住要大笑起来。显然的，宪兵队来查号，一看这么一个漂亮的烟匣子，就想得到它的主人是什么样的潇洒人物。再一听说到后街去了，到他们为这些商人开设的"销金窟"里去了，难道这个人还能是共产党吗？

等茶房走出房，小孙笑出了声，张子平严厉地看了他一眼，并且马上安排睡觉。张子平一晚上其实睡着，小孙却是一觉睡到天亮。张子平怜惜地让他多睡一会起来，这娃娃这一阵实在是太累了。

他们学那些行商一样，早上起来，洗脸刷牙后，没有吃东西，就上路了，要走一二十里路以后，才在大路边的小店里去吃早饭。

他们两个走出街口，经过宪兵的岗哨，向东走上去乐山的大路，这时张子平才算丢下心来，说："他们是再也把我们莫奈何的了。"

他们走了一程，向蓑衣岭爬去。在路上，看到大渡河汹涌澎湃，向东流去，山是这么青，天是这么蓝，白云是这么悠闲自在。张子平的心里充满着完成任务以后的自豪感。但是，令他不明白的是，当他们坐在一块路旁大石头上歇气的时候，小孙却是那么沉默地望着这山山水水，显得很忧郁的样子。

"你怎么啦？小孙。"张子平问他。

小孙没有马上回答，还在看着这汹涌的大渡河水，又望一望周围的高山。

"到底怎么啦？"

小孙说:"我们这一趟路程,算是要平平安安地完成了,你一根汗毛也没有掉,我回去向老陈好交差了。难道我不高兴吗?"

"可是你这样子,明明不高兴。"张子平说。

"是为别的事。"小孙说。

"什么事?"张子平打破砂锅地追问小孙。

小孙只好说了:"我是一看到这大渡河,这蓑衣岭,就想起我的爸爸。"

张子平问:"老陈只说你爸爸是烈士,他是怎么牺牲的?"

小孙说:"我也是老陈告诉的。说十三年前红军从这里过,一些干人约在一起去投奔红军。就是走的这蓑衣岭,爸爸背起我一起走。那时候我才三四岁,只记得在一个破庙里找到了红军。红军给我们吃,给爸爸一顶红军帽,那红星如今还在我的眼前闪亮。就是当天下午,敌人打来了,红军给我爸爸一杆枪,去上阵火。爸爸想把我背在背上,拿起枪去打敌人,可是红军里有个指导员不同意,叫把我留在庙里,等打完仗回来再背我走。可是……我的爸爸一去就再也没有回来,当天下午就牺牲了。红军指导员本来想把我背起走,可是行军打仗,顾不上我,就把我托给一个老乡,给了一些银圆,说将来红军回来要来取。"

"后来怎样呢?"张子平问。

"后来是老陈叔叔在这一带搞地下党的工作,听干人们说起这一件事,才把我找到了,把我带到雅安去了。"

哦,原来是这样,怪不得小孙现在看到这山山水水,想起过去的事,不免要难过。他只有这么安慰小孙:

"快了,你爸爸的生前希望,很快就要实现了。快解放了。"

小孙点一下头。站起来,振作精神,还是那么虎虎有生气的样子,跟着张子平在那高山峻岭里向东走去。

一九六五年初稿
一九七八年重写

三战华园

一　回老家去打

　　这个故事发生在成都，但是我要从重庆说起。

　　一九四七年的早春二月，重庆已经不很冷了。早晨的山城，揭去浓雾的被，苏醒过来，明晃晃的太阳照在她的头上，暖意洋洋。南山的松岭，浮在乳白色的雾带上，显得特别青翠。碧绿的江水，从她的脚边流过，泛起一片片耀眼的粼光。早春的确已经来到山城，不仅报春花早已开放，连朝天门万人践踏的土坡上和石梯缝里，野草也顽强地伸出头来，向长年在那里爬上爬下的干人和苦力问好。河坝边一串串纤夫在吆喝着雄壮的号子，在悬崖下坎坷不平的江边小道上挣扎前进。

　　停靠在朝天门码头的一艘登陆艇，挤格密密地装着一船壮丁，说是"壮丁"，实在不壮。在艇上军官的皮鞭挥舞和恶骂声中，在岸边站满的宪兵的监视下，登陆艇开出了朝天门码头。接着是一艘川江客轮停靠拢来。这艘客轮本来昨天天黑前就到了朝天门外，因为现在正是"戡乱建国"的非常时期，兴了新的规矩，所有的客轮到了重庆，都被勒令停在江心，等候穿着宪兵制服或没有穿制服的负有特别任务的人坐上小艇，登上客轮，进行周密的检查。等他们盘问了每一个旅客，认为是合格的良民后，才准客轮靠拢码头，让旅客上岸。

在诚惶诚恐地走过趸船跳板的旅客行列里，走着一个三十来岁年纪、穿着长袍、手里提着行李包的人，他便是我们这个故事的主人公洪英汉。由于他的右手食指短了一截，在轮船上很受了一阵盘查。倒不是怀疑他有别的问题，是怀疑他是不是一个自残手指逃避征壮丁的人。那个时候，老百姓怕拉壮丁去打仗，有的就故意把对于扣步枪扳机十分重要的右手食指砍掉。有的妈妈甚至狠心地在儿子熟睡的时候，偷偷地用针把儿子的右眼扎瞎，以求不再被拉去当炮灰。洪英汉的右手食指残缺却完全是另外一回事。那是他在华北战场上打仗，他正举起手枪射击的时候，被敌人一颗子弹飞来打断了的。当然他不能向宪兵这么如实报告。他找了许多理由来开脱。好在他身上带的证件十分齐全，是一个中学教员，到成都找生活去的，才被放过了。

洪英汉坦然地提起行李随大家登上了朝天门。他在高处把行李包放下，舒了一口气，展眼望去，青山绿水，这是多么可爱的家乡呵！他没有站在这朝天门码头上远望，已经有六七年了。一九三九年他曾经被调到红岩村的八路军重庆办事处，担任过警卫工作，后来一九四一年疏散人员时，他被疏散回延安，转到华北敌后去了，一直在那里打仗，立了不少战功，当了团长。

这才不过一个月以前，他正在华北战场上和进攻解放区的国民党顽固军鏖战，很打了几个胜仗，实在痛快。他和他的老伙计，和他一块儿在川北参加红军、现在是他的团政委的丁元明带着部队，踏上新的战场。他和丁元明并肩走在前头。丁元明说："看来解放全中国的战斗开始了，杀向南方，解放家乡的日子要到来了。"

洪英汉兴奋地说："我多么想打回老家去呀。"

他们正说着，纵队王政委派通讯员来喊他们回司令部，说是接受新任务。他们回到司令部，王政委正忙着，他们便坐在那里等待，一面喝水，一面猜想新的任务是什么。洪英汉说："大概又要叫我们去拣块肥肉吃了。"丁元明却说："不一定，说不定是叫我们去啃硬骨头呢。"洪英汉说："那更好。"

他们正说着，王政委进来了，他在门口听到他们说的话，一进门就插话说:"也许两样都不是呢?"他们两个站起来敬礼,王政委挥手叫他们坐下,单刀直入地说:"事实上和你们猜的完全不同。老洪,中央来了调令,要调你回四川工作,没意见吧?"

洪英汉愣了,完全没想到,他不知道怎样回答。

丁元明说:"那好呀,他刚才还说打回老家去呢。"

王政委说:"不是打回老家去,是回老家去打。四川省委向中央要军事干部,回四川去领导武装斗争。老洪是四川人,老红军,会打仗,又回过四川,所以选中你了。"

洪英汉说:"这意思是只调我一个人回四川,不带队伍去,到那里去重新拉队伍?"

王政委说:"正是这样,不要说队伍,连手枪也不准你带一把去,还要化装成老百姓回去呢。到那里重新拉起部队来干。"

丁元明说:"那好,老洪,你去搞第二条战线,我们两面夹击,会师巴山蜀水吧。"

洪英汉交了工作,换了便装,决定绕道武汉到重庆去。丁元明送他一程又一程,洪英汉说:"老丁,不送了。"

丁元明感慨地说:"是呀,送君千里,终须一别。但是我想起我们一块儿在四川的老家受苦,一块儿参加红军,一块儿走上长征的路,一块儿打了十几年的仗,几乎总在一起,现在你忽然要走了,而且是回老家去……"说到这里,他喉头竟有些哽咽了。

洪英汉似乎没觉察老战友的情绪,一提到家乡,感情又重新激动起来,说:"是呀,十几年没想过家。说也奇怪,昨天晚上我忽然梦见回家了,还是我们离开时候的那个样子。可是谁知道我们那苦难的家乡怎么样了。"

丁元明不想再往感情的漩涡里钻了,他振作精神说:"有一句话叫:石头在,火总是不灭的。在家乡总有党,总有干人,总有斗争,说不定斗争的火焰烧得正旺呢,不然调你回去干什么?"

他俩依依不舍地分手后,洪英汉费了好多周折,才到了武汉,搭上客轮到了重庆。现在他正站在朝天门码头高处往北边望。那青山后边该是他的老家了，那白云浮动的远方，该是华北解放区了，他真是思绪万千呵。

二　接受任务

洪英汉现在已经走在红岩村的山路上。还是过去的样子，阴阳树也还在。他沿着阴阳树的右边小路走去，已经望得见红岩村那假三层楼房了。呵，红岩，你好！

他走进会客室，把信交给传达同志。他老实地坐在那里等。他装作不知道传达同志正在用手按桌子下面的暗号电铃。当他七年前在这里工作的时候，是很熟悉这一套的。果然，过一会儿，进来一个青年，他不认识，把他的信拿了进去。过不多一会儿，有一个大姐从传达室通大楼的一个暗门出来了，一见面就叫他："小洪，你到底来了。等你好久了，还以为你不来了哩。"

洪英汉一看，想起来了，是当时南方局组织部的李大姐。他忙迎上去说："李大姐，你好！服从命令听指挥，哪能不来？这路程太远，实在难走呵。"

"好，好，我们上楼吧。"李大姐带着洪英汉从秘密小门进去了，一边走一边说，"你要再过些日子不来，说不定你来了，也找不到我们了。"

"怎么啦？"

"内战打起来了，国民党不欢迎我们，要送客了。说不定都请去住他们那不要钱的旅馆呢。"

李大姐把洪英汉引到了省委书记吴老的办公室，吴老和组织部的江部长热情地接待了他，亲切地询问前方战事和他一路上的见闻。一会儿，说到正题，吴老说："小洪，调你回来，是分配你到川康特委，他们需要武装干部，他们正在川北川康一带农村，发动农民，抗租抗粮抗丁，准备发动武装暴动，开展游击战，配合解放区，迎接解放。好在你是那一带的人，回老家去打吧。"

江部长说:"小洪,哦,恐怕该叫你老洪了,你的具体任务,由川康特委分配,大概是回你的老家。那里并没有现成的队伍让你带,你还要去那里做艰苦的工作,才拉得起队伍来。你去成都怎么接头,由小李和你具体谈吧。你过去没有在白区工作过,这和在解放区工作不同,和在解放区打仗更不同。因为我们既没有政权,也没有强大的武装部队,不是兵对兵将对将地你来我往地拼杀,这里看不到战线,战斗却十分激烈,稍不注意就陷入重围,脑袋掉了还不知道是怎么掉的。斗争比较艰巨,生活比较艰苦。要坚决地相信,我们会胜利,同时又要有随时准备牺牲的决心,还要有和敌人拼命周旋、斗智斗力的勇气。我看你不忙,索性在这里住两三天,小李给你讲一讲白区工作的一些要领吧,特别是你不熟悉的秘密工作技巧。"

李大姐说:"好吧,我们到隔壁去谈吧。"

到了隔壁房间,李大姐首先对洪英汉宣布纪律。她说:"你是要下山到白区去工作的,因此你在这里尽量少出头,不参加这里同志们的一切活动,甚至不必和其他同志打招呼,更不要透露你从哪里来,要到哪里去干什么。我跟你谈的东西,不准记笔记,不准和别人讲。"

洪英汉都一一点头答应了。

李大姐在这两天里,又详细地向洪英汉讲解江部长前两天对他讲的那些话,特别提到"相信胜利,准备牺牲"的精神。她说:"相信我们的事业是革命的事业,是正义的事业,我们必定取得最后的胜利,但是又要随时准备牺牲自己。我们也许来不及看到胜利就牺牲了,但坚信我们的党会胜利,会解放全中国。相信胜利,就有信心,准备牺牲,才有勇气,有了信心和勇气,才能临危不惧,克敌制胜。"

然后李大姐向他讲了一些白区工作的秘密工作要领和秘密工作纪律,还教给他一些接头、通信、旅行、住店、通过盘查、防止和摆脱特务盯梢的种种办法。但是她特别提醒洪英汉说:"不要有神秘感。最能隐藏自己的办法就是置身群众之中:像鱼在水中一样。我们绝不是干特务或间谍工作的,像国民党说的那样。我们的着眼点是做群众工作，依靠群众和发动群众，领导群众进行斗争，最后发展到武装斗争。"

两天一晃就过去了，洪英汉听到李大姐讲了那么多过去他不知道的道理和办法。可惜时间还短了一点，不过正如李大姐说的："一切要依靠自己去干，在干中学，甚至难免还要犯些错误。"最后，李大姐拿出一张纸给洪英汉看，对他说："你去成都和川康特委接头的办法，我们已经通知了特委，你到了成都，找一个小旅馆住上，然后去看一个你认为合适的茶馆，最好是东大街的华园茶厅。那里我去过，比较大，喝茶的有几百人，容易活动一些。你把华园茶厅的名字，填在这上面'商号'的前面，把你的特征和当时的穿着打扮，填在这空格上，按这个格式到《成都新报》去登一个'寻人启事'的广告。登出广告的第二天起的三天内，你每天上午到那里去坐茶馆，特委便会有人来找你接头了。接头的口号写在这张纸上，你马上把它背熟。"

洪英汉接过另一张纸条，一面看，一面暗记。

李大姐说："四川的特务很多，成都也一样，十分疯狂，总想破坏我们。你回四川准备武装斗争的事，你去成都的事，除了川康特委正副书记知道外，不准别的人知道，所以不用他们的一般通信处，临时用这样一个办法接头。你到那里要特别警惕，事事小心，沉着勇敢，临机应变。这两张纸上写的只能心记，不能留底。"

洪英汉把那两张纸再看一遍，马上退给李大姐说："我记住了。"

李大姐马上擦一根火柴把这两张纸烧掉了。

李大姐又说："我们和川康特委书记老赵还单独约了一个暗号，只有他一个人知道，是紧急时刻用的。也告诉你吧，只用这一回了。如果有人走到你的面前来，用右手的大拇指、食指和中指伸着，无名指和小指屈着，放在他的胸前，同时又用左手的无名指和小指伸着，大拇指和食指、中指屈着搔他的头发，不说话你也要跟他走，叫你干什么，你就干什么，你同时用右手的无名指和小指伸着，大拇指、食指和中指屈着，放在你的胸前，作为回答。"李大姐马上示范表演一下，十分随便，很难被人察觉，并且叫洪英汉表演回答的手势。

最后李大姐拿出新证件来交给他说："你原来用过的证件拿出来毁掉。你回四川的路上用过，不能再用了。你现在是一个跑单帮的小老板了，从此改名换姓了。"

"是呢，我在一路上，他们盘问得好紧，特别是在朝天门轮船上的检查，差一点脱不到手，老问老问。"洪英汉说。

"什么？在朝天门轮船上对你盘问很久？"李大姐惊奇地问，她想一下说，"不对头了，你一路上红岩村来，发觉后面有人跟你吗？"

"我没有特别留神，大概没有。"洪英汉说。

"怎么说'大概没有'？我看，说不定他们已经注意了你，一路跟来看个究竟了。他们也可能记下你的名字职业和你那断食指的特征了，你要尽量不亮出你的食指来。说不定他们正在山下马路边等你呢，等你一下山，把你抓起来再说。这倒有点麻烦了。"

洪英汉对于李大姐这么高的警惕性实在佩服，只是他觉得，是不是真有那么严重？不过，他没有说出来。

李大姐又说："我看你进到我们这里来后，走起路来，皮鞋踏得梆梆响，手甩得很有精神，不像教员走路的文明架势，倒像个武人。你以后是小商人了，走路要像个小商人的样子。"

这也是洪英汉简直没有想到的，他佩服地点一下头。

李大姐又说："你是一个行商，既没有带货，就要带钱，才像个行商的样子。正好我们要给川康特委送点经费去，你就带去吧。"于是她从抽屉里拿出一沓美钞和散碎金子，还有一个金戒指，交给他。叫他把金戒指戴在手指上，说："这金戒指也是川康特委送来的，也算一种信物，证明你的身份。"李大姐另外拿出一沓钞票来交给他，说，"这是你的路费，你下山去后，找个旅馆住上，赶快找去成都的'黄鱼车'，快点上路，不可久留。"

"好。"洪英汉把美钞、金子和钞票在身上放好，戴上了金戒指问，"我马上就下山吗？"

李大姐笑一笑说："这里是上山容易下山难。说不定他们已经在山下等你,想对你见面发财呵。你这样下山不保险。你等一等,我去请示吴老。"

李大姐去了一会,吴老和江部长都出来了。吴老说："为了安全,还是坐我的汽车去吧。"

江部长说："把你甩在沙坪坝到磁器口的半路上,你自己从沙坪坝坐船回城里去吧。"

李大姐把司机小陆也找来了。当着洪英汉的面对他说："小陆,你把这位同志送出去,要保证不带尾巴。"

小陆说："是。"回头对洪英汉说,"那么走吧。"

洪英汉告别了吴老、江部长和李大姐,随小陆走了。他们走下红岩村,已经发现有一部吉普车远远停在路边。小陆轻声说："今天要麻烦点,但是不要怕。"

他们两个坐进小卧车,小陆开车,飞快地向沙坪坝方向跑去,后边那部吉普车便远远地尾着跟了来。小陆从反光镜里看到了,对洪英汉说："你看,他们给你送行来了。"洪英汉朝后窗望去,果然看到一部吉普车跟了来。

小汽车高速行驰,飞奔到沙坪坝前面公路的多弯道的地方。小陆开到一个转弯处,猛刹车,急开车门,告诉洪英汉："快下,钻进坟场去。"

洪英汉敏捷地下车,三脚两步跨上土坡,隐入乱坟后边去了。他从坟场望出去,只见小陆把小车飞快地开往磁器口,吉普车仍然跟着开去。小陆大概是兜一下风就开回去,吉普车上的特务追逐落空了。洪英汉高兴地笑起来："真有意思。"

三　灵敏鼻子

成都少城娘娘庙六十六号有一个相当豪华的公馆,里面有花园、洋楼,不过这只能从远的地方看到,大门口里有一个花坛和照壁遮住了,看不进去。附近的人只听说这个公馆的主人姓牟,是一个做进出口大买卖的经理。

但是从来没有见他出来拜访街坊邻里，甚至谁也没看见过他的尊容是什么模样。要说是做大买卖的豪商，就应该有大腹便便的老板和花枝招展的太太进进出出，夜夜都会灯火辉煌，开不完的宴会和跳舞会吧，这里却是门虽设而常关，进出的人不多，相当冷清。通常可以进出少城一般公馆卖点小东西，送去时鲜果菜，或收买破烂的人，都进不了这个公馆，因为看门头一个也不准进去，凶得很。也看不见一个跑腿的后生、随房的丫头和厨房大师傅出来到街坊邻里去串门、喝茶、说闲话。有时候有穿西装、戴礼帽、文质彬彬的人，也有穿密排扣子的靠衣打扮的人，鬼鬼祟祟地偷进偷出，有时还看见挂着黑色窗帘的小汽车和挂着门帘的私包车，直出直进。有的街坊猜想："这恐怕是做黄的和黑的买卖的地方吧。"那就是说，偷运鸦片烟和走私黄金的投机商人的公馆。或者索性是做不要本钱的买卖的人家，到外地去打家劫舍，杀人越货，在城里掌红吃黑，坐地分赃。谁能想到这便是国民党特务在成都的大本营，军统蓉站呢？他们做的的确是不要本钱的买卖，专门贩运人头呀，谁也不知道在花园洋房的后面还有一个专门关押共产党人的密窟。多少好汉在那里受折磨和考验，多少英雄在那里流尽最后一滴血。

且说有一天，有两个看来斯斯文文的人来到这个公馆，门口传达以后，马上被请了进去，这是邮检所的两个小特务，有要紧的情报来向特务蓉站的情报组长王元吉报告。情报组长认为这个情报特别重要，把邮检所的两个小特务打发走了以后，马上拿着邮检所查到的信，经过两天的调查统计后，喜滋滋地回来向蓉站站长牟力行报告。

这个牟力行便是这个公馆的老板，他是一个其貌不扬的人。大概是把他一身的营养都送进他那秃了顶的脑袋里，供他制造种种害人的阴谋诡计去了吧，此人头脑是很发达的，奇怪的大，而身体是精瘦精瘦的，奇怪的小。他现在正把他那小个子埋进大沙发里，抽着烟，半开半闭着眼睛在听情报组长王元吉的报告。

忽然，他从沙发里弹出来："什么？拿给我看看。"

几十年培养起来的嗅觉特别敏感的鼻子，忽然闻到了什么，他从王元吉送到他手里去的一封信里抽出一页信纸来看。很有经验的情报组长王元吉正在一旁进行权威性的分析:"站长请看,这信封上写的收信人是燕玉,信纸上写的称呼却是高飞。这且不管,也可能是燕玉的大号叫高飞吧。奇怪的是信的内容。这里面好像有点什么名堂。"

牟力行也在揣摩信的内容,他问:"这个收信人燕玉是什么人?"

"是利川银行的一个小职员,做账的会计。"

牟力行问:"这信里写信人于江说道:'大哥朱尔康在前线打仗,当了团长,最近回到重庆来了,他不久到成都来,要到东大街华园商号来找你。'这个燕玉真有一个大哥叫朱尔康的吗?"

"问题就在这里,"情报组长解释说,"这个燕玉姓燕,为什么却有个大哥姓朱呢?我们查过燕玉填过的履历表,上面写的亲属、朋友中没有叫朱尔康的。还叫银行里我们谍报组的人探问过她的近亲远交,也没有听说有这个朱尔康大哥,况且东大街除开华园茶厅,并没有一个华园商号呀……"

"你们怎么得到这一封信的?"牟力行要寻根究底,"就是说,你们为什么要检查她的信呢?"

情报组长说:"因为利川银行里的谍报组报告,他们看到燕玉经常收到信件,奇怪的是她收到来信后,常常不马上打开来看,而是锁进她的抽屉里去,下了班后,还是不看,把信装在提包里就带走了,好像她是在替别人收信似的。但是信封上为什么没有写明由她转呢?所以我们叫邮检所检扣她的信,这就是检扣到的一封。"

牟站长对于情报组长的这种安排和邮检所小特务的鼻子,是十分欣赏的,他们能从一条小缝里闻到气味。但是他不能表示过分的高兴,也不能过早夸奖这些"鼻子",说不定他们为了邀功,而过分敏感呢?

他把信反复看了,这信本身找不到太大的漏洞。只是这个燕玉收到信不看,他们才从检扣她的信里查出一点怀疑来。但是她也还可以狡辩过去,可以说她有一个过继的、不同姓的哥哥嘛,现在要弄清楚的,是不是这信上还有什么名堂,是不是有密写,如果查出密写,那么这个燕玉那里一定是共产党的通信处，可以顺藤摸瓜，也许能摸到一个大西瓜。

牟站长调到成都站来工作，也不能说不努力，给他派来的特务和叛徒也不算少，可是搞了一两年，始终没有摸出共产党的线索来。相反的，在大中学校里学潮不断，农村里抗丁抗粮也此起彼伏，最近他受到西南特区的申斥，也不只一回了。如果能从这个银行小职员打开一个口子，就太好了。他要对这封信进行周密的技术检查。这种高级技术，新近才从中美合作所美国专家那里学了来，没有一种密写破不开的。于是他叫情报组长王元吉去喊技术检查科的李干事来。

李干事来了，牟站长要他和王元吉一起对这一封信进行技术检查，看有没有密写，写的是什么。王元吉和李干事一起把信拿到技术检查科去，反复研究，然后用各种药水轻轻涂抹，到底显现出密写来。王元吉赶快把信拿出去交给牟站长。

牟力行一看，高兴得几乎要跳起来，果然抓到了共产党的尾巴。他仔细看了一下，叫情报组长王元吉再去分析分析。王元吉有一个叛徒的鼻子，比他自己的特务鼻子还灵得多。

王元吉很为自己的预见而得意，他看一下密写，马上就能说出道理来。他说："这一定是共产党有人要到成都来，接头的方法是在《成都新报》登一个寻人启事，在华园茶厅见面。东大街根本没有一个华园商号嘛，来人的模样打扮从那份启事中可以看出来，这边去接头的人不是高飞，就是于江。"

牟站长的血液都快沸腾了，他的脸涨得绯红，他猛烈地吸着烟，在屋里走来走去，来回许多趟，他把烟蒂头在烟灰缸里狠狠地按灭，他开颜地笑着对王元吉说："这封信你拿去把它复制出来，原信拿去叫技术科复原，如果无法复原，就照样造一封，仔细封好，原样送去。千万不要惊动这个燕玉，不能叫她有一点惊诧。你们只继续留心她的信，并且看《成都新报》的广告栏。"

牟力行叫王元吉去把行动队长叫来，他们就这件事研究了好一阵。他对情报组长说："你们天天看看《成都新报》的寻人启事，不光是《成都新报》，也许他们是说东指西呢，只要在报上看到这个朱尔康的名字出现，就派得力的人到华园茶厅去侦察，看有没有广告上说的那样一个人，看看有什么人来和他碰头，要紧紧盯住来的人。抓住这条线，扩大侦察。"他转身对行动队长说，"你要准备行动，安排金钩钓大鱼吧。"

四　紧急通知

燕玉正在埋头做账，一个银行同事手里拿着一封信，走到燕玉面前来，对她说："燕玉，你的信，重庆来的。"

燕玉接过信，看了一下信封，说声"谢谢"，就放进她的抽屉，继续伏案做账。

那个人笑了一下，走了。

下班以后，燕玉从抽屉取出那封信，装进提包，回家去了。她拿出那封信来，看到下款末尾那个"缄"字写成"械"字，是木旁，说明这是一个急件，要赶快交给党的领导。

她用一个稍大的信封把这封信装起来，把信封写好，写的上款地址是"本市四川大学二宿舍"，中间收信人写的是"颜玉信先生收"，下款地址写的是"本市械"。天已经快黑了，她急急忙忙出来，走向四川大学，她一路小心观察后面，的确没有"尾巴"。她从九眼桥一条直路下去，从小门进了川大。她突然闪到小门里一个公共厕所去，站在门边看过去，再没有人进川大小门，才放心出来到川大第二宿舍，把信放在"待取"信插里，从川大前门出去，回到家里。

为什么她把这么重要的急件，不直接拿去交给上级，却拿到川大二宿舍放进"待取"信插里去呢？莫非她的上级颜玉信就是四川大学的学生，住在二宿舍吗？为什么不去直接交给他呢？你们有所不知，她的上级既不叫颜玉信，也没有住在四川大学。"颜玉信"实际上是指燕玉送来的信，而且从"械"字可以看出是急件。这都是事先上级和她约好的。燕玉的上级的地址和姓名她是不知道的，这是为了安全保密。但是燕玉作为通信处的通信人，又必须把信送给上级，因此上级叫她把信放在川大二宿舍的"待取"信插里，这个信插里的信都是川大二宿舍送不到的信，留在那里由自己去取走；这样就便于上级去取走燕玉送来的信了。这样的办法特务当然是摸不清的。

燕玉留信的第二天早上，川康特委的副书记老史就去把这封信取走了。从信的隐语和密写中完全看出他们要求派来的军事干部已经到了重庆，是一个团长级干部，不久将到成都来，他用的化名是朱尔康，扮成做生意的人，他将在《成都新报》登一个"寻人启事"来通知特委去他指定的地方，按约好的口号接头。这种彼此没有见过面的同志用登报寻人和对口号的方法接头，老史是很熟悉的。他马上把信送给特委书记老赵去看。

老史到了老赵住的院子外边，先看预先约好的安全信号还在，又把周围环境看了一下，保证没有埋伏的暗钉子，才走进老赵家里去。他交出省委来的通知信，老赵一看，也很懂得，他们就商量把这个从解放区来的军事干部到底放到哪里去好。老赵说："不知道来的军事干部是不是四川人，如果是四川人，那就很好，最好派回到他的老家一带而又是我们准备开展游击战的地区；如果是外地人，只好放在我们工作基础比较好而敌人力量比较薄弱的川康边境一带去了。"

老史说："那好，就这么定，他来了谁去和他接头呢？"

老赵说："农村工作和武装斗争一直是你在抓，你看到寻人启事后就去接头吧。接到他后，安顿好住的地方，我们一起去和他研究他下乡去的工作问题。"

老史准备走了，老赵忽然想起一件事来，对老史说："你明天早上再到我这里来一下，可能还有事情要研究。"

老史答应，告辞走了。

为什么老赵要老史明天早上再到他那里去呢？因为老赵昨天从将军衙门经过，在照壁上贴的许多广告中看到一张红纸写的普通招贴，上面写着："小儿夜哭，请君念读，小儿不哭，谢君万福。"后面还注明了日子和街巷号码。这样的红纸招贴在旧社会贴广告的墙上和厕所里有的是。这当然是一种迷信。但是老赵昨天看到的这个招贴却是一个通知。这个通知告诉他，埋伏在敌人特务机关的谢万福同志有事要向党报告，要领导在注明的日子以后三天内到上面写明的荔枝巷去接头。谢万福是南方局交下来的一个早已埋伏在特务机关里做技术工作的最机密的党员，只有特委书记老赵知道，他对副书记老史也没有详细讲过。老赵和这个谢万福过去约好，为了保护他，一般不接头，要有重大情报才用这种方法接头。昨天老赵发现谢万福的通知，决定今晚上去接头，想必有重要情报，所以叫老史明天再去他家一趟。

天还没有黑，老赵就到荔枝巷去先看好地方。哦，这里原来是街头上一个小茶馆。谢万福是很有经验的同志，他决定不约在春熙路一带的大茶馆里，那些地方特务窜来窜去，多得很，他本人倒没有什么，怕对于保护上级领导同志不利。

天快黑的时候，老赵站在远远的街头，看到谢万福来了，走进茶馆去了。老赵再观察一下，证明谢万福的后面没有可疑的人跟来，才逍遥自在地走进那个茶馆。

"呃，李先生，在喝茶？"谢万福在特务机关里是姓李。

"来来，喝茶。"谢万福邀老赵坐在一桌，替他要了一碗茶。

这个冷背的茶馆，晚上根本没有多少人来喝茶，说话方便。但是谢万福仍然大声武气地和老赵寒暄几句，才斗起耳朵来。

"钱先生，重庆有人要来做生意吗？"谢万福问。

"你怎么知道？"老赵大为吃惊。

于是谢万福把特务蓉站截住了利川银行通信处的信，要他做技术检查，现出这封信里的密写的事讲了，并说："我故意用药水在原信上做了一个惊叹号，想叫收信人留心。你们没有看到这封信吗？"

"哦，粗心，粗心。"老赵轻声说，"是别的人打开信的，他没有检查信封重新封过的痕迹，也没有看出信纸被检查过的药水迹印，我也忽略了。本来是应该看得出来的。"

谢万福又把特务头子牟力行打算从《成都新报》看到寻人启事，就安排金钩钓大鱼的阴谋报告老赵。最后说："最好不来，也莫登报，登了报就有麻烦。"

老赵没有想到敌人怎么把他们的通信处查出来了，但是现在不是研究这个泄密的原因的时候，现在要紧的是阻止启事见报。

谢万福不敢多留，起身告辞说："钱先生，我先走一步了。"

"李先生，生意的事，要多承照顾哟。"老赵大声地说。

五　营救方策

"严重，非常严重。"老史到了老赵那里去，还没有坐定，老赵就对他说。

"怎么啦？"老史向来遇事沉着，并不惊诧。

"特务已经知道重庆要来人了，并且知道登报寻人的办法。他们准备安排金钩钓大鱼呢。"

老史当然猜到昨天晚上老赵一定是去找什么人接头去了。他虽然具体不知道，但是猜想老赵手里有上层统战关系和情报关系，一定是听到坏消息了。他问："特务怎么会知道的呢？"

"我也不明白，为什么重庆和我们的通信处被敌人发觉了，被他们截留了重庆来的这封信。"老赵想把昨天看的那封来信找出来，再看看封口和药水痕迹，可是早已被他的在特委坐机关的爱人小王毁掉了。

"严重，的确严重，特务按照报上登的寻人启事上的姓名和地点、接头办法，真是手到擒来。"老史着急地说。

"好不容易请省委去调来一个军事干部，要是他一到成都就被抓了，这个损失太大，我们怎么向省委交代？"老赵更加着急。

小王插进来说："现在不是光说严重的时候，也来不及查漏洞了，现在是要采取紧急措施，堵住漏洞。"

老赵马上下了决心，对小王说："你马上发一个急电，这么写：'弟有小病，不能如约，勿来。'快去办。哦，只好动用紧急通信处了。"

小王是坐机关的，对于通信这一套很熟。她知道省委和特委约定的紧急通信处，是通过重庆和成都两个著名的民主人士的。小王匆匆地走了。

老赵和老史研究了一会，一时没想出什么好办法来。

第二天上午，老赵到那位著名的民主人士陈市长家里去了。一见面陈市长就说："我正要找你呢。这里有一封急电。"

老赵接过电报，抽出来看了一下，是这么几个字："已首途，大力卫护，并复。"老赵看后，着急透了，可是不能向民主人士透露半点，他虽然和我们党有正式联系，而且关系不错，但他是地方势力，对国民党军统特务无能为力。老赵告辞出来了。

他直接去找老史，把重庆来的回电电文告诉了老史："已经出发到成都来了，省委也无法通知他不来。看来他一来，非落进特务为他张开的网子里去不可。他初来这里，又不了解情况，要是糊里糊涂就做了阶下囚，怎么办？"

老史说："不管怎么样，我们绝不能让中央来的同志在我们这里遇险，我们千方百计要救他出来！"

老赵说："我们发现他的时候，敌人早已把他包围了，这真够麻烦。"

老史在桌上捶了一拳，果断地说："我亲自去，必要的时候，我们武工队要出马，哪怕我们要丢几个人，也得把来的同志救出来。"

"可能还有一线希望。"老赵忽然想到了，"我想敌人一下不至于就抓他走。你想，他到成都，还没有和我们接上头，抓了他不过抓到一个共产党。他们不会就此满足的，一定会利用他来敲开我们的门，会用放长线钓大鱼的办法。这样只要我们能在他被特务暗地盯梢的时候，把他突然弄走，便万事大吉了。"

"能这样当然好，不过敌人和他一定靠得紧紧的，我们靠不拢去，下不得手。"老史估计这个办法不行。

老赵也觉得不行,他说:"而且他初来成都,东南西北,方向都摸不到,又可能没有在白区干过,他自己也不会找机会溜呀。"

"啊,有办法了!"老史听了老赵这几句话,眼睛突然亮了,他说,"敌人并不知道我们已经发现他们的阴谋了,我们何不先去登报,我代替重庆来的同志和他们捉一阵迷藏呢?"

"你是说——"老赵起初还不明白,但是当老史对老赵叽叽咕咕说了一阵,两个人都笑了起来。

"对,就这么办。"老赵同意了。他又叫老史留一步,向他交代:"利川银行的通信处撤了吧,要她撤退,但是目前不宜马上走,估计他们还不会抓她,想再捞点油水,不过要看准火候,突然撤离。"

六　山雨欲来

老史写了一个"寻人启事"的广告稿,送到《成都新报》广告科去。他到了《成都新报》的门口,见到墙上贴得有今天出版的《成都新报》,他随便看了一下,突然在广告栏里十分醒目的地方,发现了一个寻人启事的广告。

那广告是这么写的:"寻人启事:走失孩子一人,名朱尔康,外号猪儿,中个圆脸,平头,穿中式上衣,黑裤,脚穿黑色皮鞋。有寻到者请送东大街华园商号,备有重酬。"

老史怕不实在,站拢去再看一遍,一点不错。广告上登着:朱尔康,华园商号。看来重庆的人已经到了。他想去登的寻人启事广告不能登了,他买了一份《成都新报》,赶到老赵家里去。

老赵家里订得有《成都新报》,他也看到了,正在着急,怕老史没有看到,又去重复登同样的广告呢。

老史进来就说:"噫,真没有想到,重庆的人,这么快就到了,旅途上顺利得很呀。"

"是呀。不想叫发生的事情，偏偏发生了。没有想到重庆来的人，这么快就到了成都，明天上午，特务就要张开网子抓他了，这怎么办呢？最麻烦的是，他来成都，住在哪个旅馆，我们不知道，用的什么化名，我们也不知道，无法先通知他。明天在华园茶厅见到他的时候，已经是陷入敌人的重围了。"老赵感到十分头疼。

"不管怎样，我们总要去把他救出来。就是我们要丢两个人，也要去救他出来。我亲自去指挥，相机行事。我本来想明天上午去望江楼会华西大学的小向，因为他大后天下午要去竟成园参加中统特务举行的大学团契聚餐，看看中统在大学里想搞什么。我也只好不去了，以后再听小向汇报吧。"

"救人要紧。你要带武工队的同志去，必要的时候在街上武装抢人。"老赵布置说。

老史回去，把武工队队长李丹和两个武工队员找来研究了一阵，决定明天由老史到华园茶厅去指挥，由李丹出面和重庆来的同志接头。如果特务当场动手抓人，就由李丹带着来的同志在两个武工队员的掩护下，冲出茶厅。李丹多带一支短枪，当场交给来的同志，他是军事干部，一定会用枪的。如果特务当场不动手，就由李丹从容带出茶厅，让特务跟来，在大街上和特务捉迷藏。一个武工队员要保护来的同志设法走脱，估计特务盯梢的重点一定是李丹，李丹熟悉地方，还有另一个武工队员掩护，是可以走脱的。

老史进一步分析，敌人想放长线，破坏本地的党组织，估计明天在茶厅不会公开动手，偷偷盯梢的可能性最大，这就比较好办一些。但是也要有两手准备。老史再三向李丹交代，一切听他的号令，由珠珠来传话。要李丹去出面接头，他才出面。

老史特别去找了小珠珠，对他说："珠珠，明天你准备上阵啰。"

珠珠是川康特委下的一个小交通员，是从乡下调来的。他的家里人不是当红军走了，就是烈士。他从小在这种环境里长大，现在才十二三岁，却特别机灵，也很勇敢。他到成都来后，除开在老史的领导下，做点侦察活动外，便是当交通员到乡下去送信。因为他的年纪小，没有人注意他，每次完成任务都不错,受到老史的几回称赞,劲头更大了。他平常就是在这个茶馆、那个书场里卖香烟、花生、瓜子,或者擦皮鞋过日子。现在他一听说明天要上阵,眼睛都闪光了,巴不得今天快黑,明天快亮。他问:"什么阵势?"

老史把明天在华园茶厅可能遇到的阵势告诉了珠珠,对他说:"你明天在华园茶厅的任务是给我们当交通员,替我传话。还要帮我搞侦察。耳朵要放长点,眼睛要睁大点,脑子要放机灵点。不过要听我的提调。"

"嗯。"珠珠高兴地说,回去准备他的"斗争武器"——卖花生瓜子的提篮去了。

七　预设陷阱

如果是像放电影那样,那么让我们把镜头转到少城娘娘庙的六十六号里去。

特务蓉站牟站长还是照老样子把他精瘦的身躯埋进大沙发里去,半闭着眼抽烟。听他的情报组长王元吉向他报告:"我们按你的指示,学他们的格式,在《成都新报》登了寻人启事的广告。今天登出来了,你看。"

王元吉把一张《成都新报》放到牟力行的面前。牟力行拿起报纸来看,他得意地笑了,甚至笑得太得意了,那脸上松弛的肌肉拉成许多弧形的肉条,眼睛本来不大,更是只剩下一条小缝了。

他以为,他是满有理由这么得意的。

他立即又把行动队长罗洪鼎和监狱看守长都叫了来,安排明天在华园茶厅抓人的事。他对情报组长说:"王元吉,你明天上午按这广告上登的模样,装扮起来,按时到华园茶厅最热闹的地方找个单桌坐上,手里拿一本他们出的那种红色杂志,装得老实一点,等这里共产党的人来接头……哎,其实这些无须我多说,你过去干共产党的时候,是懂得他们接头的那一套的,等他们的人来找你一接头,然后,罗洪鼎……"他指一指站在他面前的行动队长。

"有。"行动队长罗洪鼎立正回答,这是一个最懂得格杀打扑那一套本事的人,或者说他也只懂得格杀打扑这一套本事,别的是用不着他动脑筋的。职业上的锻炼,使他总是显出横眉立眼的那种凶横样子,给自己在人面前挂上一个招牌,他是一个不折不扣的特务。

"罗洪鼎,你该干什么就用不着我说了,不过你不要忘了,要把他们来接头的共产党和我们假扮到成都来的共产党王元吉一起抓起来,一起送到这里来,一起关在黑屋里,这时候,"牟力行又指一指情报组长说,"王元吉,你和他一起蹲黑屋,你就要发挥你的本事,套出他们的东西来,这个,"牟力行笑一笑,继续说,"不用我说,你比我还懂得多一些。"

王元吉点一下头,承认他在侦察共产党的活动,套取共产党的口供,是要比他的主子灵一些,他曾经在共产党里混过几年嘛。

"这样一来,"牟力行对早已站在一旁没有谈话的看守长说,"看守长,把你那不要钱的旅馆多打扫几间出来,准备招待新来的客人吧。哈哈哈哈。"牟站长简直得意昏了。

"哈哈……"看守长和行动队长都赔着笑了起来。

情报组长却没有笑,不是因为要他去扮演一场不太好演的共产党接头的戏,还要坐进黑屋去扮演一场他更不愉快的套口供的苦肉戏。他在想,是不是还有更厉害的办法?他终于想到了,向牟力行建议:"牟站长,您看是不是不要当场就抓起来……"

"哦。"这个从共产党的叛徒转化成为特务的情报组长的这一句话,像一颗火星落到特务站长牟力行的头脑里去,把他的脑子里那储藏着许多阴谋诡计的记忆装置连通了,他马上明白王元吉的建议是什么。他打断王元吉的话说:"对,现在这样搞,不过只抓到本地的一个共产党,就是下一步把重庆来的那一个抓到手,也不过抓到了两个。何不大胆一些,放长线钓大鱼,抓他一片呢?"于是他把手一扬,继续说,"就这么办,明天一个也不抓,王元吉和他们接上头以后,能钻就钻进去,等重庆那个真共产党来的时候,你已经大功告成了。对于来接头的本地共产党，千万莫惊动他，让他再逍遥几天吧。不要叫他诧了，连盯梢也不要搞。"

八　一战华园

解放前在成都住过的人，大概都记得起东大街有一个有名的大茶厅，叫作"华园茶厅"，这个茶厅地处闹市中心，四通八达，附近有许多大小商场、银行和交易所，还有许多旅馆、饮食店、澡堂，隔寻欢作乐的天涯石街也不很远。这个茶厅的规模宏大，房屋高敞明亮，进门一连三个大厅，中间隔着天井，里里外外都摆上茶桌，可以坐二三百人喝茶，这里用的茶叶是每年由名山贡茶专门焙制的，茶味香醇，茶具也很考究，一色白瓷盖碗和铜茶船。一进厅门，便可听到到处是茶倌吆喝"开水"之声和铜茶船当啷的响声，接着就可以欣赏茶倌提起大铜壶向茶碗掺开水沏茶的高级技术表演，他提起茶壶居高临下，掺水恰到碗边，不多不少，桌上一滴也不抛洒。这里与别的茶馆不同，还有专门的擦脸手巾送给茶客擦洗，手巾上印得有星期几的红字，既证明这里手巾是每天更换，十分卫生，又让你顺便知道今天是星期几。这个茶厅还挂了许多名人字画，格言谚语，供你欣赏。

正因为这样，这个茶厅每天一开门，就人进人出，热闹非凡，大半是做生意买卖的，还有调解纠纷的，说和官司的，也有独自闲坐品茶的，或者三朋四友碰头说话的，三教九流的人都在这里混进混出。国民党广的和土的特务在这里不断进出，共产党当然也利用这种繁华之地来碰头约会。至于卖报刊的、卖香烟瓜子的、卖甜咸小吃的、算命看相的、擦皮鞋的，还有"包医梅毒"的，径直在茶座中间穿来穿去，当然有时还能听到卖唱的咿咿呀呀的夹着哭腔的歌声："月儿弯弯照九州，几家欢乐几家愁……"

早上九点钟，老史带了武工队的队长李丹和两个便衣武工队员到了华园茶厅。珠珠提着花生瓜子提篮，也早来了，他在茶厅里转了一两圈。他长期在这种地方进出，已经有眼力分辨出那些特殊人物。他发现今天来的特务不少，便转到老史面前喊："瓜子，花生。"老史买了一包瓜子，珠珠小声说："今天的水深得很呢。"接着他用眼睛瞟一下那边的茶桌，老史也早已看到，在茶厅中间大厅里的几张茶桌上，坐着特务。即使他们装扮成生意人，还是从他们的眉眼和举止神态上，看出他们是这里的特殊人物。这样的人物，在茶厅当茶倌的小川一眼就能看出，他早把这些人物的特征告诉他的联络人、他的"上级"珠珠了。

快上午十点了，茶厅达到热闹的顶点，老史看到一个个子不高的中年人走进茶厅，模样打扮和昨天《成都新报》的广告上说的一般无二：圆脸平头，中式上衣，黑裤，脚穿黑色皮鞋。他进来后径直走到中间大厅，在中间找了一个茶座坐下，就叫茶倌："泡茶来。"小川把茶碗送去，泡上了茶，他就从身上摸出零钱开销了茶钱，他对于本地茶馆的这种规矩倒是这么熟悉呢。他喝了两口茶，就不在意地东张西望，并且就发现了远远坐在柱头背后一个茶座上的两个特务，看来重庆来人倒是挺机灵的。老史注意到，珠珠已经给他指明的两个特务，不只是坐在一个茶座上的，几乎都把注意力集中在这个新来的茶客身上了。这没有什么奇怪，按广告上说的打扮来找，是不难发现的。

过了一会儿，老史还不叫珠珠去通知李丹和重庆来的人接头。李丹急了，拖得太久，怕特务来多了，更不好救，便趁珠珠卖瓜子来的时候，告诉他，要他快去问老史："怎么还不动手？"

"莫急，听我的号令。"老史告诉珠珠，珠珠只得又去转告李丹。老史为什么不急呢？难道他不知道重庆来的人早已陷入特务的重围了吗？不是，他知道只要李丹没有出面去接头，特务绝不会去惊动重庆来的客人，他的安全是不会有问题的。他在想的是，重庆来的这位军事干部是从解放区过来的，他从来没有在白区干过，更没有到成都来过，为什么他刚才进华园茶厅的时候，径直到了茶厅的中间大厅，找了茶座坐下，好像他对这个茶厅很熟悉的样子？他叫泡茶以后，为什么马上就摸钱来先付了茶钱，这也是现在成都茶馆的规矩，他怎么就知道？还有他初到白区工作，对于特务什么样子，从来没有见过，他怎么一进来坐定，一举眼便看到那一张桌子旁坐的两个特务呢？最奇怪的是他为什么要故意在手里拿一本进步刊物给自己做广告呢？这些都不能不叫老史产生怀疑。过去老赵对他谈过，地下党接头的一些规矩，在白区白色恐怖下，情况变化很快，哪怕是去和早已约好的认识的同志接头，也不要贸然出面，谁知道他是不是已经叛变了，专门来"钓鱼"的？或者他是不是已经被盯了梢，带得有"尾巴"进来？所以先要找个不显眼的茶座观察一会儿，认定没有问题，才敢去接头。去接头也是三言两语后，便突然带他离开那里，到另外一个秘密地方去谈话，这样才保证安全。至于去和不认识的同志接头，那就更要谨慎，往往要在约好的茶馆里坐在一旁喝茶，仔细观察一阵，确认没有人跟住他，或者确认这个同志从各方面看不是假冒的，才去接头。

今天坐在隔老史不远的重庆来的人，一进来的样子，就引起他的怀疑：他是不是真的？哦，他忽然吃惊得出了一身冷汗。特务不是早已知道重庆要来人，知道登报寻人的办法了吗？也许坐在当面的正是一个特务，正在等李丹去接头。如果他欺骗不了李丹，也会把李丹抓起来的。好家伙，真危险！昨天竟没有想到这一着，只以为是重庆来的人提前到了成都，所以登报寻人，通知党组织去接头了，就没有想到敌人可以登同样的启事，叫特务来冒充同志接上头，混入党内。

老史越想越觉得不对。他又看一看坐在那里等待接头的人，倒看不出来像个特务的样子，老成斯文，但是看来绝不像一个打过多年仗的团长那样一个武人模样。这更增加了老史的怀疑，因此他临时决定，暂时不叫珠珠去喊李丹出面来接头，看看再说。他趁珠珠卖瓜子过来时，又买了一包花生，告诉珠珠："告诉李丹，不要出头，说不定是假的。你留心一下。"

珠珠才过去向李丹传了话，忽然看到那个重庆来人有几分不耐烦的样子，望了一下那一张桌旁的特务，就起身到厕所去了。珠珠也装着解小溲，提着篮子进了厕所，看他在干什么。那个人站在尿槽边屙尿，忽然进来一个人，端端站在那个人的身边屙尿，两个说起悄悄话来。珠珠张起耳朵努力听，也听不清楚，好像听到那人在问："咋搞的？"后进去的人在说："再等一下。"两个人再没有说什么，装作不认识，走出厕所，各归各位。珠珠跟后面这个人出来一看，这不是坐在边上那张桌子的一个茶客吗？那样子就不像好人，他们两个在厕所里明明认得，为什么一出来就装作不认得了？

珠珠又兜了一个小圈子，绕到老史跟前，说了一句："他两个在厕所说过话了。"

哦，突然一道亮光，把老史的头脑照亮了。从解放区来成都的同志怎么会在成都的华园茶厅里忽然认得一个特务模样的人呢？好家伙，原来真是玩的诡计，幸好没有上当。

但是老史还怕不实在，他叫李丹跟一下这个接头的人，看他住在什么地方。

李丹耐心地坐到中午，等那个接头的人不耐烦地走出茶厅，在远远的后边尾住他。哦，这家伙却回到娘娘庙六十六号去了。这就是铁打的证明，来接头的是特务假冒的。他马上向老史报告了这件事。

老史完全确定这个等待接头的人是一个特务以后，他并不甘心不和他接头便完了。他想："不，我为什么不可以杀你一个回马枪呢？"

第二天上午，老史又带着李丹和珠珠到华园茶厅去。果然那个假冒接头人的特务又坐在那里了。还在那里耐心地等待接头。一般规矩，接头可以等三天。

老史从身上摸出一张白纸来，用钢笔在上面写了一行字："接谈不便，请改于明日下午五时在竟成园二楼三室便饭面谈。"

老史把这张便条交给珠珠，告诉他说："我和李丹撤走以后，你把这张条子拿去送给那个假冒的特务，就说是一个茶客叫你送的。"

珠珠拿过那张条子，灵机一动，抓一把瓜子用这一张纸包起来，放在提篮里，转到那个假冒接头人身边，把那一包瓜子放在他的面前，对他说："先生，刚才在前厅茶座上有一位茶客叫我送一包瓜子给你。"说罢，珠珠从容离开了茶厅，口里喊着："花生，又香又脆的八号花生米……"

那个人莫名其妙。把那包瓜子打开，他看到那张纸上写的一溜字。他读了以后，不禁叹一口气，起身走了。

这位情报组长扫兴地回到六十六号，把那一张纸交给牟站长，向他汇报了情况，埋怨说："我们今天去的人太多，一周围都是，打草惊蛇了。"

牟站长念了那张条子后，说："不要紧，明天在竞成园注意一点就是了。"

就在这同时，老史和李丹、珠珠在盐市口那边碰了头，不禁开心地笑了起来。

老史说："珠珠，你明天去竞成园看看热闹吧。我和李丹两个都不去了，不过回来要给我们摆一摆哟。"

九　杀回马枪

第二天下午四点多钟，珠珠提起他的擦皮鞋的箱箱，到新南门竞成园去了。这是一个大的川菜馆，又附设有茶园，地处锦江边，花木茂盛，十分幽静。珠珠在茶园里转了一会儿，就到了菜馆。楼上有许多雅座，设在一间一间的小房间里，这是专门供应上等川菜的，一间房有一张桌子，可以坐十个客人会餐，一般人是不能进去的，但是像珠珠这种擦皮鞋的小娃娃，倒是可以钻进钻出，为老爷太太们服务。

珠珠转到二楼三号雅座，掀起门帘，口里叫着："擦皮鞋！"举眼观看，是一群少爷学生，还有个年岁大一点的坐在上座。筵席还没有开始，大家在叽里呱啦地不知道说些什么。

珠珠下得楼来，在茶园这边，碰到五六个一看是很歪的人，有的昨天在华园就挂过相。珠珠留心他们几个中，有一个就是昨天坐在中厅等待接头的人，他们在茶园里面喝茶，一面在叽叽咕咕说什么，听不清楚。过一会，其中有两个到雅座那边楼上去了。可能是到二楼三室去吧。珠珠跟着去看热闹。那两个人上楼到了三室外边，一个人手插在口袋里摸着枪，一个把门帘掀起来看。这种不够礼貌的行动，马上引来雅座客人的反感。

一个扯兮兮的青年走到门口问："你找哪个？"

外边站着的这个人也是那么个歪相，回答："不找哪个，看看。"

"看看？你哪里不好去看看，专要到老子们这里来看看？"那个青年人冒火了。

接着出来两三个青年。

一个青年问："你干啥的？"

"你管我干啥的？"外边这个知道楼下有同伙，不害怕。

"老子今天就要管你一下。"另一个青年更歪，准备抓扯了。

同来的特务看见不对，怕乱扯把子，误了大事；又怕人少势单，搞不赢，便扯着那个特务下楼来了。

"混蛋！"这是从楼上送下来的声音。

这两个特务回到茶座，向情报组长汇报了，说："他们有八九个呢，歪得很！是不是呀？"

"是二楼三室吗？"情报组长把昨天收到的那张白纸打开来看一下。

"不错，二楼三室。"

情报组长别出心裁地分析：可能是他们借聚餐来碰头开会的吧。这倒更好了。原来他以为不过在这里能和一两个共产党碰头，现在却可以捞到七八个。这事情不小，他马上布置，要大家散开，退出去等着，只留一两个人在茶园守着。千万不要去打扰他们。他赶紧回六十六号请示去了。

情报组长赶回去向牟站长汇报后，牟站长简直不大相信，哪里有这么便宜的事。如果真是的，那就是动手抓人的问题了。难道今年真是流年大吉大利？牟站长把行动队长罗洪鼎叫来，叫他再带几个人，上车赶到竟成园去。

留守的特务报告："恐怕他们快吃完了，要散伙了。"

罗洪鼎本来就毛手毛脚，他带一群特务按上楼去。情报组长王元吉抢上楼，想先接头试试看。王元吉拿着昨天的纸条，掀开帘子进去。正吃喝得热闹的青年们看到一个彬彬有礼的人进来，莫名其妙。一个青年站起来问：

"你找谁?"

"我找高飞。我叫朱尔康,重庆来的。"

"不知道。"对方一口回绝了。

情报组长拿出昨天的条子来说:"昨天他约我今天来这里的,二楼三室。"

那个青年拿过条子一看,的确是竟成园二楼三室,下午五时,时间也对头。他回头向同伙问:"你们哪个约过人到这里来吗?他叫朱尔康。"

大家都说不知道。罗洪鼎不耐烦了,站了进来,并且拥一大队人在门口,刚才到门口来扯过皮的那个特务也拱进帘子里来。

罗洪鼎气势汹汹地说:"你们请我们来,不认账?"

那个歪得很的青年看见刚才来和他扯过的歪人站在那里,冒火地跳到罗洪鼎面前来:"你是安心和我们来扯还是咋的,你是干什么的?"

罗洪鼎哗地抽出手枪,从上衣口袋里摸出他的特务派司来:"老子干这个的。你们莫装蒜了,你们是共产党在这里开会,我们专门来请你们的。"

"走,跟我们走。"门口外边的人也在叫。

屋里那位中年人站起来对罗洪鼎说:"老兄,你恐怕是大水冲了龙王庙,一家人不认识一家人了吧。我们是三青团部的,哪里会是共产党。"那个人说着,从上衣口袋里摸出他的证件来。

情报组长简直搞昏了,这到底是怎么一回事呢?

罗洪鼎还是那么简单,说:"管不到那么多,我是来抓共产党的,你们把共产党交出来。不然都跟我们走一趟。"

那个中年人说:"我们是三青团开会,哪里有共产党?这个好办,你们牟站长我也是认得的,让他们同学们回去,我陪你们去见见牟站长好了。"

事情这样才算了结。

珠珠看到这场有趣的滑稽戏演完了,赶紧回去告诉老史。

情报组长为了推卸自己办的糊涂事,回去把罗洪鼎的冒失向牟站长报告了。牟站长只好向罗洪鼎带来的三青团的小头目道了歉。送走以后,情报组长把昨天的那张条子又拿出来看。牟站长细看一下，无头无尾，简直不像是来接头的，心想一定是被共产党戏弄了，不禁火冒三丈，训斥道："你们搞些啥名堂哟！"

十　二战华园

第二天，老史到老赵家里去，向老赵谈了他们粉碎特务阴谋诡计的经过，老赵还是忧心忡忡，他说："问题并没有解决，重庆来的同志终归是要来的。华园的陷阱仍然是要出现的。怎么解救，仍然是最伤脑筋的事。"

老史又把上一次他们商量过的办法提出来："上次我们想抢先登报，让我们自己先把这场戏在华园茶厅演了，叫重庆来的同志登的广告不再受到特务的注意，不致落入陷阱，不料敌人却抢在我们前面玩了一个阴谋。我看现在我们还可以去登报。敌人很可能猜想，这一回才是重庆来的共产党真正到了，我们也真到华园茶厅认真演好这一场李代桃僵的戏。"

"现在也只有这么办了，估计特务还是会放长线钓大鱼，不会在华园动手抓人，而采取暗地跟踪，扩大线索的办法。只要在街上能把他们丢脱，也许他们认为是重庆来的人走脱了。"

于是老史又照上次写的格式写了一个"寻人启事"，送到《成都新报》广告科去，过一天就登出来了。

情报组长王元吉兴冲冲地拿着《成都新报》去告诉牟站长："这一回，想必是重庆来的共产党真的到了。"

"这一回要搞得巴适一点，还是不要惊动，放长线钓大鱼，盯住他们，看他们到哪些地方去。"牟力行说。

情报组长向牟站长提出要求："既然是盯梢，不搞行动，最好不要叫行动队出动了，他们毛脚毛手的，容易误事，我们情报组多出动两个人就行了。"

既然不马上搞逮捕，行动队不出马也好，牟站长同意了情报组长的建议。

老史找李丹来研究，珠珠也来了。老史说，这一次任务比较简单，就是两个人在华园茶厅接了头后，立刻走出华园，到了大街小巷，和盯梢的特务捉一阵迷藏，最后把敌人丢掉就行了。老史的意思是李丹装重庆来的人，老史自己装本地党组织去接头的人，珠珠可以到场，做些侦察活动。武工队员只要有两个人就行，一个跟着老史，一个跟着李丹，都跟在"尾巴"的后面。不过老史说，他和李丹都要在特务面前亮相，最好是化一下装，改改模样，以免以后碰到被他们认出来了。

华园茶厅到了早上九十点钟，逐渐热闹起来。李丹按《成都新报》广告上登的模样穿戴起来，只是脸上有乱蓬蓬的连腮胡子。他装作是第一次到华园来的样子东张西望，走进大厅，找个容易被特务发现的茶座坐下，泡上了茶，给人一个他正在等人的印象，不时望着华园的大门和走道。这一切都做得很得体，足以叫在附近茶座上落座的几个特务相信，这个茶客是他们将要追逐的目标。

比李丹进华园茶厅稍迟一点，老史进来了，他也在上嘴唇贴了一撮小胡子，戴上眼镜。他在茶座间走动一下，早已看到李丹的茶座和他周围的茶座上暗地监视他的特务。他看到珠珠在各处游动，也看到我们的两个武工队员坐在隔李丹不远的茶座上。

一切都按老史所导演的脚本进行，应该出场的人物角色都到齐了，可以开始演出了。

老史装出一个穷苦知识分子的模样，和他穿的那身宽大的蓝布长衫是很相配的。他慢慢地走了过去。挨倒李丹的茶桌边还有空位，他坐上去，并且招呼茶倌泡茶来。茶泡上了，老史喝了两口，当他环顾周围，感到他已经引起特务的足够注意后，便挨过去对李丹说话了。他们讲的话当然不是那些规定的接头的话，而是两个相约，分手之后，各自走出茶厅的哪个方向去和跟来的特务捉迷藏。但是因为他们话的声音不大，又有那么一种神秘样子，特务当然相信这两个人是在接头：先坐下的那一个是从重庆来的人，后来坐下的这一个是本地共产党派来接头的人。

　　老史和李丹说了几分钟的话，老史先站起来大声说："明天在少城公园喝茶。"拱一下手，走出华园茶厅去了。珠珠和武工队员小文同时发现三个特务先后站起来离开座位，走出茶厅，跟老史去了。小文跟在特务后边也走出茶厅。不多一会儿，李丹也站起来走出华园茶厅，珠珠和另一个武工队员小郭也同时发现，先后站起来两个特务，跟着李丹出去了。小郭也跟在特务后面走了出去。

　　老史和李丹出了华园各奔东西，按自己的路数去丢梢。老史出来是向西，向春熙路南段南口走去，慢慢腾腾的。老史是长期搞地下工作的老行家，又专门领导过武工队，被特务盯梢和想办法脱梢，是家常便饭。现在摆在他面前的要紧事是搞清楚到底自己长了几条"尾巴"，就是有几个特务跟来了，到底是谁。虽说暗地跟在特务后边担任保护老史的武工队员小文早已发现是哪几个人，可是老史还必须自己弄清楚。但是被盯住梢以后有一个忌讳，就是不能叫盯梢的特务发觉被盯的人已经察觉了。那样一来，特务感到已经失去盯梢扩大线索的意义，便会采取马上逮捕的做法。老史来回在东大街以快慢不同的速度，走过两趟，装作买香烟火柴，侧身回顾，不经意地观察，他发现在他身后七八米跟有一个特务，再后面还有一个，另外一个在街对面的行人道上。老史闲步走到街对面去。敌人换了格式，一个在他前面十来米，后面和对街那两个还遥遥望住他，老史决定突然转入青石桥南街一条小巷，把他前面那个特务甩脱。但是他发现身后还是跟来了两个特务，死死盯住他不放。

　　老史想把这两个特务的面目认识清楚，但不容他回头细看。他转到春熙路南段的饮涛茶楼上去，找个茶座坐下，叫一碗茶喝起来。他留心观察，在楼上的角落也坐上了两个新来喝茶的人，老史想大概就是这两个了。为了搞清楚是不是这两个，他起身下楼，然后又突然在楼梯的转弯处停下来，装作点火抽烟。果然，两个人咚咚地跟下楼来。特务以为老史已经下了楼梯上街走了，所以匆匆跟了来。没有想到老史在楼梯转弯的地方停下来点火抽烟，这一下老史完全判断清楚了，盯他的就是这两个家伙。这两个家伙为了不露形迹，不好在楼梯转弯的地方和老史一同停下，只好装作没事，直下楼梯出去，在街边上等老史。老史从容地抽着烟走下楼梯，若无其事地沿着大街向春熙路北段走去。

他到了国货公司门口，决定把跟来的特务的长相看得准确些。他走进国货公司再卖衣服的柜台边去，表面上他是向里站着在看卖的衣服，其实他却是从穿衣镜中反转看门口。果然，是这两个家伙跟来了。

老史弄清楚盯他的是谁，下面他要办的事是"分梢"。有两个人跟着总不好，最好分出去一个，这样更便于丢梢。他走出国货公司往北直走。他看到向南边来了一个胖胖的商人。老史走到他的面前，像久已认识的人一样，和那个胖子打招呼。

"呃，张老板。"老史管他姓张姓李，反正姓张的很多的，喊一声，声音不大，对方也未必听清楚了，"你到哪里去？上华园呀？"于是伸出手去和他握起手来，很热情的样子。

走过来的老板模样的胖子当然并不认识老史，但是做生意买卖的，天天在市场和茶馆活动，介绍认识的人不少，谁还记得那么清。以为老史大概也是常进华园茶厅的生意买卖人，于是他笑容满面地和老史打招呼，并且热情地握起手来："啊，老兄，才从华园来？"

"是呀。"老史摸出纸烟来给那胖子一支，并且替他点火。然后很神秘的样子眨一眨眼睛，附到那胖子耳朵，故意小声地说："阴丹士林又看涨了。快快去华园。"

"哦，哦。"那个胖子点头和老史告别，往南向华园茶厅的方向走去了。

果然灵，老史和那个胖子的见面，被特务怀疑为这一个共产党和另外一个共产党接头了，你看那种神秘的样子。于是，两个特务决定分一个出来去跟往南去的那个胖子。这样一来，跟着老史的只剩下一个特务。这就好办了。

老史往春熙路北段走去，早已胸有成竹。走到漱泉茶楼的门口。这是一个开在二层楼上的茶馆，一南一北有两个楼梯上下。附近的岔路很多，可以往大街北去，可以往大街南去，可以往对面三益公小巷穿出去，也可以钻到隔壁的基督教青年会里去，还可以从青年会隔壁卖花的铺子锦华馆钻进去，出后门转到科甲巷。老史就选定这个地方来丢梢。

他从漱泉茶楼南边一个楼梯上楼去，到了楼口，回头望一眼，跟他的特务也正要上楼来了，但是怕老史发觉，在慢慢地爬。这时，老史一闪身就穿过那些摆得很密的茶桌，穿过那些在茶桌间转来转去的卖花生瓜子香烟的小贩和看相的老头，到了北边一个楼梯口。老史回头看，那个特务爬上楼梯来站在楼口张望，想在茶座里找到他所追逐的老史，可是老史已经到了北边楼梯口，一下就顺楼梯走下去了。走下楼梯到了街上，老史当机立断，闪入锦华馆，穿出后门，转到科甲巷去了。等那个特务穿过那些难以很快穿过的茶座，到了北面楼梯口，不见了老史，他赶下楼去，到了街上一张望，找不见老史。这里六条岔路，谁知道他往哪一条路走了呢？至于锦华馆，特务更想不到，因为从表面看来那是一个卖花的铺子，实际上却是一个到后巷的通道。他万想不到老史会到花铺里去。他所盯的对象搞丢了，准备回特务机关挨骂吧。

老史从锦华馆穿到科甲巷，一直向北走去，他在一个小照相馆的橱窗外站定，侧眼看了一下，特务没有跟来。但是他并不大意，他怕特务在科甲巷北口安得有钉子，便往北走了一程，忽然折回往南边走。这时老史看到小文也从锦华馆钻了出来。到了科甲巷，小文说："我看你上楼，知道你要丢梢了，我就在北边楼梯下等着你，看你钻进锦华馆，那个倒霉蛋下得楼梯，到了街上，东张西望，找不见你，然后往北边追去了。"

"那么我们往南再往东走吧。"老史说。

回头说李丹那一路。李丹带着尾巴出了华园茶厅，往东走去，想法丢去一个特务后，另一个特务就是死盯住他不放，看来只有用武力解决了。李丹回头和特务擦身走过，发现他并没有把手枪捏在手上，是放在裤子口袋里，李丹和跟在特务后面的武工队员小郭打了一个照面，向他暗示一下，就继续往前走去。特务转身又跟了过来，因为街上走路的人很多，他以为没有人发现他，他根本不知道他的身后跟着小郭，而且小郭的右手上搭了一件雨衣，他握着的手枪藏在雨衣里，随时可以开枪，可是谁也看不出来。

李丹从大街转入小巷，再往前走，更是僻静的转弯抹角的小巷子，特务仍旧跟了来。这时，小郭急忙赶上前去几步，到了特务身边，冷不防用雨衣下的手枪顶住特务的腰杆，轻声说："跟我走！"

特务没有想到身后钻出一个人用枪把他靠上了，他的枪取不出来，只好照小郭指的往前走。李丹停步了，等特务走到面前来，伸手到他的裤子口袋里，把他的手枪缴了，然后命令："往前走！"

特务归依服法地往前走去，生怕后面飞出一颗要命的子弹来。

"再往前走！"小郭命令，特务继续往前走，到了一个转角处，拔腿就跑，穿出巷子到大街去了。李丹和小郭回头从小巷南头跑了出来，一溜烟就不见了，特务哪里敢来追赶，他的武器没有了，只有回去坐禁闭吧。

十一　远方来客

《成都新报》的广告版面很大，每天都有两三版。光是寻人、遗失或征求什么的小块广告，就密密麻麻地有整半版；每天的寻人启事总不下十几条，幸喜得是这样，不然在一个月中三次登出同样的"寻人启事"，岂不叫人奇怪？

才登出十来天的同样内容的"寻人启事"又在小广告栏的角落里出现了，这一回才是正份，是洪英汉从重庆来到成都后亲自去登的。

洪英汉是第一次到成都，且不说他在重庆找"黄鱼车"费了多大的劲，奔波了十多天才算找到了，一路上遇到的麻烦不用说就更多了。别的不说，就说那个"老太爷"汽车吧，真像早已害了五劳七伤，最近老年哮喘又发作了的老太爷一样，走起路来，摇摇摆摆，一身都在打战战，特别是在下坡的时候，几乎不能控制，不知道它老人家要把高高地坐在货物顶上的"黄鱼客"们带到哪个深山峡谷里去，叫他们死无葬身之地。至于爬坡，"黄鱼客"都自觉地下车来，让它老人家减轻负担，必要的时候还要在它的屁股上搭上一只手，帮助推上坡。就是这样，也总是听到它老人家呼哧呼哧直喘气，像要断气的样子。有时干脆就趴在那里不动，不知是死是活了。我们中国的汽车司机恐怕是世界上最有能耐的汽车司机了，真有起死回生的本领，他们在死汽车下，东敲西打，又是劝又是骂，有的地方还临时贴上橡皮膏，居然救活了，又摇摇摆摆上路了。可以想见，成都重庆之间这一千里路是怎么走过来的了。洪英汉便这么样在成渝道上风雨里当了十几天的"黄鱼客"。汽车在成都牛市口车站停下以后，他真要喊汽车老爷万岁，侥幸没有把他丢在荒山野路上，的的确确到了成都了。

他是第一次来成都，在西东大街找一个叫远方客店的小旅馆住下后，第一件事就是上街找《成都新报》的地址，去登广告。他从远方客店出来，照别人指给他的方向，向东走去。成都这个古老城市的街头景象，映入他的眼帘来。

在东倒西歪的街房中，不时看到用竹片木板抹上水泥竖立起来的假洋房子，洋房子的橱窗上贴着大减价、买一送一、买一送二的招徕顾客的广告，有的用废钞票连串起来拼成减价图案。洪英汉看到人头钻挤，不知是什么热闹的地方，走拢一看，原来是银圆市场，各色人等手里叮叮当当敲着银圆。挨着银圆市场的地方人虽然很多，却不热闹，许多妇人孩子，懒心没肠地站在那里，或者坐在地上，望着前面挂着一块冰冷的"今日无米"木牌的米店，总希望今天还能开门，让他们买到一升半升米回家，不死心地厮守在米店外，麻木地望着。在东大街沿街边和人行道上摆满了卖美军剩余废旧物资的地摊，许多人蹲在那里东翻西翻，总想用最少的钱买到自己最合用的旧东西。在人行道靠墙边有落入乞讨命运的流浪人，在地上铺上一张写满苦情的纸在"告地状"，希望好心人能够向那张纸上投去一张两张钞票，好去换一两块烧饼或红苕来充饥。还有在自己的衣领后插着卖身草标的男人和女人。在拥挤的人群中，洪英汉注意到成都的土特产——歪人和打秋风的流浪汉，在到处乱窜,东张西望。呜呜的警车才过去,接着又来了美式吉普,在吉普车上坐着穿着美式短军衣的军官,吉普车横冲直撞,真是如入无人之境。在街边人行道上走过来戴着宪兵肩章的宪兵队,大皮鞋在路上叭叭地大踏步走过来,管你是地摊、地状,一径地踏了过去,以示威风。可怜那些摆地摊的赶快收拾东西,以免遭殃。在街头栖栖惶惶奔走的升斗小市民和小公务人员,和那些发了横财坐着亮晶晶的"私包车"招摇过市的投机商人,和那些胖得发腻用牙签剔着金牙齿、不住打嗝的阔太太,恰好成为鲜明的对比……

洪英汉一路走去,看到这一切他从来没有见过的令他恶心的成都风景,心里产生一种无名的孽火,以致他的脚大踏步走起来,双手展劲摆动起来,和一个穿着长袍、戴着转窝帽子的小商人很不协调了。他努力约束自己,定一定神,走向春熙路后的《成都新报》广告科,把他写好的寻人启事和广告费交给办事的职员。

第二天早上。假如你们不喜欢这么啰啰唆唆的描写,那么我们再来几个简练的电影镜头吧。

正对镜头:一张《成都新报》。一个人的双手捧着在看,看不到那个人的面孔,只看到一只手的食指缺了一截,听到他的声音:"哦,登出来了。"

镜头转过去,原来是洪英汉在看报,报上广告的特写:"寻人启事:昨日在东大街走失精神病患者一人,名叫朱尔康,外号猪儿,年龄三十余岁,平头、中个圆脸,穿中式灰上衣,蓝布裤,黑皮鞋,有寻得者,请于三日内通知东大街华园商号,备有厚酬。"

正对镜头:《成都新报》。一个人双手捧着在看。拿报纸的手却换了。也看不到那个人的面孔,只听到声音:"哈,这一回是真的登出来了。"

镜头转过去,看报纸的原来是特务蓉站的牟站长。他得意扬扬,对刚才送《成都新报》来、坐在一旁的情报组长王元吉说:"我就量定,上次报上的广告不是他们重庆来的人登的,是这里的共产党登的,一个外地来的人怎么会对成都大街小巷这么熟,简直像泥鳅一样,一滑就溜掉了?他们是想麻我们的,以为重庆来的人已经来过了。这报上的广告证明,现在才是重庆客真正来了,这一回要好好安排,不能再叫滑脱了。"

王元吉问:"站长的意思是捉还是放?是当面发财还是盯梢放长线?"

牟站长说:"还是放长线,要滑掉时就抓。"

正对镜头:《成都新报》。还是一个人的双手捧着报纸在看,也看不到那个人的面孔,只听到声音:"糟糕,还是登出来了。"

镜头转过去,原来是川康特委书记老赵,他指着那个寻人启事的广告对老史说:"这一回可麻烦了,重庆来的同志很可能落到特务的手心里去。"

老史说:"是麻烦一些,但是总要千方百计救他出来。"

老赵说:"我想蓉站的特务头子不会死心,他们还是想一箭双雕,既抓重庆来的人又破坏我们的组织,他们当然也可能在华园当场就动手抓人。"

老史考虑一下说:"这回还是我出马。我们带的人要多两个,要预防着他们武装抢人。如果;硬抢,我们就打他一个人仰马翻,趁混乱中,珠珠和小川设法把来的同志弄出去,如果他们在街上抓人,也是一样。我们要不惜牺牲自己,救出上级送来的干部。"

老赵说:"就怕从老解放区来的同志,不熟悉白区工作,不能协同行动。为了叫他听话,你就用省委同我个人约定的紧急接头手势,省委可能会告诉他。"于是老赵把省委同他约定的手势告诉了老史。

老史又说:"这一回我们在华园茶厅不再出面和他接头了,最好把他住的旅馆弄清楚,我们再设法到旅馆会他,把他带走。"

老赵也认为最好不在华园接头,去旅馆和他接头,或者带出旅馆去接头。"但是,"老赵说,"你在华园认得他的时候,特务也认得他了,你盯他回旅馆的时候,特务也盯他回旅馆了。"

老史说:"我们可以叫珠珠去给他擦皮鞋,暗地告诉他回旅馆时,注意尾巴。"

老赵说:"这样自然好,不过还要准备在华园大打,他们武装抓人,我们就武装救人。"

"这是自然的,要两手准备。"老史点着头说。说罢,便告辞去找人进行紧张的准备了。

十二　三战华园

　　华园茶厅开门不久，洪英汉就来了。他昨天专门找到这个茶厅，进去看了一下，果然好一个大茶厅，人头钻挤。他怕坐在靠边的地方，来接头的同志不容易看到他，看好一个适中的茶座，就在中间大厅的比较光亮的地方。今天他早早来到茶厅，就坐在昨天看好的茶座上了。他叫茶倌过来给他泡茶，来的刚好是招呼中间茶厅的小川，小川给他泡好茶，一眼就看出这茶客是专门来等朋友的，喝茶不那样悠闲，他等珠珠来了以后，摆摆脑壳指给珠珠看，珠珠提着擦皮鞋的木箱，用刷子敲着木箱，吆喝："擦皮鞋！"转悠过去一看，正和昨天老史告诉他的长相和打扮一样。他还买了一份《成都新报》在看。他虽然尽力不叫人看出他的食指短了一截，珠珠留心还是看出来了。一点也不错，是他，该叫他什么呢？叫他重庆客吧。

　　但是珠珠发现，在他周围不远的茶座上，已经坐上了几个特殊人物，正盯住重庆客了。珠珠转悠开去，暗示给坐在角落的老史和李丹，李丹早已把他带来的武工队员埋伏在周围茶座，靠近那些特殊人物。这些人物本来长相和打扮也特别，等于给自己做了广告，容易被人看出来，何况小川和珠珠天天在这茶厅里活动，已经把他们看清楚了，珠珠早已指点给李丹了。只要特务敢对重庆客动手，李丹一发信号，武工队就先下掉特务们的枪，谁打枪就先敲掉谁。

　　老史在仔细地估算力量，从珠珠和小川指点出来的和他自己看出来的，一共来了五个特务，分坐两边。我们这一边，除他自己和李丹外，来了三个武工队员，五个人，一对一。这个重庆来的同志是武装干部，虽然没有带枪，临时可以算一个。加上珠珠，要动起手来，我们可以说占优势。不过，一打响了，他们马上会得到增援，要缠住我们打，对我们不利，要速战速决。最好不响枪，就把他们解决了。李丹认为，他们在明处，我们在暗处，我们一个人靠他们一个人，办得到。

　　但是过了一会儿，老史和李丹商量，要改变主意了，因为他们看出来，特务只是盯住重庆客。看来他们还是在想钓鱼，扩大本地线索，不是见面发财，只抓到一个重庆客。因此今天可能不是武打，是文斗，是盯梢和反盯梢。他马上对李丹做了安排。先引走两个特务，到外面去丢梢，还剩下三个就好办了。李丹做个暗号，起身走出华园茶厅，有两个武工队员跟了出去。李丹做了布置以后，又转回来了。

　　过一会儿，一个武工队员从华园茶厅门口走进来，找人的样子，最后找到重庆客坐的茶座旁边，向茶倌要了一碗茶，故意装起神秘的样子，和重庆客小声寒暄几句。又过一会儿，对重庆客打个招呼，站起来走出华园茶厅去了。真灵验，那一张桌上坐着的情报组长王元吉，看得清清楚楚，以为在接头，马上暗示一个特务，小声说："盯住他！"

　　一个特务起身跟着走出华园茶厅去了。

　　洪英汉若无其事地仍然坐在那里看报，等待来接头的同志。

　　又过了一会儿，从外面进来另一个武工队员，也是找人的样子，走到洪英汉旁边找座位坐下，细声问："这里有人吗？"

　　洪英汉说："刚才有一个人，走了。"

　　武工队员要了一碗茶，喝了几口，细声地和洪英汉寒暄几句。问他："您是从重庆来的吗？"洪英汉以为是来接头的，便回答："嗯。""路上好走吗？"洪英汉更相信是来接头的人，回答说："不大好走。"就这么问答几句，武工队员站起来又走了。洪英汉莫名其妙地望着走出去的人，这是怎么一回事呢？为什么不对口号就走了？哦，不对，不是来接头的，是随便和他说的寒暄话，他误解了。他仍然耐心等着。

　　特务桌旁的王元吉又暗示一下，一个特务站起来走出华园去盯梢去了。

　　老史和李丹点头微笑，真灵验，引开了两个，还有三个，到街上还可以想法分梢，在茶厅里也还可以缠住一个。于是他趁珠珠过来擦皮鞋的时候，低头小声对珠珠做了布置。珠珠提起擦皮鞋的木箱，转到中间，擦了一双皮鞋后，转悠到重庆客面前，把擦皮鞋的脚蹬放在他的皮鞋边上，对他说："先生，擦皮鞋吧。"

洪英汉还没有答应，珠珠已经把他的脚抬到脚蹬上了。洪英汉从武汉到重庆一路上早就知道，小孩擦皮鞋，本来有求施舍的性质，也不便拒绝，让这个小鬼擦吧。

珠珠一边擦，一边看，看清楚了，右手食指短一截。他轻声地说："先生，刚才有个擦皮鞋的先生叫我带个口信给你，他不来找你了，请你回旅馆，他来旅馆找你，你是住在……"

洪英汉感到奇怪，为什么约好了不来对口号，却托这么一个擦皮鞋的小孩带口信呢？是真的吗？没有口号，靠不住，他装作没事地回答："你搞错了吧？"

"你是朱先生吗？"珠珠问。

"他叫什么？"洪英汉没有回答自己姓什么，反问珠珠。

"他叫于江。"珠珠回答。

哦，不错，口号对头，是于江叫他来传话的。于是告诉珠珠："我住远方客店楼上十二号。"

"于先生叫我告诉你，有人在盯你。"

珠珠这时已经擦完了皮鞋，洪英汉给了钱，珠珠提起擦皮鞋的小木箱走了，又在茶座转来转去，擦了两双皮鞋，转到李丹面前，放下木箱，要给李丹擦鞋的样子，对李丹小声说："远方，十二号。"李丹听明白了，装作生气的样子，大声说："我不擦！"珠珠提起木箱走开了。最后他转到了特务坐的那张桌子。他蹲下去还没有等特务开口，便糊了一块鞋油在那个特务的皮鞋上，同时叫："先生，擦双皮鞋吧。"这是擦皮鞋的孩子找生意的一种办法，一般的茶客可怜这些穷孩子，便让擦了。这个特务却厌恶地说："我不擦！"珠珠求告地说："油都上好了，擦一下吧！"不管那特务同意不同意，便拿起刷子动手擦起来。

特务一看，皮鞋上糊了一块鞋油，莫奈何，只得说："快擦，快擦！"珠珠把他的脚抬到脚蹬上去，插上隔油的皮套，抓住他的脚，刷了起来。珠珠发现，他正在注视重庆客。

老史眼见珠珠已经把话传到，重庆客要起身走了，便告诉李丹："走，我们到门口等他去。"

重庆客——我们当然知道就是洪英汉——知道改了接头地方，决定走回旅馆去等。他站起身来，走出茶厅。有两个特务马上站起来，偷偷跟了出去。珠珠正在擦他的皮鞋的那一个特务，猛然站了起来，也想马上跟出去。

珠珠用手按住他的脚，说："先生，一只鞋还没擦完哩。"

特务不理会，要走，他说："有事，不擦了。"

珠珠说："你不擦也要给钱嘛，我的皮鞋套子也要取下来嘛。"说着，按住特务的皮鞋不放，慢慢取下鞋套来，伸手要钱，特务从口袋里摸出一张票子来扔给珠珠，马上要走。珠珠拉住他说："呃，先生，我还要找你的钱。"特务不理会，只顾走，珠珠跟住他说："先生，找你的钱。"特务推开珠珠，骂他："滚你的。"不要珠珠找的零钱，急急忙忙走出茶厅。这时他跟的人早已走得不知去向了。

洪英汉才走出华园茶厅，从一个人的身边走过，听到一个声音："尾巴，尾巴！"

十三　落入圈套

洪英汉走出华园茶厅，在东大街不紧不慢地走着。他想，他已经到了地下党工作的环境里来了，一切都要谨慎，要照李大姐教他的来办。刚才在茶厅里来擦皮鞋的孩子对他说的话看来不是没有来头的，在茶厅门口听到的"尾巴，尾巴"，显然也不是偶然的。可能的确有人注意他了，要盯他的梢了。但是他初到成都来，一切都照李大姐教他的办，没有漏洞呀，为什么一来就长了"尾巴"呢？他不能理解，但是他宁肯相信的好。因此他要试验一下，是不是自己已经被盯住了。没有搞清楚以前，绝对不能回旅馆，这是李大姐告诉过他的。

他在大街上转一下，又转入小巷，走了一阵，他果然发现有一个可疑的人老尾在身后不远不近的地方，像个游魂。在那个人的后边，远远地还有人跟着。看来他是的确长了"尾巴"了。但是他在成都人生地不熟，怎么丢掉"尾巴"呢？李大姐教他的辨别"尾巴"和丢掉"尾巴"的办法，都涌进他的脑子里来，首先要沉着。但是他总不放心地时不时地借故往后边看，他在东大街附近的几条小巷子里转了一阵，在一个转角地方，他回首望一下，居然"尾巴"不见了，果然是被他丢掉了。他很高兴，他决定照李大姐说的，甩掉了"尾巴"，还要在僻静的小巷子里穿行，确实证明没有人跟了，才能回旅馆去。他这么办了，在小巷穿行，证明没有"尾巴"了，他安然地穿出东大街，回到远方客店他的十二号房间，等待于江来接头。

但是他不知道，他并没有丢掉"尾巴"。他遭了"迎头梢"了。以情报组长王元吉带头的两个特务，从华园茶厅跟了出来以后，紧紧盯住洪英汉，总想把这个重庆来的共产党住的地方搞清楚，放长线不愁钓不到大鱼。但是他们跟了一阵，发现洪英汉回头在看，已经发现他被盯住了，这样他可能老在外面游荡，根本不回住所。因此王元吉就对另一个特务说："你超过前面巷子口去，迎头跟他。"那个特务以小跑的步子从另一条小巷子穿出去，在这条巷子头上迎住洪英汉，看他往哪里去。果然洪英汉在这条巷子里已经看不到有人跟他了，他放心地走出巷子口，转回远方客店去。他哪里知道他走出巷子口的前面，早有他不认识的特务等在那里，暗地监视。看他走进了远方客店，这个特务跟着进了远方客店，在客堂里看到洪英汉进了十二号房间。他跑到街上来，找一个电话打给他的情报组长："在远方客店十二号。"

情报组长喜出望外，马上回话："你去远方守住，我马上来。"

王元吉去向牟站长汇报以后，马上带几个武装特务到远方客店扎口子来了。

再说老史和李丹，走出华园茶厅，在门口街边眼见洪英汉从身边走过去，不敢叫他，因为眼见两个特务跟上来了。李丹只说了"尾巴，尾巴"，希望引起洪英汉的注意。他们等特务走过去以后，也尾随在特务的后边，暗地保护。如果特务动手抓人，他们从后面突然袭击特务救人。老史发现特务跟了一会儿，就主动退下来，不再跟了。老史马上明白，这是为了欺骗洪英汉的，特务超到前面巷口搞"迎头梢"去了。

果然他们赶到远方客店时，已经发现有特务守在柜台外边的客堂里了。

老史果断地决定在远方客店斗法。他对李丹说："你大胆去住店，尽可能住得靠近十二号，注意动静，要保护好他。我去找珠珠来，叫他混进十二号去告诉重庆来的同志，他已经被特务监视，要设法跑出去，由珠珠引他到红牌楼和我见面。我马上带武工队在这客店附近守住，以便保护他安全脱险。"

李丹说："我就去，现在搞不清楚的是特务会马上派人来把他抓走呢，还是在这里设陷阱守住等人？如果马上逮走，就不好办了。"

老史说："如果他们要马上逮走，我们就装袍哥兄弟伙跟他横扯，闹他一台子，把水搞浑，乘机救人。"

李丹装成客商到了远方客店的柜台前，要开个房间。指明要光亮一点的房间。于是茶房把他引上二楼看好一间客房，十八号，在二楼转角楼的天井，斜对面便是十二号，远远可以望得见。

老史赶回去找来珠珠，对他说："你赶快混进远方客店十二号去和来客对上口号，告诉他已经被特务监视，要赶快设法逃出去，你带他到红牌楼来见我。他不听你的，你就做这样一个手势给他看，要他听你的命令，跟你走。"老史对珠珠做了手势后又说，"你去的时候还要带化装的东西去，叫他装个装水烟的老头吧，不然出不来。"

珠珠马上去收拾他的香烟、花生、瓜子提篮，在提篮底下放了烂衣服，还带着竹水烟袋。他径直到了远方客店，在这种旅馆和客店里，时常有卖烟、瓜子、花生的，送水烟的，擦皮鞋的，看相的，按摩的，包医梅毒的，还有唱小曲卖唱的进来。他们就是靠在旅馆和客店里向住的客人求吃。珠珠经常在这个旅馆、那个客店里转进转出，根本不惊不诧。他叫唤着："瓜子，花生！"就进了远方客店。随便得很。

珠珠在这个房间那个房间叫卖香烟、花生、瓜子，还到那些客人打麻将的桌子边，去给忙着打牌和看牌"抱膀子"的客人装水烟吸。慢慢转到二楼，到了十八号门口，只听见叫："卖烟的！"

珠珠进去，原来是李丹埋伏在里边。李丹一见面就告诉珠珠："刚才我看见有一个戴礼帽穿长衫的人进十二号去了一阵。不知道是干啥的？"

怪，珠珠只知道老史派他进去通知洪英汉快逃出去，没有听说派别的人去呀。怎么倒已经有人进去了呢？李丹叫珠珠快进去搞清楚。

十四　客店救人

珠珠转到了十二号。他趁楼下堂房里守着的特务不注意的时候，一下推门进去了。珠珠劈头就说："我是上午给你擦皮鞋的。你是重庆来的朱先生吧？"

洪英汉奇怪地问："你找哪一个？"

"我找重庆来的朱尔康。"珠珠清楚地说。

"你找朱尔康？"洪英汉简直奇怪了。这明明是来和他对口号的，但是为什么刚才已经有人来和他对口号了呢？

原来是特务蓉站的情报组长王元吉得到特务报告，知道重庆来的共产党住在远方客店后，马上去向牟站长请示。牟站长忽然别出心裁，叫王元吉先去找重庆来的共产党接关系，摸一摸他来成都的任务，并且稳住他，慢慢来搞清楚这个人物的底细。因为牟力行昨天接到西南特区的通知，说是有一个断食指的人，从武汉到了重庆红岩村，找共产党，后来出红岩村坐小汽车跑了，很可能负有重大使命，到成都来了，所以叫王元吉带两个特务赶来远方客店。他叫特务埋伏在客店外，他自己走进客店去，径直到了十二号，和洪英汉对起接头口号来。王元吉是干过共产党的，虽然叛变许多年了，可是装个共产党却还像那么一回事，文质彬彬的。接关系的办法他也略知一二。

他进了十二号找到了洪英汉："请问贵姓？"

"洪英。"洪英汉按他带的身份证明和在这客店登记的姓名回答。这稍微有点出乎王元吉的意外,他以为他是叫朱尔康。

"那么你从重庆来,朱尔康先生托你带得有信吗?"王元吉问。

洪英汉想,朱尔康是对口号的名字,这个人可能是这里的党派来的吧。他看来人的样子老实,大概也不错。但是他仍然谨慎地问:"请问你是……"他希望按规定让来人说出对方的口号。

"高飞先生叫我来找你的。"王元吉说。

洪英汉一听,不对头。李大姐明明告诉我是"于江"呀。有问题。洪英汉马上封口:"对不起,我不认识高飞先生,也不知道朱尔康先生带信的事。"

王元吉也诧了,怎么他既不承认朱尔康,也不承认高飞,莫非是真的搞错了?哦,莫非是用另一个名字"于江"吗?在密写中是有两个名字的。于是他又忙补充说:"还有于江先生也叫我向你问好。"

但是洪英汉已经从李大姐那里得到纪律的约束,接关系的口号不对头,哪怕是你认得的亲人,也不能承认关系。乱说几个口号来蒙你也不行,不认账。洪英汉还是故作惊讶:"于江先生是谁呀?"

王元吉简直蒙了。怎么这个人一个口号也不认呢?但是他的长相打扮,特别是断食指,不是和广告上说的一样吗?因此他还不死心,干脆亮开来说:"同志呀,我们知道你是从重庆来的,我是专门来接你的关系的,你不承认,这怎么行呀?"

洪英汉想,这更出了谱了。口号没对上,就是关系没有接上。关系没有接上以前,怎么就喊起同志来了?这是李大姐对他说过的,没有对上口号,反正就是不认账,什么也不说,接不上关系宁肯回重庆都行。

洪英汉装出越发诧异的神色,说:"先生,你说啥子关系呵,你到底是找哪一个?我叫洪英,住在十二号房。你说的我一点也不懂,你先生找错房间了吧?"

王元吉没词了,他也怀疑,是不是根本搞错对象了?怎么这个人矢口否认？他想只好回去请示牟站长再说。不过不能叫他走了，楼下客房放的监视哨，还不能撤走。

于是王元吉道了一句歉："呵，怕是找错了房间了。"他退了出去，下楼安排两句，监视哨还守住。他匆忙赶回蓉站请示。

这个人走了不久，又来了这个小鬼，也说找朱尔康，是来对口号的样子。这是怎么一回事？

洪英汉还是按规定问："请问你是……"

"于江先生叫我来的。"口号完全说对了。对方还补充说："他是看你登的广告后叫我来的。今天上午你在华园茶厅，被特务包围了，所以叫你回旅馆。但是你回旅馆，又被特务守住了。老于叫我通知你，赶快逃出客店，到红牌楼去，他在那里等你。"

洪英汉一听，这小鬼说的完全在行。上午来通知他走的也的确是他，口号完全对上了，就要认账。

他问："怎么我一来就被特务注意了呢？"

"现在没时间说这个了。快走。"珠珠催他。

"我回旅馆没有人跟上呀，怎么这里也危险？"洪英汉问。

"你遭了迎头梢了。"

"什么迎头梢？"

"以后再说吧。现在……"珠珠马上把老史教给他的手势做了出来让洪英汉看。

洪英汉看了，吃了一惊："啊！"马上也用规定的手势回答。

"现在，你要听我的命令！"珠珠严肃地说。

"是！"洪英汉以一个军人的姿态立正回答。

于是珠珠叫他套上他带来的旧裤子烂长衫，把一团乱鸡窝似的花白假头发戴上，贴上假胡子，把竹水烟袋交给他，教他怎么去那些客人打牌的桌边去喂烟，取几个小钱。

珠珠最后告诫他："要装得老气一些，勾腰驼背的，不叫人看出你的面孔。你出了旅馆,就到前面转角地方的一个厕所里去,把烂衣服脱下来丢了,出来后你在我的后边走,到红牌楼再说。注意尾巴。"

这个小家伙,好厉害,简直像个司令员在发命令。洪英汉照珠珠指挥的办了。他拿着竹水烟袋,趁下面无人注意的时候走出房门,到了一两张麻将桌旁,喂了几杆水烟,转到楼下,弯腰走路,到了柜台前面客堂,那里也有一桌麻将正打得热闹。他本不想再装水烟,能混出门便罢了。偏偏有个赌客在叫:"水烟。"他不得不留下给他装水烟抽了好几口。那个守着的小特务也在一旁"抱膀子"。他不时抬头看看楼上十二号,没有动静,放心了。

洪英汉捧着水烟袋走出大门,慢慢走向前去,果然有一个厕所。他钻了进去,把水烟袋放下,脱去烂衣服,取下假发,扯了假胡子,马上走出厕所来,往南走去。他远远看到珠珠在前面走,就跟了去。

老史正带着一个武工队员在附近走动,看到珠珠导演的戏,演得不错。这时李丹还在客店里,他看到就是曾经去十二号房间的人——这个人我们知道就是王元吉——带了一个人气哼哼地跑进客店来了。原来是王元吉回特务站向牟站长请示,说明情况后,牟站长认为是走了水了。不管是不是重庆来的那个共产党派的,先抓起来再说。于是他赶了回来,一进门就问看守特务:"十二号的人呢?"

那个小特务蛮有把握地回答:"在呀。"

王元吉却不相信:"我刚才在外面看到一个人走出厕所就像是他呀。快上楼去看看。"

两个特务扑上楼到十二号房间去看,哪里还有人?下楼来才说:"不见了。"

王元吉就叫:"给我追!肯定跑了。"

王元吉带人追到厕所边,钻进去一看,出来就叫道:"跑了。往南追!"

这时李丹知道发生什么了。他赶快下楼出店,在前面不远地方见到老史带着一个武工队员,正尾在王元吉三个特务后边,跟着走去。

到了红照壁,老史对李丹说:"我们坐黄包车到红牌楼去接应,你们跟在后边，不准他们动手。"

老史带一个队员坐两辆黄包车，飞快地前去了。过珠珠跟前时，他对珠珠说："到红牌楼。前后都有人，不怕。"

十五　格斗脱险

洪英汉跟着珠珠快步前进。在南门大桥边回头望一下，果然有人跟来了，就是到十二号房间来对口号的那个人。他听到那个人在叫："朱先生，等到起，一块儿走。"洪英汉根本不理会，只顾继续前进。他在看地形，什么地方可以和跟来的特务格斗。但是一路都是大马路，没有一个隐蔽的地方，而且珠珠又一直往前走，没有拐弯的意思。

李丹看到特务在前面走，头前一个把手放进裤子口袋，一定是摸着枪的。李丹把枪藏在搭在右手上的雨衣里，扣着扳机，随时可以对着最前面的那个带头的特务射击。特务只顾向前望着洪英汉，根本不知道有人跟着他们。也不知道前面走路的那个小孩子是带路的人。

洪英汉跟着珠珠快走到红牌楼了，这时天已经慢慢暗起来，接近黄昏了。

洪英汉往前看，他正在寻找可以走脱的地方。到了场口，他感到有办法了。他来到有一块砖墙突出的地方。突然闪身进去，顺手捡起一块砖头来，举手准备着。

王元吉看到洪英汉闪进去了，也许是转弯跑了，也许是埋伏在那里。他知道不能第一个伸头去打头阵。他放慢脚步，站在那里，叫一个特务到前头去追。那特务追了过去，并且摸出枪来。才到墙角转过去，洪英汉使大力气一砖头往这个特务头上砸来。这个特务有防备，把头一偏，砸在肩膀上。洪英汉一下抱住特务扭打起来。特务想举枪打洪英汉，洪英汉飞起一脚，把特务的枪踢飞了。洪英汉是练过功夫的，特务也学过格斗，两人就在地上滚打，谁也占不了上风。特务拼命想去抓枪，洪英汉趁他不防，一砖头砸在特务头上，把他打昏了。他狠狠地再砸两砖头，这特务不动了。

这时，后边一个特务，在王元吉喊叫"上，上"的命令下，赶了过来，正举枪向洪英汉射击。

"砰！"奇怪，洪英汉没有倒，后边这个举枪的特务却先倒了。王元吉看到有两个人赶了过去，他知道大事不好，一定是被赶过去的人用枪打死了。他折转身就没命地往城里方向奔跑。

李丹没有去追，走上前来看个究竟。

洪英汉听到枪声，又见有人跑了过来，他想来者不善。又举起一块砖头，等那个人一露头就狠狠砸去。但是来的人早有防备，用手一抬，把洪英汉砸去的砖头打飞了，并且一支手枪已经指着他："不准动，跟我走！"

洪英汉没有想到，最后还是没有跑脱。现在被枪抵住，已经没有办法跑了。

"往右手走。"洪英汉听到后边的人在指挥他。他往右边竹林边走了过去，到了田坝边的小路上。他们把我弄到哪里去？要枪崩我吗？与其死，还不如拼。洪英汉正想猛回头，却看到前面站着引路的小鬼，在他的后面还有两个人。

其中一个人轻声喊："李丹同志，你的任务完成得很好。"

珠珠到了洪英汉面前，握住他的手说："你脱险了。没有想到你在那里空手就跟他们干，你真有两下子呀。"

"人家南征北战十几年，只有两下子？"站在珠珠旁边的一个人说。

"哦，介绍一下，这是特委的老史同志。"珠珠说。

"我们等你好久了。你在这里叫什么呢？"老史说了，和洪英汉热烈握手。

"我原名洪英汉，以后用什么名，你们定吧。"洪英汉笑了。

"洪英汉同志，真对不起，你一来就参加一场恶战。不过也好，算是上了第一课。"

洪英汉说："这第一课上得很好。不过，我现在还不明白，怎么我一来就陷入重围。"

"以后再说吧。这里不是说话的地方。"珠珠插嘴。

"哦,这小鬼你见过,还不知道他叫什么名字吧?"老史把珠珠推到洪英汉的面前,"他叫珠珠,我们的小交通员。"

洪英汉摸着珠珠的头:"珠珠,真是一颗珠珠呀。"

老史说:"珠珠,待一会儿敌人就会到这里来收尸,要热闹一阵,你带老洪同志快到簸桥我们的交通站去暂住吧。演了这么一场戏,他们死了两个人,城里不会清静的,老洪再不能回城里去了。"他又对李丹说,"我们也不能从南门进城,那里恐怕戒严,过不去了。"

"好,老洪,我们以后慢慢谈。"老史向洪英汉握手告别。

珠珠引着洪英汉从田坝后小路绕过红牌楼正街,向簸桥走去了。

龙门阵摆到这里就算完了,你要问洪英汉后来到哪里干什么去了吗?后来他到了巴山下的家乡大闹了一场,真是叱咤风云,巴山变色呢。有工夫以后再来摆吧。